体長二十メートル以上を誇る立派な体躯。
全身が赤い鱗に覆われており、
背中に生えている大きな翼をはためかせている。
ワイバーンや飛行型の他の魔物でもない。
紛れもなくアレは……
「……レッドドラゴンだ」

「景色が綺麗で
風が気持ちいいや」
目の前には青い空が広がり、
白い雲が間近に感じられた。
手を伸ばせば触れられるのではと
錯覚しそうになるくらい。

一話　出店

「私がいない間に大変なことがあったようですが、ノクト様がご無事でなによりです」

オークキングの襲撃から一週間。

防壁の修理、大森林に逃げたオークの残党狩り、消耗した武器の確認、オークの遺骸や戦後処理がようやく一息ついたタイミングでラエルが戻ってきた。

「ああ、それはそうと随分都合のいいタイミングで戻ってきたな?」

「ええ、私共もその現場に鉢合わせていればお力になれたのですが残念です」

オークキングの襲撃の時に限っていなかったラエルをなじるも、彼はわざとらしい態度で流した。

まあ、ラエルは古い付き合いであるとはいえ行商人で、領民でもなんでもない。

戦いに参加する義務もないいし、俺がなじる権利などないのだが、あまりに都合のいいタイミングで戻ってきたことには思うところがあっただけだ。

「ですが、私とて呑気《のんき》に商売をしていたわけじゃありません。以前、ノクト様に拡大してもらった宝石が高値で売れましたよ」

「だろうな。なんか馬車の数とか従業員っぽいのが増えているし」

前回は幌《ほろ》馬車一台だったというのに、今では四台になっている。

人員もピコだけではなく、見かけない顔の者が忙しそうに動いている。

それに馬車の護衛を頼んでいるのか冒険者らしい人たちの姿も。

「ええ、前回と今回の取引で大きな利益が出ましたので大きな規模で商いができるようになりました」

実にいい笑顔で言ってくるラエル。

「こちらが今回のノクト様の取り分になります」

「こ、こんなにですか⁉」

視界の端ではピコから宝石の利益分を受け取っているメアがいた。

前回は金貨六十枚ものお金が入ってきたが、今回はそれ以上だろうな。

価値の高いやつをいくつも拡大して売《う》り捌《さば》いたんだ。軽く金貨百枚以上はあるだろう。

「まあ、お金があれば俺の領地でやれることが増えるし、色々な物が買えて生活が豊かになるから助かるよ」

「ええ、そのお金を落として頂けるようにたくさんの品を持ってまいりました」

なんという嫌なお金の循環だ。

俺の領地とラエルのところでしかお金が回っていない気がする。

とはいえ、今のところビッグスモール領に商いをしにきてくれるのはラエルだけだからな。

文句を言えるはずもない。むしろ、こんな辺境まできてくれていることに礼を言うべきだろう。

悔しいからそんな恥ずかしいことは言わないけどね。

「よし、じゃあ全部の商品を少しずつ買い取って俺が拡大しようかな。それで十分な数を揃《そろ》えることができる」

「……なんですかそのえげつない方法はっ！　それじゃあ、こちらの商売が上がったりじゃないですか！」

なんてことを言うとラエルが大声を上げて非難してくる。

おお、ラエルのそんな反応が見られて面白いけど、これはガチで困っているやつだ。

「冗談だって。さすがに全部はしないから」

「……やるなとは言いませんが、頼みますからほどほどにしてくださいね？」

さすがに俺もここまで商売しにきてくれているラエルの優しさを踏みにじるような真似《まね》はしない。

ちょっとお値段が高い香辛料や鉱石類でやらせてもらうだけだ。

◆

メアと話し合いながら領地に必要なものの買い付けが終わると、領民たちが次々と集まってきた。

近隣で手に入れた穀物や野菜、布製品、鉄製品、香辛料、雑貨などなど。幌馬車一台で商いをやっていた時よりも遥《はる》かに品揃えが豊富になっている。

豊かな品揃えを前に領民たちもワクワクしているようで、いつになく賑《にぎ》やかだ。

少しずつ安定してきたとはいえ、ビッグスモール領は田舎で、足りないものも多い。

ラエルの持ってきた商品に心が躍るのは仕方がないことだろう。

「しかし、本当に大きくなったな。このままいけば店が出せるんじゃないか？」

「実は近いうち街で店を出せることになりました」

冗談半分で言ってみたら、ラエルがどこか自慢げな表情で言う。

「おお、王都でか？」

「いえ、さすがに王都で出すにはまだまだですが、シオールで出店する予定です」

シオールといえば、ビッグスモール領と王都の中間地点にある街だ。あちこちから人や物が集まり賑わう交易地点。

王都ほどではないがそれでも十分な街であり、そこで商売ができるのは十分に勝ち組だ。

「おめでとう。夢が叶《かな》ってよかったじゃないか」

行商人にとって自分の店を構えて商売をするのは夢だ。それはラエルも例外ではなく、行商人ではなく、自分の店をいつかは持ちたいと言っていた。

「ありがとうございます。ですが、これはノクト様のお力があってこそです。私自身の力とはいえないので精進していきたいと思います」

確かに俺が拡大した稀少《きしょう》価値のものを売って利益を出しているだけに見えるが、相手に高く売りつけ、買ってもらうのも中々難しいものだ。

決して俺ばかりの力ではないと思うが、ラエルは現状に納得していない様子だ。

「まだまだなのは俺も同じだな。スキルに頼った領地経営だ。いずれはスキルがなくても皆の力で上手《うま》く回るようにしないといけない」

「互いに歪《いびつ》な状況ですが、なんとか安定した経営に持っていきましょう」

「そうだな」

そのためにもお互いに頑張らなければ。やるべきことはたくさんある。

「だが、店を持つとなるとうちへの商いはどうなるんだ？」

ラエルが店を持てるようになったのは俺としても喜ばしいが、それでうちの領地に物を売りにこなくなるというのも困る。

なにせうちは辺境地で手に入らないものも多い。生活を向上させるためにも商品は必要だ。

「勿論《もちろん》、こちらでも継続的に商売をさせていただきます。それでご相談させていただきたいのですが、こちらにうちの支店を出させてもらってもいいでしょうか？」

ラエルの提案はまさに我が領地にとって喜ばしいことだった。

人が集まれば当然物も必要になる。最近は領民が増えたお陰で色々と足りないものも多く、定期の行商では不便に感じていたところだった。

人が集まり、物が集まる。領地を繁栄させるための第一歩が踏み出せる。

冷静さを装っているが内心では今すぐ小躍りしたい気分だった。

「それは俺としても嬉《うれ》しいことだがシオールで店を出すっていうのに、すぐに支店を出して大丈夫なのか？」

「そのために人材は確保しておりますので」

俺が心配すると、ラエルは人を呼んだ。

やってきたのはお馴染《なじ》みのピコとやたらといかつい男性だ。

身長が二メートル近くあって筋肉がとても隆起している。

シャープな銀髪がどこか狼《おおかみ》を想起させるな。

「主にこちらで店を取り仕切るのはルノールで、ピコが補佐に付きます」

ピコは何度も行商にきているし、人柄も知っているので改めて軽く挨拶をするだけだ。

気になるのは店を仕切る者であり、今日初めてやってきた男だ。

「ルノールと申します。よろしくお願いします」

「ああ、よろしく」

手を差し伸べられて握手をすると、がっしりとした手に包まれた。

商人というより冒険者と言われた方がしっくりくる見た目だが、可愛《かわい》らしいエプロンのような従業員服を纏《まと》っている。

うーん、よくわからない。

「ルノールは店舗経営の経験もあり、腕っぷしもあります。見た目は少々怖いですが、信頼できる男です」

「……見た目が怖いは余計だ」

ラエルの補足説明にルノールが拗《す》ねるように言う。

怖い見た目をしているが意外と冗談も通じて可愛げがある人のようだ。

面識のない人が店を仕切るのは不安であったがラエルがここまで言うのであれば信頼できる。

ラエルは優しい顔をしているが意外と厳しく、あまり人を褒めることはないからな。

二話　特産品計画

　ルノールやラエルと支店の話を詰めた俺はすぐに建設に移れるようにローグとギレムに紹介した。

　俺のスキルを使えばすぐにでも店を建てることはできる。商売をしやすいように、どのような内装にすればいいか話し合えばいい。

　後は希望に沿って模型で修正を重ねて俺が拡大してやればいいだけだ。

　まさか民家までそのような形で増産しているとは知らなかったラエルは、顔をひきつらせながら「反則ですね」と言っていた。

　少ない時間、労力、資材で店を建てられるのだ。自分でも反則だと思う。

「ラエル、少し見てほしい商品があるんだが畑に来てくれないか？」

「ええ、ぜひ」

　支店の方をローグとギレムに任せた俺は、ラエルに新たなる商品を売りつけるべく動いていた。

　それは以前からこの領地の特産品にしようとしていたものである。

　ラエルを連れて、俺は試験的に栽培している畑へと移動する。

「ここにある畑を見てくれ」

「……オレの実をはじめとする一般的な野菜などの畑が広がっていますね」

ここらで栽培しているのは大根、レタス、ニンジン、オレの実、ネギ、いんげん、玉ねぎ、トマトといった野菜類。ビッグスモール領でもよく育てられているものだ。

それがわかっているからこそラエルは戸惑っている。いつも見て買っている商品を今更売り込むはずがないからな。

「そう、何の変哲もないうちの領地で育てられる野菜だが味は違うんだ」

「味ですか？」

怪訝《けげん》な表情を浮かべるラエル。

俺は畑に生《な》っているオレの実をもぎ取って割り、剥《む》き出《だ》しになった橙色《だいだいいろ》の果肉を差し出す。

「食べてみてくれ」

「では……」

俺が差し出すとラエルはおそるおそるといった風に果肉をつまんで口の中に入れる。

すると、ラエルの涼しげな瞳が大きく見開かれた。

「甘いっ！」

「だろう？」

「私の知っているオレの実とは比べ物にならないくらい濃厚で甘いです。一体どうやってこのような味を？」

これを食べた後にこのような疑問を抱くのは当然だろう。

種明かしとしては生長しきる前に縮小し、何度も生長を促すことで旨味《うまみ》を向上させることができるのだ。

企業秘密にしたいところだが懇意にしているラエルにはこれらを多く買い取ってほしいので、どのような原理で出来ているかを教えてあげる。

「なるほど、【縮小】にそのような使い道があったとは。ノクト様にしかできない栽培の仕方ですね」

「まあな。俺にしかできないし育てるのも時間がかかるから大量生産とはいかないが、ちょっとした特産品にはできるだろう？」

「ええ、間違いなく売れます。特に食通の貴族や料理人には飛ぶように売れるでしょう」

前世でも美味《おい》しくて稀少《きしょう》な野菜なんかはとんでもない値段がついていたからな。

ラエルはこの特産品を見て、すぐに思考がそのように売る方向にシフトしているのだろう。

「平民向けというより、富裕層向けというわけだな？」

「ええ、そのように絞って売りつけた方が価値も高まり儲《もう》かります」

シレッとえげつない商法を提案するラエル。

プレミア感をつけるということだろう。

その気になれば大量生産も不可能ではないが、俺には領主という立場と仕事もあるしな。

いくら金策とはいえ、これにばかり構っていられないので少数販売というのはありがたいことだ。

「他のやつも試食してもいいでしょうか？」

「ああ、勿論《もちろん》だ」

俺が許可すると、ラエルは他の野菜を手に取って軽く土をぬぐうとそのまま生で食べる。

随分と野性的であるが顔立ちがいいと、そんな姿でさえも絵になるな。

「うん？　こちらの木の実はなんでしょう？」

しばらくいくつもの野菜を試食していたラエルだが、ナデルの実を前にして首を傾《かし》げた。

そう、それはベルデナが住んでいた山に生えていたナデルだ。

そちらはメアのスキルと俺のスキルを掛け合わせることで、ここでの栽培に成功していた。

「ああ、それはベルデナの住み家の近くに生えていた木の実だ。多分、それはここにしかないんじゃないだろうか？」

「ええ、他の国ではわかりませんが、少なくとも見たことがないですね」

そう言いながらラエルが「これも食べても？」と視線で尋ねてくるので、俺は頷《うなず》いた。

「おお、ブドウと似ていますが味の濃さや深みはこちらの方が断然……」

ぱくりと食べたラエルは感動の面持ちで二つ目、三つ目を食べていた。

中々に気に入ったのかもしれない。

屋敷《やしき》にはメアが作ってくれたナデルジャムがあるので、渡したら喜びそうだな。

「他の野菜やナデルも素晴らしいですね。この【縮小】を使った栽培はどの食材でもいけるのでしょうか？」

「多分それほど癖のない奴《やつ》ならいけると思う。まだ試してないやつもあるが失敗はしていない」

「そうですか。今度いくつか稀少価値の高いものの苗を持ってきます」

「高級品を育てさせるつもりだな？」

「ええ、そうすればさらに利益が見込めそうですから」

俺とラエルはニヤニヤとした笑みを浮かべて笑い合う。

これはいいビジネスになりそうだ。

今までこういう金策が何もできない領地だったので、それができるとなるとこうも楽しいとは。

それが延《ひ》いては領民のためとなれば尚更《なおさら》だ。

「しかし、これらはノクト様しか作ることができないのが問題ですね」

確かに。今はあまり想像できないがいずれは領地を離れる用事があるかもしれない。それに俺が死んでしまったら生産できません、というのは未来のことを考えると不安だ。

「……俺と同じような効力を持つスキル持ちがいれば、雇って育てさせることができるかもな」

「ノクト様と同じスキル……というのは難しいでしょうが【縮小】と同じ効果を持つスキル持ちがどこかにいるかもしれませんね」

「領民の中にいるか探してみるよ」

「私の方も他の村や街で探してみます」

今のところ忙しくて領民全員のスキルを把握することはできていない。

神殿の影響の強い街や村なら領民全員のスキルの帳簿をつけているらしいが、一般的な領地では行き届いていないのがほとんどだ。何せ人が多すぎるし調べるのも一苦労だからな。

現時点でのうちの領民であれば、それほどの人数もいないし調べることもできるだろう。

今後の仕事の割り振りや、施策のために知っておいて損はない。

「畑に関してはこんな感じですかね？」

「いや、まだ売り込みたい商品がある」

「まだ他にも何か？」

どこか呆《あき》れ気味のラエルを連れて、俺は少し離れた畑へ連れていく。

そちらではカブ、ジャガイモ、コマツナ、ホウレンソウ、ソラマメといった冬に育てることしかできない野菜が栽培されていた。

「これは⁉　冬にしか育てることのできない野菜がこんなに！」

今日一日でラエルを驚かせるのは何回目だろうか。普段は冷静な奴をここまで驚かせることができて楽しい。

「俺とメアの【細胞活性】スキルをかけ合わせれば、季節外れの野菜だって育てることができるんだ。どうだ？　これも売れるだろ？」

「……ええ、売れます。ビッグスモール領に店を出す決断をしてよかったと心から思っていますよ」

「そうか。それはよかった。これからも末永く頼むよ」

どこか戦慄している様子のラエルの肩を叩《たた》いて言う。

何せうちとの唯一の取引相手だからな。領地の繁栄のためにもラエルとはよろしくやっていきたいものだ。

三話　相談

「ノクト様。支店を出し、特産品を売っていくにつれてビッグスモール領に人が流れ込んでくると思われます。その時のために今のうちに宿なども建設しておいた方が良《い》いと思います」

畑から中央広場に戻ってくると、ラエルが真剣な面持ちで提案してきた。

これまでは領地が整っていないので外からくる人のことなんて考えても無駄だったが、支店が出て、特産品を売るとなると話は別だ。

プレミア野菜の方はともかく、季節外れの野菜が一年中あるとなれば近隣から買い付けにくることだってあるに違いない。

「そうだね。特に宿は急いで作った方がいいね」

「はい、そうして頂けると度々やってくる私共としても助かります」

今はラエルたちしかやってくる人はいないので、空いている民家や、領民の家に泊まってもらっている状態だがこれはよろしくないだろう。

きちんと旅の疲れを癒《いや》してもらうだけでなく、ここでお金を落としてもらうためにも宿が必要だ。

宿を作ることはローグとギレムにいつものようにやってもらうとして、問題は誰にその宿を任せるかだ。

俺は領主であるし、メアはその補佐をしてもらっているので任せるわけにはいかない。

できれば領民の誰かにやってほしいものだ。

グレッグがリーダーとなって狩人《かりゅうど》のような集団ができているが、領民のほとんどは農民だからな。

こういう時は俺だけで決めるよりも、領民のことをよく知っているメアに相談してみよう。

「メア、ちょっといいかい？」

領民と従業員との売買の様子を見守っているメアを呼ぶと、すぐにこちらにやってきた。

「どうなさいましたか？」

「そろそろここに宿を作ろうと思っているんだ。領民の誰かに任せたいんだけど誰がいいと思う？」

「現状ですと手に職を持っているのは男性の方が多いですし、仕事内容的にも女性や子供に振ってあげたいですね。その辺りの事情をよく知っているオリビアさんに相談してみるのがいいと思います」

確かにメアの言う通り、仕事内容からして女性の方が向いている。とはいえ、女子供だけでは作業も大変だろうから子供のいる若い夫婦とかが適切なのかもしれない。

オリビアは今や女性から大きな信頼を得ている。領民の生活事情もきっと詳しく知っているだろう。

広場にオリビアがいれば、すぐに相談できるが今はいないようだな。

既に買い物を終えて家に帰ったのかもしれない。

「わかった、ありがとう。オリビアに相談してみるよ。メアは引き続きここをよろしくね」

「かしこまりました！」

俺はこの場をメアに任せて、オリビアのところに向かうことにした。

◆

広場から少し離れたところにあるオリビアの家にやってくると、ガルムが畑を耕していた。

「やあ、ガルム。オリビアに相談したいことがあるんだけど家にいるかい？」

「はい、今ご案内しますね」

「あ、いや。別に作業を止める程じゃ……まあいいか」

俺がそう声をかける前にガルムは鍬《くわ》を置いて、こちらにやってきてしまった。

まあ、こんな相談内容だけに一緒に聞いてもらった方がいいだろう。

「オリビア、ノクト様がいらっしゃったぞ」

「あら、ノクト様。すみません、色々と物が多くなっていて」

ガルムと共に家に入らせてもらうと、台所でオリビアとククルアが肉の下処理をしているところだった。

ラエルのところで商品を買ったのか、テーブルにはいくつもの野菜や香辛料などが置かれてある。

やはり広場にいなかったのは既に買い物を終えていたかららしい。

「いや、突然押しかけたのはこっちだから気にしないよ。にしても、やっぱりここもオークの肉がたくさんあるね」

台所近くの窓にはオークの肉らしきものが吊《つ》るされていた。

「もう、オークの肉飽きた」

肉の下処理をしていたククルアがどこかうんざりしたように言う。

「あれだけたくさんいたからね。うちでも最近のお肉はオークだよ」

「やっぱり？」

ああ見えてオークの肉は中々に美味《おい》しく、普段ならば重宝されるのであるが、あれだけの数となると領民全員で分けても余ってしまうのだ。

お陰でうちの屋敷《やしき》にも塩漬け肉にして常備されており、炒《いた》め物やスープで毎回具材として出てくる。

美味しいのは美味しいのだが、さすがに何日も食べ続けていると飽きてしまうものだ。

「ですが、これだけお肉を食べられるのは幸せなことです」

「そうね。以前暮らしていた場所だとこんなに毎日食べられなかったもの」

不貞腐《ふてくさ》れているククルアをどこかあやすようにガルムとオリビアが言う。

そうだな。貴族である俺でも以前は毎日のように肉を食べることはできなかった。

それを考えれば、同じものとはいえ肉を毎日食べられることに感謝しないとな。

「ところで、ノクト様。オリビアに相談とは？」

ガルムがそう言うと、オリビアが急いで手を洗って佇《たたず》まいを整える。

俺としては肉の処理をしながらでも構わないのだが、それでは気が済まないようだ。

「実は近々領地に宿を建てようと思っていてね。領民の誰かに任せたいんだけど誰がいいか相談したくて。できれば若い夫婦で子供がいる方がいいかな」

全員女性にしてしまうことも考えたが、やはり力仕事ができる男性もいた方がいいし、いざという時も心強い。

「それだったらオレたちが！」

「うーん、それも考えたんだけどガルムにはメアと一緒に農業の方に専念してほしいし、オリビアも頼りにされていて忙しいでしょ？　それにククルアもまだ慣れていない様子だし」

正直、最初に思いついたのはガルム一家であるが、ガルムはメアと一緒に試行錯誤しながら農業をしてくれているし、オリビアも薬を作ったり、他の領民たちのことを気にかけて行動してくれている。あまり大きな負担はかけたくない。

それに何より、二人に比べてククルアが人間に慣れている様子ではない。グレッグやベルデナといった一部の人間とは問題なく交流できるものの、他の人と話している様子を見たことがなかった。

宿は主に領地外からやってくる人を相手にするのだ。

「ノクト様の言う通りですが、私はそこまで忙しくありませんよ。家族のこともあるのでずっというのは難しいですが、お手伝いとしてならばできます」

「本当に？　無理とかしていない？」

「ええ、本当に大丈夫です。お手伝いでもよければ私自身がやってみたいので」

念を押すように尋ねるが、オリビアは笑みを浮かべてそう答えた。

「そう、ならよかった」

どうやら本当に無理はしていない様子だ。

人当りも良くて、料理の上手《うま》いオリビアがいると安心感があるので助かる。

「それでですが宿の仕事に向いていそうな人に心当たりがあるので今からお連れしましょうか？」

「……いや、俺が行ったらビックリすると思うし、オリビアから言ってくれると嬉《うれ》しいかな」

領主からの頼みとなると領民にとっては命令に等しい。

オリビアやガルムとなると初期からのメンバーで信頼もあるので、そう固く捉えないが他の人はそうじゃない可能性が高いし。

「客足については最初からそう多くはならないだろうし、気楽にやってくれればいいからと言っておいて」

「わかりました。では、私の方で声をかけて了承を貰《もら》えたらお声がけしますね」

「うん、それでよろしく」

四話　毒にも薬にもなる

宿のことをオリビアに相談した翌日。

彼女は宿の働き手になってくれる人材に声をかけてくれたらしく、領地を歩いているとすぐに呼ばれた。

どうやら俺に紹介するためにオリビアの家で待ってくれているらしい。

オリビアに付いていって家に向かうと、そこには二十代くらいの男女と小さな女の子がいた。雰囲気からして家族だろう。

「ノクト様、こちらが宿の働き手を希望してくれた人たちです」

「はじめまして、ノクト様。リバイと申します」

「妻のフェリシーです」

オリビアがそう紹介すると、スッと前に出てきて丁寧に挨拶してくる男性と女性。

どちらもしっかりとした所作で見た者に好感を抱かせる。

こういった外向きの挨拶にも慣れている感じだ。

「こちらは娘のハンナです」

「ハ、ハンナです！」

父であるリバイに紹介されたハンナは、さすがに慣れていないらしくて緊張した様子だった。そ

れでも精一杯挨拶してくれたのが微笑《ほほえ》ましい。

「知っていると思うけど領主のノクトだ。リバイとフェリシーは宴《うたげ》の時によく料理を手伝ってくれていたね」

「ご存じだったのですか？」

「ああいった調理場に夫婦で手伝っているのは珍しいから」

俺がそう言うと、どこか照れくさそうにする二人。

領地を立て直すことで忙しくてまだ全員の名前こそ覚えていないが、顔くらいは覚えている。特にこの二人は宴をやる度に、率先して料理を手伝ってくれていたので印象が強かった。

「リバイとフェリシーは前に住んでいた村で宿の従業員をしていたんです」

「おお！　じゃあ、経験者じゃないか！」

オリビアの推薦理由に思わず俺は驚く。

道理でオリビアがすぐに声をかけたわけだ。

「とはいっても、本当に田舎の村で客がたくさんくるようなところでもないので」

「それに私たちはただの従業員でしたし」

「それでも経験があるだけで頼もしいよ。宿に泊まったことはあるけど、実際にどう回しているか俺にはわからないし」

リバイとフェリシーはそのように謙遜するが、これだけ人となりも柔らかくて経験もあるなら問題はないだろう。

「あの、働くにあたってお聞きしたいことがあるのですが」

「その、宿を建てる費用について……」

リバイとフェリシーがどこか聞きづらそうに尋ねてくる。

確かにここにやってきた人たちはあまりお金を持っていない。

いきなり宿を建てる費用を請求したところで出せるはずがないだろう。

「そういった初期費用については俺がお金を出すから大丈夫だよ。宿をはじめるのに必要な物も言ってくれれば、こっちでお金は出すから」

「本当ですか⁉」

「その代わり商売が軌道に乗ったら、いくらか売り上げを納めてもらうけど吹っ掛けるつもりはないから。これは領地を活性化させるのに必要な設備だからお金を出すのは当たり前だよ」

ラエルが色々売《う》り捌《さば》いてくれた報酬のお陰でビッグスモール家には資金はいくらかあるのだ。それらを領地のために使うのであれば問題ないだろう。

大金も使うべきところで使わなければ意味がないからな。

お金を出すと言ったからかリバイとフェリシーは俄然《がぜん》やる気に満ちている。

まあ、ほとんど出資せずに宿が経営できるとなれば彼等《かれら》からしても美味《おい》しいだろう。

働くのはリバイ、フェリシー、ハンナが中心で、オリビアがそのお手伝いでスタートし、足りなくなれば相談して従業員を増やす。

後の細かいことは作業に入って詰めていけばいいだろう。

「大体、こんな感じかな？　改めてだけど宿で働いてくれるかい？」

「ありがとうございます！　それなら何とかやれそうです！」

「是非とも私たちを働かせてください」

「ありがとう。こちらこそよろしく」

改めて尋ねると、リバイとフェリシーから快い返事を貰《もら》う事ができた。

「ギレムたちに話は通しておくから内装なんかはそっちで相談しておいてね」

「わかりました」

俺は商売人でも宿の経営者でもないので細かいことは口を出さないが、何かあれば相談にのるし、それでも無理そうならラエルを頼ればいいだろう。

よし、これで宿の方もすぐに進められそうだな。

「こんにちは！　あたしハンナ！　髪も綺麗《きれい》だし、耳も可愛《かわい》いね！」

大人たちが真面目な話をしている中、子供同士は小さな交流をしていた。

ハンナはククルアを見て話しかけるが、ククルアは逃げて畑作業をしているガルムの後ろに隠れてしまった。

どうやらまだ慣れていない人が相手だと、ククルアは人見知りしてしまうようだ。

ハンナとは歳《とし》も近そうなので何とかなるかと思ったが、少し時間がかかるのかもしれないな。

◆

リバイたちと顔合わせをした俺は、宿のことを頼むためにローグとギレムの家にやってきていた。

「そういうわけで店が終わったら、次は宿の方を頼むよ」

「おう、次から次へと注文がくるな」

今はラエルの店を製作中なのか図面を書いているところだった。

それを元にして木材を組んで模型を作るのだろうな。

「仕事の途中にさらに仕事を追加してごめんよ」

「まあ、建物が増えるってことは人も増えるってことだ。そのくらい構わん」

「領主様が手伝ってくれるなら、ワシら二人でもどうとでもなるわい」

腕のいい鍛冶師がいて本当に心強いな。

最近はオークキングの襲撃もあって、民家だけでなく防備を増強するために武器の増産もしてくれていたというのに。

「……二人ともありがとう」

「そういや、領主様。商店、宿ときたらそろそろアレを出す頃合いじゃと思わんか？」

俺が礼を告げると、ギレムが重大な案件を提示する学者のような目で見た。

商店、宿と続いて建設するもの？　なんだろう、わからない。それと並ぶほど重要な何かがあるというのか？

ローグの方を見てみるとギレムと同じように真剣な眼差《まなざ》しをしている。先程まで作業の手を止めていなかったというのに今は止めている。それほど大事なものがあるというのか。

「……アレってなんだ？」

「酒場に決まっとろうが！」

率直に聞くと、ローグとギレムに怒鳴られてしまった。

「いや、まあ確かにそれもゆくゆくは建てるつもりだけど現状だとそこまで急ぐべきものじゃ――」

「ふぁぁー、ダメじゃ。もう仕事なんてやってられんわい！」

「領民全員の建物に武器に生活道具。それらをワシらだけでやるなんて無理なんじゃ」

などと言った途端ローグとギレムが崩れ落ち、やる気のない声を上げた。

「おいおい、二人ともついさっき二人でもやってみせるとかカッコよく言っていたじゃないか！」

「そんなこと言ったかのうローグ？」

「思い出せんのう」

物忘れの激しい老人のようにすっとぼけて見せる二人。

ドワーフ特有の老け顔も相まって、本当に老人にしか見えなくなってきた。

先程の男前っぷりはどこにいったというのだ。酒場をすぐに作るつもりはないと言っただけで
――いや、そう言ってしまったからこうなってしまったのか。

「……はぁ、わかったよ。できるだけ早く酒場も作るように進めるから」

「言ったの！　聞いたかローグ！」

「ああ、聞いたぞギレムよ！」

仕方なくそう言うと、先程のだらけた姿はどこへやらローグとギレムの表情が輝いた。

「領主様、ワシらは聞いたからな！　その言葉を！」

「なるべく早く酒場を作るのじゃぞ！」

「わかったから。商店と宿、他の仕事も頼んだからね」

「「任せておけ！」」

酒場を作ると約束したからか、ローグとギレムが物凄《ものすご》い勢いで作業を進めていく。

今のところ領民の中で一番負担がかかっているのはこの二人だ。

領民の娯楽として酒場もいずれは必要になるだろうし、そっちも進めておくか。

ドワーフにとって酒とは毒にも薬にもなりえるんだな。お酒をダシにして、色々とやる気が引き出せそうだけど、扱いには十分に注意が必要だろう。

この二人の言動を見て、俺はそう心に刻んだ。

五話　宿の食堂

「まさかもう出来上がるとは……」

「ああ、予想外だ」

目の前にある商店と向かい合うように建っている宿屋を見上げて、メアと俺は呆然《ぼうぜん》と呟《つぶや》く。

酒場の建設を約束したお陰か商店と宿屋はローグとギレムが即行で組み上げて、俺の拡大で完成となった。

ドワーフの仕事は早い。というか早すぎる。いくら拡大があるとはいえ、一週間も経《た》たずに出来上がってしまうとは予想外だ。

「ローグさんとギレムさんの仕事量がここ数日でグングンと上がっています。何かあったのでしょうか？」

メアが手元にある書類を見ながら小首を傾《かし》げた。

「二人にいずれ領内に酒場を作るって約束したんだ」

「なるほど。それで以前よりもやる気がみなぎってらっしゃったのですね」

俺の言葉を聞いて、メアが納得したように頷《うなず》いた。

ドワーフが酒好きというのは、この世界では誰もが知っている一般常識だった。

彼らの酒への執着はすさまじく、酒がダシになっているならば迅速な仕事ぶりも当然と理解できるものだ。

懸念しているのは二人がスピードを止めることなく、続々と武具や家庭用品の増産をし続けていること。

その黙々と生産を続けている二人の姿勢が、俺には酒場建設を急げと言われているように見えた。

「メアに相談する前に約束してごめんよ」

「いえ、商店や宿ができれば人も増えます。それに最近は移民も増えてきて、そういった施設も必要だと思っていましたから」

よかった。どうやらメアも俺と同じ考えのようだ。

ここ最近は領民も増えてきたからな。

皆には色々と不便をかけているだろうし、オークの襲撃事件もあった。

そろそろ皆のストレスを発散させるような娯楽の場は必要だな。

まだ酒場の他に優先して作ってもらうべきものは多いが、頃合いを見て建設を頼むことにしよう。

「ひいいいい！　なんで設計図を確認して三日後に店ができるんですか！　もっと時間がかかると思っていたので準備ができてませんよ！」

「今、文句を言っても仕方がないだろう。店が早く開けるのはいいことだ。急いで準備を進めるぞ」

商店ではピコが悲鳴を上げて、ルノールが宥《なだ》めている。

「商店の方は準備が大変そうだな」

「ノクト様とラエルさんがお店を作る約束をして、それほど日が経過してませんからね」

ぼんやりと商店を眺めてコメントすると、メアが苦笑する。

一から店を作るのにこんなに早くできるとは普通思わないよな。

ピコの気持ちも大いにわかるけど、俺たちのためにも頑張って一日でも早く開店できるようにしてほしいものだ。

ビッグスモール領で初めての商店とあってか、領民からの期待も多いに高まっている。

お店ができれば人も集まり、賑《にぎ》わう。俺としても商店のオープンはとても楽しみだ。

「反対に宿の方は順調そうだな」

一方、宿屋は俺が初期費用を投資したお陰か、既に営業をスタートしている。

「はい、今の段階では旅人がやってくることはありませんが、ラエル商会の従業員に利用してもらっているようです」

今までは商いにきてもらう度に、従業員たちは空き家や領民の家にお世話になっていたようだから。

それでも問題なかったかもしれないが、気を遣うことも多いらしかったので宿屋の建設は強く望まれていたそうだ。

今では利用してもらう中で問題点を見つけて改善したり、足りないものを買い足したりと順調に営業できている模様。

「宿の外まで並んでいるね」

「一階で食堂を開いており、領民たちの多くが利用しているそうです。料理上手のリバイさんとフェリシーさんの他に、オリビアさんも加わっているので料理の評判はとてもいいようです」

「確かにあの三人の料理なら美味《おい》しいこと間違いなしだね」

「せっかくですし、今日の昼食は食堂で食べましょうか」

「賛成！」

開店準備の頃は忙しいだろうと思って顔を出していなかったので、メアの提案はとても嬉《うれ》しいものだった。

二人の意見が一致すると、俺たちは宿屋の列の最後尾に並ぶ。

「ノクト様、俺たちのことはいいのでお先にどうぞ」

すると、並んでいた領民たちがこぞってお先にどうぞと促してくる。

「いや、そういうわけには……」

「領主様を後ろに並ばせて食べるなんてできませんよ。ささ、どうぞ」

「じゃあ、お言葉に甘えることにするよ。ありがとう」

俺たちが仮に気にしなくても、領民たちは気にするだろう。

俺は彼らの気遣いに甘えて前に進ませてもらうことにした。

先頭で待っていると、程なくしてハンナが出てくる。

「お次のお客様、どうぞ――って領主様⁉」

俺とメアを見るなり驚くハンナ。

「やあ、せっかくだから今日はここで昼食を頂こうと思って」

「すみません、領主様をお待たせしてしまって！」

「大丈夫だよ。俺たちは今来たところだから」

「は、はい！　すぐにご案内しますね！」

ハンナは戸惑いながらも宿屋の娘としてしっかりと案内してくれる。

宿の中に入ると、一階には宿泊客の受付スペースがあり、その奥には多くの領民で賑わっている食堂があった。

食堂に入るとテーブルやカウンターにはぎっしりと領民が座っており、美味しそうに料理を楽しんでいた。

「こちらにどうぞ！」

「ありがとう」

ハンナが案内してくれたのは窓際のもっとも広いスペース。六人くらいは座れるようなまったりとしたソファー席。

本来なら大人数の客を座らせる場所だと思うが、俺たちのために気を遣ってくれたのだろう。ハンナのその気持ちがわかったので素直に礼を伝えておく。

「お母さん！　領主様がきてくれた！」

「ええっ！　本当!?」

「ノクト様が？」

「ご挨拶が遅れて申し訳ありません、領主様！」

まさか俺が来ているとは思わなかったのかフェリシーとオリビア、リバイが厨房《ちゅうぼう》から慌てて出てこようとする。

しかし、これだけの客がいる中でそこまでしてもらうのは申し訳がない。

「そこまで気を遣ってもらわなくていいよ。今日は様子見がてら、食事を楽しみにきただけだから」

「す、すみません」

やはり忙しかったのだろう。そう言うと、リバイとフェリシーは頭を下げ、すぐに厨房に戻っていった。

もう少し落ち着いた頃に来れば良かったかな。でも、普段の営業している感じも気になったし仕方がないか。

「ハンナちゃん、宿のお仕事はどうですか？」

「お客さんも皆優しいし、お仕事が楽しいです！」

メアが宿屋の様子を尋ねると、ハンナは実にいい笑顔でそう言った。

「それは良かったですね」

「うん！」

子供であるハンナが楽しいと言える状況なら良かった。

すぐに外からの客がやってくるかはわからないが、領民が十分に客として来てくれているので問題ないだろう。

「ご注文は何にしますか？」

ハンナにそう言われて俺とメアは壁にかけられている木札を眺める。

色々な家庭料理やちょっと凝ったメニューも書かれているが、とっさに決めるとなると悩んでしまう。

「オススメはあるかい？」

「今日は鍋がオススメです。ノクト様に拡大してもらった大きなネギに、大きな豚肉が巻かれているので美味しいんです！」

「それは美味しそうだね。メアもそれでいいかい？」

「はい、それにしましょう」

「ということで、それを二人前でお願いするよ」

「かしこまりました！」

そのように注文するとハンナが元気な声を上げて厨房に伝えにいった。

そして、それが終わるとすぐに他のお客さんに呼び止められ、笑顔を振りまいて注文を受けている。

ハンナは既にこの宿で看板娘として活躍しているようだ。

「お待たせしました。今日のオススメ鍋です」

しばらく食堂の様子を眺めながら待っていると、ほどなくしてオリビアが鍋を持ってきてくれた。

結構な大きさの鍋なのでオリビアが代わりに配膳しにきたのだろう。

「美味しそうですね！」

「ああ」

鍋には大きなネギの豚肉巻きが浮かんでおり、白菜やキノコ、ほうれん草などが入っていた。

しっかりと出汁《だし》をとっているのか、鍋からは優しい香りがする。

「お注ぎしますね」

メアがお玉を手に取って、具材を茶碗《ちゃわん》に入れてくれた。

少し白菜やほうれん草が多いように感じるのはメアの優しさかな。

「それじゃあ、いただこうか」

「はい！」

メアが自分の分を入れるのを待ってから食べる。

まずはメインのネギの豚肉巻きから。

口に入れるとシャキッとした食感。ネギの甘みとよく染み込んだスープの出汁が広がる。

「これ美味しいね！」

「ありがとうございます。ノクト様が食材を拡大してくださったお陰で存分に使えます」

素直に感想を述べるとオリビアが嬉しそうに笑った。

「……微《かす》かに生姜《しょうが》の風味がします」

「今日は少し風が強くて肌寒いので、身体《からだ》が温まるように入れました」

「なるほど」

同じ料理を作る者として気になるのかメアは感心したように頷いていた。

ちなみに俺は一口食べただけじゃわからなかった。

言われてスープを飲んでみると、微かに生姜の味がするような気がする。

その日の天気や気温も参考にして料理の具材や味付けも変えているのか。

さすがだな。前世で一人暮らしをしていた時は、そんなことまったく考えずに料理を作っていたもんだ。

「豚肉巻き以外の食材もスープが染み込んでいて美味しいね」

「はい、食感が楽しいです」

白菜やキノコ、ほうれん草も柔らかくて美味しい。

味もとても爽やかなので次々と食べられてしまう。

「あ、あの、ノクト様」

夢中になって料理を食べていると、メアがおずおずと声をかけてくる。

「うん？　どうしたんだい？」

「窓に……」

メアの指さした方向を見ると、そこにはベルデナが窓に張り付いていた。

その視線は俺たちの食べている鍋に向かっており、口から涎《よだれ》が垂れている。

うん、一緒に鍋を食べたいんだろうな。言葉にしていなくても表情だけでよくわかる。

「……オリビア、悪いけど彼女を中に入れてあげてくれない？」

「わかりました」

俺の頼みにオリビアはクスリと笑って外に出た。

六話　ベルデナ、鍬で穿つ

「ノクト！　私も何か仕事が欲しい！」

食堂で昼食を食べ終えると、ベルデナが突然そんなことを言いだした。

「うん？　ベルデナは領内にいる魔物を退治したり、狩りをしてくれたり十分活躍しているじゃないか」

それに領内ではたまに俺の護衛もやってくれている。ただでさえ、危険な役割が多いというのに、これ以上仕事を増やすわけにはいかない。

「そう？　えへへ――って、そうじゃない！」

俺の言葉を聞いて照れていたベルデナであったが、すぐにテーブルを叩《たた》いて持ち直した。

じゃあ、どういうことなんだ？

「ベルデナさんは領内でも何か仕事が欲しいのですよね？」

「そう！　私も領内でも活躍できる仕事が欲しい！　メアだけノクトとイチャイチャしててズルい！」

「べ、別にイチャイチャなんてしてませんから！」

ベルデナにそのように言われ、メアが真っ赤になって否定する。

ふむ、ベルデナも領内での仕事が欲しいということか。確かにいつもいる三人の内、一人だけ外の仕事ばかりというのも寂しいな。

「仕事がないことはないが本当に大丈夫なのか？　今でも結構忙しいだろう？」

「ぜんぜん問題ないよ！　最近は狩人も森に入るようになったし、体力には自信があるから！」

「以前に比べて狩猟人の数も増えたので、少しくらい振ってみてもいいかもしれませんね」

前のようにベルデナじゃないとできない仕事は確実に減っている。

彼女は山の中で孤独な生活を送っている時間が長かったし、領内での仕事もやらせた方がいいのかもしれないな。

メアだって問題はないと言っているしな。

「わかった。それじゃあいくつか仕事をやってみようか」

「うん！」

商店や宿の方も順調に進んでいるみたいなので、急いでやるべき仕事は今のところはない。

今日はベルデナに付き合ってみることにした。

ハンナに人数分のお代をしっかりと払って、外に出る。

ハンナは領主である俺からは貰《もら》えないなどと言っていたが、領主だろうとそういうところはキッチリしたいので無理矢理押し付けた。

美味《おい》しい料理といいサービスにはしっかりとお金を払いたいし。

俺が食材を拡大してあげたとはいえ、ベルデナが何度もお代わりをして食材を大量に消費したので無料だなんてとんでもない。

そんなわけで満足して食堂を後にした俺たちは空き地にやってきた。

「何もないけど私は何をすればいいの？」

「ここの空き地を耕して畑にしてほしいんだ」

「ああ！　領民の皆がやっている鍬《くわ》で耕すやつだね？」

「そうそう。領民の数も増えてきたから、そろそろ畑を増やしておきたいと思ってね」

最近は領民が増えたお陰で作物の生産量も増えてきた。

逃げ出した領民の使っていた畑も残り僅かになってきたので、ここらで新しい畑を作っておきたいのだ。

「畑を耕すのは大変ですが、体力のあるベルデナさんが加わってくれるなら頼もしいです」

「わかった！　私、頑張る！」

メアにそう言われてやる気を漲《みなぎ》らせるベルデナ。

体力や力も十分にあるベルデナなら、きっと凄《すご》い勢いで畑を耕してくれるに違いない。

「それでは鍬をお借りしてきますね」

「ああ、それなら俺が持っているから必要ないよ」

メアがそう言って近所の領民のところまで行こうとしていたので引き留める。

「いや、ノクトは鍬を持ってないよね？」

「ポケットに入れてあるんだ」

「はい？」

質問に答えるとベルデナとメアが揃《そろ》って首を傾《かし》げて困ったような顔をする。

「こうやって縮小してポケットに入れてあるんだよ」

「あ、可愛《かわい》いです！」

「ちっちゃい鍬だ！　……もしかして、これを大きくするの？」

「そう。こうやって取り出して拡大すればすぐに使えるんだ」

小さな鍬を拡大させると、通常サイズの鍬が手の平の上に乗った。

すると、ベルデナとメアがパチパチと手を叩いてくれる。

「すごいけど、変なスキルの使い方だね」

「そうかい？　大きな荷物にならないし便利だと思うんだけど？」

「確かにそうですが中々思いつかないと思います」

「ノクトって面白い考え方するよねー」

感心してくれたけどメアもベルデナも苦笑いしている。

確かに小さくして持ち歩くのは変かもしれないけど、すごく便利なんだよね。

いざという時のために俺は武器から日用品まで縮小して持ち歩いているのだ。

「まあ、とにかくこれでやってみてくれ」

「うん！」

ベルデナに鍬を手渡して、彼女は耕すべき空き地に移動する。

「よーし！　いっくよー！」

すると、ベルデナが大きく鍬を持ち上げて一気に振り下ろした。

鍬が地面に打ち付けられてズズンと大地が揺れ、大きく抉《えぐ》れる。

「これは耕すというより穿《うが》つだな」

「で、ですね」

舞い上がる土や衝撃に呆然《ぼうぜん》としてしまった俺とメアの目の前では大きなクレーターが出来上がっていた。

「えいっ！」

しかし、ベルデナはクレーターを気にすることなく再び鍬を振り下ろした。

その度に穴が大きく、深くなっていき大地が揺れる。

「ちょっと待ってくれベルデナ！　力が強すぎだ！」

「ええ？」

「軽く表面を掘り返すだけでいいんですよ？」

「ご、ごめん」

俺とメアが慌てて注意すると、ベルデナがしょんぼりとしながらも謝る。

彼女は山で一人暮らしをしており、こういった事に慣れていないだけだ。別に悪気があるわけではないだろう。

「大丈夫さ。穴が空いても俺が埋めてあげるから、ゆっくりと慣れていこう」

「ありがとう！　ノクト！」

優しくフォローをするとしょんぼりしていたベルデナの顔がぱあっと華やいだ。

俺は大きな穴に向かって縮小を発動。

大きく穿たれた穴は、まるで巻き戻しされたかのように小さくなっていき、やがて目立たない程度になった。

「こんな風に土を軽く掘って、空気を含ませるようにやるといいよ」

「えっと、こうかな？」

試しに見本を見せてからやらせてみると、ベルデナの振るった鍬がまたしても地面を穿った。またしても大きな穴が空き、土が勢いよく飛び散る。

そんな悲惨な状況を前にしてベルデナが涙目になって振り返る。

「ノ、ノクト……」

「大丈夫。穴ができてもまた俺が埋めてあげるからゆっくり慣れていこうな」

「うん」

この後、五回ほど俺が穴を埋めるとベルデナはようやく力加減を摑《つか》んでくれた。

七話　ククルアの友人計画

ベルデナが鍬《くわ》の扱いをマスターすると、俺は休憩をかねて散策をすることにした。

長時間立っていると中々に足にくるからな。少し歩き回って凝り固まった筋肉をほぐしたい気分だった。

ちなみにまだまだ体力のあるベルデナは今も空き地を耕してくれている。監督役としてメアをつけているので暴走することはないだろう。

体力に満《み》ち溢《あふ》れているベルデナが開墾に加わってくれれば頼もしいことこの上ない。

魔物の退治や俺の護衛があるとはいえ、作業速度が段違いだからな。

人間の社会で生活する上でも是非とも慣れてほしいものだ。

そんな感じで領内を歩き回っていると、ガルムとククルアが木陰で座っていた。

いつものように農作業をしていたり遊んでいたりするのであれば、あまり気にしないのだが、二人の表情はあまり優れていないように見えない。

ククルアは三角座りをしていじけているように見えるし、ガルムもどこか困っているような雰囲気だ。

もしかして親子喧嘩《げんか》だろうか？　他人の家庭に首を突っ込み過ぎてはいけないとは思いながら、どうしても気になってしまって声をかける。

「ガルム、どうかしたのかい？」

「ノクト様！　これはその何というか……」

「もしかして、親子喧嘩かな？」

「いえ、そうじゃないんですよ」

どこか茶化しながら言うと、ガルムは少し困ったような顔をする。

「言いにくいことなら無理に聞かないけど相談にはいつでも乗るよ？」

そのように言ってみると、ガルムがこちらに近付いて小声で打ち明けてくれた。

「その、恥ずかしながらいつも傍《そば》にいたオリビアがいないもので、ククルアは寂しがっているようで……」

「あー……」

母親が大好きな子供であれば、一度は通る道なのかもしれない。

その原因を作ったのが俺なのでガルムも言い難《にく》かったのだろう。

「それは悪いことをしてしまったね。オリビアには俺から頼んで戻ってもらおう」

オリビアは俺が頼んだから宿の手伝いをしてくれている。

働き始めて早々で悪いが、領主である俺が言えばまたいつもの生活に戻ってくれるはずだ。

ククルアと過ごす時間も多く増えるだろう。

そのように思っての提案だったがガルムは首を横に振った。

「いえ、そこまでして頂く必要はありません。妻もノクト様から頼りにされ、役割を貰《もら》えて嬉《うれ》しがっているんです」

「でも、それじゃあククルアが……」

領内に貢献してくれるのは嬉しいが、さすがに領民の家庭を壊すようなことはしたくない。

「ククルアはもう十歳です。母親が傍にいないだけで寂しがるようでは、これからの生活にも支障が出ますから」

前世なら十歳であれば、小学校高学年か。

まだ母親とべったりでもセーフかもしれないが、それでも学校に通っている間は会えないのが普通だ。

平和な前世の子供でもそうなので、成人年齢が早いこの世界でべったりというのは甘えていると捉えられるかもしれない。

「そうか」

ガルムやオリビアがそのように判断してやっているのであれば、俺としては強くは言えない。

何せ俺はガルムのように子供を持ったことがないのだから。

「オレだけで寂しさを紛らわせることができればいいのですがね。なんだか恥ずかしい家庭事情を晒《さら》してしまってすみません」

「いや、気にしないでくれ」

母親と娘の仲の良さは父親には真似《まね》できない部分でもある。

母と娘は親子でありながらも親友のようなものだ。

普段は働きに出ている父親が娘の寂しさを埋めるというのは難しい。

過ごした時間や遊んだ時間も違うからな。

「本当はオリビアのように宿で働いて、他の人と交流を持てれば……とまではいいませんが、ハンナちゃんのような同じ年頃の子と仲良くなってくれればと思います」

「友人がいれば、寂しさを感じないかもしれないしね」

たとえ、大好きな母親と一緒にいられなくても仲のいい友人がいれば楽しく過ごせる。

ガルムはククルアにそんな風に過ごせるような友人を作ってほしいのだろう。

「ちなみにククルアに友人は？」

「オレの知っている限りで仲良くしているのはノクト様、ベルデナさん、メアさんくらいかと……」

自分がそこに含まれていることは嬉しいが、見事なまでに同年代の友人がいない。

確かに俺を除くとベルデナやメア以外に誰かと話している姿は見ないな。

「領地には他に子供もいるんですけどね。やはり、獣人だから避けられているのでしょうか？」

おっと、自らの娘のことを思うあまりガルムの思考がマイナス方面に向かっている。

「いや、そんなことはないよ。現にオリビアやガルムにはたくさんの人との関わりがあるじゃないか」

「そ、そうでした。つい、失礼なことを言ってしまいすみません」

「大事に思うあまり悪い方に考えちゃうこともあるものさ」

俺も領地のことを考えていると、つい悪い方に悪い方にと思考が向かってしまうことがある。最悪のケースを想定するのは悪いことではないが、常にその事ばかり考えていても前に進むことはできない。

「どちらかというと友人ができない理由は、ククルアの内気さにあるのかもしれないね」

「そうですよね。あの子はオレやオリビアと違って人間に慣れていませんから」

少し悲しそうな表情でガルムが言う。

ガルムたちは前に暮らしていた村で人間から迫害を受けていたと聞く。

大人であるガルムとオリビアはともかく、子供であるククルアが人間に対して強く怯《おび》えを抱いてしまうのも無理はないだろう。

だけど、俺の領地にはそのような迫害をする者は一人もいない。とまで断定はできないが、そのようなことを起こす人物はいないはずだ。

ククルアがこれから生活していく上でも何とか乗り越えてもらいたい。

「……ちょっと俺がきっかけを作ってみようと思うんだけどいいかな？」

そう考えた俺は手を貸してみることにし、ククルアの友人作りのための作戦をガルムに伝えた。

「いいですね！　是非、お願いできますか？」

「任せてくれ」

結果としてガルムはそれを許可してくれて、俺は早速行動に移すことにした。

◆

ガルムのところから離れた俺は、再び宿屋に戻ってきた。

理由はククルアの友人になってくれそうな少女に会うためだ。

人間に慣れてもらう意味でも、手始めに年の近いハンナとでも仲良くなってほしい。

彼女は性格も明るく実にいい子だ。同じ年頃であるククルアと友達になりたがっていたようだし、俺の誘いに乗ってくれるのではないかと思う。

食事時を過ぎた宿屋はどこかまったりとした空気が漂っており、昼食を食べ損ねた領民がまばらに座っている程度。

フェリシーがカウンターに立ちながら皿を布巾で拭い、お客と談笑している。

宿の外庭に視線を向けると、そこにはハンナが丸太のイスに腰かけていた。

日光を浴びながら気持ちよさそうに鼻歌を歌って、足をプラプラとさせている。

見たところ何かの仕事をしているようには見えないな。

「やあ、ハンナ。今は休憩中かな？」

「領主様⁉　は、はい！　お客さんがいなくなってきたので休憩していました！」

声をかけるとハンナが驚き、速やかに立ち上がる。

まだ領主である俺に慣れていないのか、ちょっと緊張気味の様子だ。

少女に緊張感を与えると申し訳ない気持ちになるが、これぱっかりは慣れてもらうしかないな。

せめて怖い人だと思われないように優しく接しよう。

「お母さんかお父さんを呼びましょうか？」

フェリシーかリバイに用があると思われたのか、ハンナがそのように言ってくる。

「いや、今回はハンナに用があるんだ」

「私ですか？」

「うん、実はククルアと一緒に遊ぼうと思ってね。ハンナが嫌じゃなければ一緒に遊んでくれないかな？」

「ククルアちゃんと！　いいんですか？」

「勿論《もちろん》さ。ただククルアは内気だから反応が良くないかもしれないけど、それでもいいなら……」

「大丈夫です！　私、ククルアちゃんとお友達になりたいので！」

過去の事を話すわけにはいかないので濁した言葉になるが、それでもハンナは気にすることなく頼もしい台詞《せりふ》を言ってくれた。

「前からククルアのことを気にしていたもんね。やっぱり同じ年頃だからかい？」

「それもありますけど、ククルアちゃんってすごく可愛《かわい》いじゃないですか！　それにピンと立った耳にフワフワとした尻尾！　是非お友達になってモフモフ――じゃなくて仲良くしたいんです！」

ククルアと仲良くしたい理由を熱く語ってくれるハンナ。

獣人を忌避する可能性はまったくなさそうなので安心したが、その迸《ほとばし》る獣人愛が少しだけ心配だった。

八話　葉っぱのトランポリン

ハンナを誘うことに成功した俺は、そのままハンナを連れてガルムの家に歩いていく。

勿論《もちろん》、休憩中のハンナと遊ぶことはリバイとフェリシーに承諾を得ている。ついでにオリビアにも友人作りのことを話して許可を貰《もら》っているので問題はない。

ハンナの歩くペースに合わせながら進むと、程なくしてガルムの家に着いた。

今度のククルアは、先程のように木陰で座っているのではなくガルムと一緒に畑の雑草を抜いているようだ。

「やあ、ククルア」

「あ！　ノクト様！」

俺が声をかけると嬉《うれ》しそうな声を上げて立ち上がったククルアであるが、傍《そば》にハンナがいるとわかると微妙な顔になった。

「これから少し面白い遊びをしようと思うんだけど一緒にどうだい？」

「面白い遊び？　そっちの子も一緒？」

「そっちの子じゃなくてハンナだよ！　ククルアちゃん！」

「う、うん」

ハンナの明るい言葉に思わずたじろぐククルア。

良く知らないハンナが傍にいたので戸惑っているようだ。

それを理解しつつも俺は再び誘いの言葉を投げかける。

「どうだい？」

「う、うーん、やっぱり畑の仕事があるから……」

やはり知らない子がいると嫌なのかククルアが断ろうとする。

しかし、それくらい予想の範疇《はんちゅう》だ。俺はガルムへと視線を送る。

「雑草抜きなら父さんがやっておいてあげるさ。ノクト様やハンナちゃんと遊んでおいで」

「ええ？　でも、他にもオレの実とか見ないと」

「それならさっき確認しておいたから大丈夫さ。今日の仕事はもうないよ」

「…………」

ククルアの退路を露骨に潰していくガルム。

仕事がない以上は仕事を理由に逃げることはできない。

ククルアの表情はこちらから窺《うかが》うことはできないが、察してくれない父親に不満を抱いているに違いない。

それがわかっているガルムは苦笑いしながら娘の圧力に堪えているようだ。

退路を断つだけではククルアの気持ちは変わらないので、俺は前向きになれるような甘い誘いを仕掛ける。

「今日は縮小スキルを使って面白い遊びをするんだけどなー。ククルアは興味ない？」

すると、ククルアの耳がピクリと反応して振り返った。

「それって小さくするスキルだよね？　それで何して遊ぶの？」

「それは遊んでからのお楽しみさ」

ククルアとは拡大を使って物を大きくして遊んだりしたことがあるが、縮小を使って遊んだことは一度もない。

彼女も俺がこのスキルでどのように遊ぶのか非常に気になるのだろう。

ククルアの胸中に渦巻く好奇心を表すように尻尾が激しく揺れる。それとハンナがいることの葛藤を表すように時折不安げに波打っていた。

「ククルアちゃん、可愛《かわい》い……」

そんな彼女を見守るハンナが顔をだらしなくさせて呟《つぶや》く。

遊ぶか遊ぶまいか必死に悩んでいる彼女の姿は、ちょっと小動物っぽくて確かに可愛らしいな。

「ククルアちゃんも一緒に遊ぼう？」

「……う、うん。遊ぶ」

ハンナの言葉がククルアの心の後押しになったのかは不明だが、とにかく彼女はコクリと頷《うなず》いてくれた。

よし、遊びに誘うことさえできればこっちのものだ。

ひとまず遊ぶことになった俺たちは畑から離れて、ガルムの家の裏側に回った。

こちらは少し開けており、草花が生い茂っているだけなのでガルムの仕事の邪魔になることもない。

「縮小スキルでどうやって遊ぶの？」

「私も気になってました！」

余程気になっていたのだろう。ククルアとハンナが早速とばかりに尋ねてくる。

「それはね、俺たちの身体《からだ》を小さくするんだ」

俺がそのように言うと、ククルアとハンナが目を丸くして驚く。

「……私たちでもそんなことができるんですか？」

「多分できると思うよ。やってみる？　身体が小さくなると目に見える世界が変わって面白いよ」

「やります！」

俺の提案する遊びに即座に食いついてくるハンナ。

「小さくなってもちゃんと元に戻れる？」

「はっ！　小さくなって戻れないのは困ります！」

ククルアの懸念を聞いて、ハンナが愕然《がくぜん》とした表情を浮かべた。

二人の心配がとても可愛らしくて微笑《ほほえ》ましい。

「勿論ちゃんと戻れるよ。ベルデナも大きくなって小さくなれただろ？」

「そ、そうでしたね。安心しました」

「それならお願い」

小さくなった人間の状態からベルデナが大きくなったのはククルアも知っている。

確かな実例を出してあげるとククルアとハンナは安心したようだ。

俺は日常的にこのスキルを使っているし、自分の身体にもかけたことがあるから慣れているけど、そうじゃない人からすれば不安になってしまうのも当然だろう。

「じゃあ、まずはハンナから。スキルをかけられると無意識に抵抗したくなっちゃうかもしれないけど、俺を信じて受け入れてほしい。そうしないと小さくなれないから」

「わかりました！」

俺は度胸が比較的ありそうなハンナから縮小をかけてみることにした。

「縮小」

前に出てきたハンナを対象にしてスキルを発動する。

「わわっ！　えーっと抵抗せずに受け入れる……」

スキルをかけられたことに驚いたのかハンナが身を固くして無意識に抵抗するが、俺の説明を思い出したお陰かすぐに意識して受け入れる。

すると、ハンナの身体がスルスルと小さくなっていき、身長が十センチ程度になった。

「うわわわ、領主様とククルアちゃんがすごく大きくなっています！」

「俺たちが大きくなってるんじゃなくて、ハンナが小さくなってるんだよ」

「そうでした！　うわあ、すごい！　身体が小さくなるとこんな風に見えるんですね！　傍にあるお花が大きい！」

あらゆるものが大きくなった世界を目にして興奮しているのか、小さなハンナが跳ねまわる。それでも近くに生えている花よりもハンナは小さい。

彼女の視界では目の前にある花が、見上げるほどの大輪の花に見えているのだろうな。

「本当に小さくなってる……」

「次はククルアだね。準備はいいかい？」

「うん」

ククルアが頷くのを確認すると、同じように彼女にも縮小をかけていく。

俺が最初に言った言葉を覚えているのか、ハンナの時にあった抵抗感はほとんどなくスルスルと身体が小さくなった。

それだけ信用してくれているということだろうか。ちょっと嬉しいな。

ククルアは自分の身体を確かめるように触ると、今度は周囲を見渡した。

「これが小さくなった世界！」

「すごいよね。ただのお花や雑草が私たちよりも大きいんだよ！」

「本当だ！　大きい！」

ククルアも興奮しているからだろうか。ハンナの言葉に自然と返事する。

その些細《ささい》な変化に頬を緩めながら俺も自分の身体に縮小をかける。

すると、視界が一気に低くなってククルアやハンナと同じくらいの大きさになった。

ただの雑草がまるで深い森のようになる。

普段は気にも留めない草花が、いつにも増して存在感を示していた。

見下ろすものを見上げるようになるのは新鮮だな。

「見て見て！　葉っぱに乗れるよ！」

「葉っぱの上でジャンプもできる！」

小さくなった世界を眺めていると、ハンナとククルアがいつの間にか雑草に上っていた。

そして、大きな葉っぱの上でピョンピョンと跳ねている。

小さくなって身体が軽くなっているからか、葉っぱから落ちることはない。しっかりと茎が受け止めてくれているようだ。

「さすがは子供たち、発想が柔軟だな」

何度か縮小で小さくなったことはあるが、そのようなことを考えたことはなかった。

あまりにも二人が楽しそうに跳ねているので、俺も真似《まね》して葉っぱの上でジャンプしてみる。

すると、葉っぱは俺の体重を見事に吸収して押し返してきた。

その力で俺の身体がフワリと宙に浮く。

そのまま何度も跳ねてみるが、葉っぱは少し沈むと押し返してくれる。

「これは楽しいな。まるで、天然のトランポリンみたいだ」

俺たちは夢中になって葉っぱの上で跳ね続けるのであった。

九話　落下と急上昇

「ふう、疲れた。少し休憩だな」

しばらく葉っぱの上で遊び続けると疲れてきたので休憩をすることにした。

ジャンプをやめて、葉っぱの上に腰を下ろす。

雑草の葉っぱは、腰を下ろすのにも最適で程よく体重を受け止めてくれていた。

それに頭上にはたくさんの葉があるお陰で日陰になっていて涼しい。

「葉っぱの上に座るなんてファンタジー感があるなぁ」

こんなことは元の身体《からだ》では中々できないな。いや、丈夫な葉っぱを拡大してやれば、縮小しないままでもできるか？

そのような品種の植物は見たことがないが、探してみる価値は十分にあるな。

子供たちの天然の遊び場にもなるし、椅子やベッドとして利用できそうだ。

「大ジャンプ！」

「こっちも大ジャンプ！」

なんて考えながら休憩している間にも、頭上ではククルアやハンナの楽しそうな声が聞こえてくる。

今はどちらがより高く跳べるか競い合っているのだろうか。

「ククルアとハンナは元気だな」

縮小世界の前では人見知りも吹き飛んでしまうのか、今ではすっかりと楽しんでいる。

それは大変素晴らしいことであり、計画通り進んでくれているので嬉《うれ》しいのだが、さすがに元気過ぎだ。

俺もまだ青年といえる年齢で若いはずだが、彼女たちのエネルギーには敵《かな》いやしないな。

なんて思いながら見上げていると葉っぱの隙間から水色と白の布が見えた。

……多分、ククルアとハンナの下着だ。

縮小で小さくなると、どうして毎度このようなラッキースケベ的な展開になってしまうのだろうか。前も小さくなった時にメアの下着を覗《のぞ》いてしまった気がする。

無邪気な少女の下着を目にしてしまっただけに罪悪感が半端ない。

別に小さな子供に欲情する趣味はないが、男として見るべきではないだろう。

……パキキ。

そう思って目を逸《そ》らしていると、傍《そば》から不穏な音が聞こえた。

「なんだ今の音は？」

妙な音が気になって耳を澄ませていると、またしても『パキパキキ』と何かがひびわれるような音がする。

そして、その音はククルアやハンナが飛び跳ねる度に鳴っており……そこではたと気付いた俺はすぐに顔を上げた。

勿論《もちろん》、下着を覗くためではない。二人に注意を促すためだ。

「わあああああっ⁉」

「きゃああああああっ⁉」

跳ねるのをやめるように言おうとした瞬間、頭上で跳ねていた二人が落ちてくる。

どうやら度重なるジャンプに茎が耐え切れなくなり、折れてしまったようだ。

目の前では真っ逆さまに落ちてくるククルアとハンナの姿。

どちらかに手を伸ばしても片方しか助けることができない。

いや、手を伸ばすなんかよりもずっと確実に二人を救う方法がある。

「拡大！」

俺は座っている自分の葉っぱに手を当てて拡大を施す。

すると、葉っぱと茎がグングンと大きくなり、真っ逆さまに落ちてきた二人を柔らかく受け止めた。

「二人とも大丈夫かい？」

「「あはははははは！」」

俺が慌てて駆け寄ると、二人は顔を見合わせるなり笑った。

よくわからないけど恐怖よりも楽しさが勝ったらしい。

ヘタするとトラウマレベルの恐怖なので、二人の心身に異常がなくて本当に良かった。

しかし、安心したのも束の間《つかのま》。二人はとんでもないことを口走る。

「領主様、今の楽しかったです！」

「もう一回やりたい！」

こちらの心境など物ともせず、ハンナとククルアはおねだりしてくる。

「……ダメだよ。俺の心臓がもたないから」

「「えええええー」」

仲良くなるためとはいえ、他人様の子供に怪我《けが》なんてさせられない。

勿論、そんな危ない遊びは却下する俺だった。

◆

ククルアとハンナが落下した後は、石の上に移動して休憩することにした。

二人は丈夫そうな葉っぱに移動して飛び跳ねたそうにしていたが、止めさせてもらった。

純粋に俺の心が持たないのもあるし、二人の身体を休ませるのも大事だと思ったから。

そんな訳で俺たちは何てことのない石の上に座っている。

縮小する前なら足首にも満たない高さの石。

しかし、今の俺たちからすればよじ登るような高さであって、ちょっとしたクライミング気分だった。

「ピー！　ピー！」

三人でボーっと座っていると、頭上でそんな声が響く。

気になって視線を上げると、空には青い鳥が舞っていた。

もしかして、肉食の鳥じゃないだろうか？　今の俺たちが攫《さら》われでもしたら大変なことになる。

「あっ！　ピピル！」

急いでここから離れて避難しようかと考えていると、ククルアが頭上を見て叫んだ。

するとその声が聞こえたのか青い鳥がこちらにやってきた。

「ピー！」

青い鳥は俺たちを見ても襲うことなく、地面にゆっくりと降り立った。

小型の鳥ではあるが今は俺たちよりも十分大きくて、羽ばたきで強い風が巻き起こる。

思わず両腕で顔を覆っていると、ククルアが一目散に石から降りて近づいていった。

「よしよし、ピピル！」

「ピー！」

青い鳥に抱き付いて身体を撫《な》でるククルア。

鳥もそれを不快に思うことなく、嬉しそうに目を細めていた。

「ククルアちゃん、その鳥さんとは知り合い？」

「うん、ピピルっていうんだ！　いつも餌を上げていたの！」

ハンナが尋ねると、ククルアが笑顔で青い鳥のことを話してくれる。

どうやらククルアとピピルは知り合いだったようだ。

小さくなっても襲うことなく、ククルアと接することができるなんてお利口さんだ。いい関係を築けている証《あかし》だろう。

「小さくなって見ると、ピピルって意外と大きいんだね！　それに羽根もしっかり生えてる！」

「ピー！」

ククルアの言葉にどこか自慢げに反応するピピル。

つぶらな瞳に丸々とした身体がとても可愛《かわい》らしい。身体に生えている青い羽根はとても色鮮やかで柔らかそうだ。

「ね、ねえ、ククルアちゃん。私もピピルを撫でてもいい？」

「俺も触ってみてもいいかい？」

そして、そんな可愛らしい生き物を見て興奮する少女が一人。

かくいう、俺も触ってみたくて堪《たま》らない者の一人だった。

俺にはククルアのように信頼関係を築けている動物がいないので、このように小さくなって触れることは危険でできなかった。

しかし、ククルアの言う事を聞く賢いピピルなら思う存分に撫でることができる。

「……ピピル、領主様とハンナも触ってもいい？」

「ピー！」

「多分、大丈夫だと思う！」

その多分という台詞《せりふ》が少し不安だが、コクリと頷《うなず》いたピピルの反応を見る限り大丈夫そうだ。

俺とハンナはおそるおそるピピルへと近づいて、その体に触れてみる。

「うわぁ、サラサラ」

「それに柔らかいね」

ピピルの青い羽根はまるで絹のように滑らかだ。指を入れるとスッと通っていく。

そのまま手を押し込むとフワフワとしており、ピピルの体温が感じられた。

小鳥に触れたことはあるが、こんな風に思いっきり触ったのは初めてだったので感動だ。

ハンナと俺がわしゃわしゃと体を撫でると、ピピルは心地よさそうに目を細めてくれた。

十分にピピルを撫でて堪能《たんのう》したハンナと俺は礼の言葉をかけて離れる。

「そうだ。今ならピピルの背中に乗れるかも！」

すると、ククルアがとんでもないことを言って、ピピルの体をよじ登り始めた。

ピピルもククルアの意図を察したのか、体を低くして登りやすいようにしてくれている。

「ククルア、さすがにそれは危なくないか？」

「でも、今ならピピルの背中に乗って飛べるんだよ？」

ピピルの背中にまたがったククルアがとってもいい笑顔で言う。

確かにそれは魅力的な体験だ。

鳥の背中に乗って空を飛ぶなんてことは普通に過ごしていてできることではない。

落下という危険性を考慮しても魅力に思えてしまう。

でも、危ないしなぁ。

自分たちの身体を元に戻して、ピピルを拡大しても落下というリスクに変わりはない。大きくなろうが高所から落下すれば大怪我や死亡のリスクは変わらない。

それに小さくなって空を飛ぶのがいいのであって、大きくなって飛ぶのは何だか違うと俺の心の中の少年が告げていた。

「私も乗る！」

そのような葛藤を抱いている間にもハンナがよじ登ってしまった。

さすがは子供。迷いが少ない。

「ちょっと待ってくれ。やっぱり危ないから」

「ほら、ノクト様も早く！」

二人を止めようと近寄ると、ククルアとハンナに手を引っ張られ、ぐいっと持ち上げられる。

「いや、俺は乗ろうとしているんじゃなくて、二人を止めようと――」

「ピー！」

慌てて説明しようとした瞬間、ピピルが翼を勢いよくはためかせた。

ピピルが翼をブンブンとはためかせると空中に上っていく。

ここまでくると止めるのはもう遅い。俺は止めることは諦めて、振り落とされないようにしっかりと背中に掴《つか》まることにした。

十話　大きくなっても変わらない

ピピルの背中に乗っていると身体《からだ》を微《かす》かな浮遊感が襲い、ドンドンと視界が高くなっていく。

それは俺たちの元の身長を遥《はる》かに超える高さで、あっという間に空へと舞い上がった。

「すごく高い！」

「わああっ！」

空に上がるなり楽しそうな声を上げるククルアとハンナ。

その無邪気な笑顔を見ていると、危ないから大人として止めようなどという思いは霧散した。

空にきてしまった以上、止める術などないしな。こうなれば俺も思いっきり楽しむことにしよう。二人の楽しそうな姿を見ていると、俺の子供心が刺激されてしょうがない。

「景色が綺麗《きれい》で風が気持ちいいや」

目の前には青い空が広がり、白い雲が間近に感じられた。手を伸ばせば触れられるのではと錯覚しそうになるくらい。

地上から見上げる空とは違い、空中から眺める空はとにかく雄大だな。

「あっ、私の家が見える！」

「うちの宿屋も！」

眼下には小さくなったビッグスモール領が見えており、ククルアとハンナがそれぞれの家を指さしていた。

高所から見下ろすと領地の様子がよくわかる。

一番目立つのは俺が作った防御壁だろうか。空から見下ろしてもその存在感は健在だ。

他には俺やベルデナ、メアが住んでいる屋敷《やしき》や、宿屋や商店、立ち並ぶ民家や畑などなど。

普通の肉眼では細かい領民の様子は見られないが、俺には拡大スキルがある。

視力に拡大を施すと、視界がグンと鮮明になり、地上にいる領民たちの表情すら見えた。

「こうやって空から見下ろすと、俺たちの領地が発展しているのがわかるな」

領民が逃げ出す前の頃は、人口こそ多かったが宿屋や商店などの大きな施設はなかった。

前になかったそれらを俺たちが作り上げたと思うと、何とも誇らしい気分だ。

チラリとベルデナが開墾している辺りに視線をやると、空き地がかなり耕されているのが見えた。

つい先ほどまで空き地だったのにもうあそこまで耕すことができたのか。

ベルデナの開墾速度に感心していると、不意に彼女がこちらを見上げているような気がする。

まさか、ピピルの上に乗っている俺たちが見えるのか？　などと疑問に思っていると、こちらを指さしてはしゃぐベルデナの姿が見えた。

「ノクト様、どうしたの？」

ベルデナを凝視していると、ククルアが首を傾《かし》げて尋ねてくる。

「ベルデナが俺たちに気付いたみたい」

「ベルデナが!?　どこどこ？」

「あそこだよ」

広大な風景から一人を見つけだすのは難しい。

俺が指をさしてやるが、ククルアとハンナの反応は芳しくない。

「うーん、何となくベルデナの髪色っぽいのが見えるかも？」

「えー、私には全然わかんないや。領主様もそうだけど、ベルデナさんもよく下から見えますね」

身体能力が高いとされる獣人のククルアで辛《かろ》うじてなので、人間のハンナには見えないようだ。

「俺は視力をスキルで強化しているからね」

「領主様のスキルって本当に便利ですね。私も便利なスキルを授かるといいなぁ」

それにしても巨人族の身体スペックは桁外れだな。

こっちは視力を拡大してようやく見えるくらいだというのに。

「手を振ってあげよう！」

「ああ、そうだね」

ククルアの提案に乗って、俺たちはこちらを見上げるベルデナに手を振ってあげる。

すると、地上にいるベルデナも笑顔で手を振り返してくれた。

◆

ピピルの背中に乗って空の旅を楽しんだ俺たちは、ガルムの家の傍《そば》に降り立った。

ピピルの背中から地面に降りると、少しホッとする自分がいた。

空の旅は大変魅力的であるが、もし落ちてしまったらと無意識に考えてしまう自分もいた。

何度も乗れれば慣れるのであろうが、長年過ごしてきた地上に安心感を抱いてしまうのは当然なのだろうな。

「楽しかったねククルアちゃん」

「うん！　ピピル、ありがとうね！」

ホッとしている俺とは対照的に、満喫したと言わんばかりのハンナとククルア。

空の旅が楽しくて仕方なかったらしい。

二人は笑顔でピピルの体を撫《な》でて礼を言っている。

俺も同じようにピピルを労《ねぎら》うために体を撫でさせてもらった。

「さて、そろそろ元の大きさに戻ろうか」

「「えー」」

頃合いがいいのでお開きにしようとしたが、ものの見事に二人に反対されてしまう。

「もう少しこのままじゃダメですか？」

「もっと遊びたい！」

「小さくなった身体はいつも以上に危ないんだ。普段は何とも思わないサイズの虫や動物に襲われる可能性も高いからね」

「……わかりました」

縮小サイズでいることの危険性を説くと、二人はしょんぼりとしながらも頷《うなず》いた。

ひとまず理解してもらえたので俺は二人に拡大をかけて、身体を元の大きさに戻す。

自分にも同じように拡大スキルをかけて、身長を元の大きさにした。

低かった視線があっという間に高くなり、世界が自分よりも小さくなる。

まるで空想の世界から現実の世界に引き戻されたかのよう。

ハンナはまださっぱりとした感じだが、ククルアはそれを強く感じたのか元の大きさに戻ってもしょんぼりしていた。

よほど縮小して見えた世界が楽しかったのだろう。でも、それは少しだけ違う気がする。

「そんなに残念がらなくてもまだ遊べるじゃないか」

「え？」

「元の大きさに戻ったからといって、二人が遊べなくなるわけじゃないよね？」

「……あ、うん」

ククルアにとって楽しかったのは、縮小世界を通じてハンナと自然に遊べたことだと思う。

あの世界ではククルアには俺やハンナしかいなかった。

いつも生きているようなしがらみを感じることなく、のびのびとハンナとも過ごすことができただろう。

拡大されて元の大きさになってもハンナの人柄や、先程過ごした時間が変質するわけではない。

軽く背中を押してあげると、ククルアはハンナの方を見る。

ククルアは何かを言おうと口を開いたり閉じたり。

それでもハンナは苛立《いらだ》つことなくククルアの言葉を優しい眼差《まなざ》しで待っていた。

やがて勇気が出たのかククルアがもじもじとしながら小さな声で言う。

「……え、えっと、ハンナちゃん。もうちょっと遊ばない？」

「はじめて名前を呼んでくれて嬉《うれ》しい！　うん、ククルアちゃん遊ぼう！」

その言葉を待っていたとばかりにハンナは頷いて、ククルアの手を取った。

人間に対して苦手意識を持っていたククルアが確かに一歩進んだ瞬間だった。

人は同じ体験や作業を共有すると自然と仲良くなれることが多い。

だから、普通に遊ぶのではなく、こうやってちょっと変わった遊びや体験を通じて仲良くなれたらいいなと思った。

「ククルアがあんなにも楽しそうに。ノクト様、ククルアのためにありがとうございます」

家の周りを仲良く走っている二人を眺めていると、ガルムが傍に寄ってきた。

畑仕事もすっかりと終わり、ククルアとハンナを眩《まぶ》しそうに見つめている。

俺とガルムの考えたククルアの友人作り作戦は成功のようだ。

「オリビアに仕事を頼んだ俺も悪かったしね。それに領民の相談に乗るのも領主としての務めだよ」

領主は領民に支えられてこそ生活できている。彼等《かれら》のお陰で領地は繁栄していくのだ。

そんな領民の悩みに寄り添うのは当然だ。

「いつも本当にありがとうございます。ノクト様のいる領地にやってくることができて、本当に幸せです」

「そんな大袈裟《おおげさ》な。恥ずかしくなるからやめてよ」

「いいえ、これからもきちんと言わせていただきますから」

俺は気恥ずかしさを誤魔化すために、楽しそうに走り回るハンナとククルアの方に視線をやるのであった。

十一話　土魔法使い

「ノクト様、少しよろしいでしょうか？」

いつものように領地を見回っていると、メアから声をかけられた。

振り返るとメアだけでなく、傍《そば》には一人の女性と二人の男性がいた。

三人ともローブを身に纏《まと》っており、自分の身長ほどの長さの杖《つえ》を手にしていた。

格好を見るにこの三人は魔法使いなのだろうか？

うちの領地には魔法使いはいないので、外からやってきたのだろう。

人は生まれながらに魔力を保持しているが、魔法を自在に扱えるほどの魔力と素養を持っているものはほとんどいない。

貴族に魔法を使える者が多いのは、魔力が多い者と婚姻を重ねているからだ。

しかし、仮に豊富な魔力を持っていたとしても使いこなすための環境がなければ埋もれてしまう。魔法を扱うには知識と環境が必要だからだ。

魔法本を手に入れて勉強したり、魔法学園に通ったり、魔法使いである師匠に教わったりと様々だが、ただの平民にはその道を通ることが困難。

勿論《もちろん》、貧乏貴族であったうちも同じで、俺も初級魔法程度しか使えないのだった。

そんなわけで魔法使いという存在は貴重だ。

彼女たちがどのような思惑でやってきたのかは不明だが、うちへの志願だと嬉《うれ》しいな。

「構わないよ」

俺がそのように言うと、メアと彼女たちは視線を合わせ、頷《うなず》いて前に出てくる。

「あたし、リオネっていいます！」

最初に名乗ったのはブラウンの髪をポニーテールに纏めた女性だ。

年齢は俺より少し上の十七歳くらいだろうか。形の整った眉に気の強そうなつり目が特徴的。

「俺はジュノ」

「僕はセトです」

リオネが名乗ると、続いて男性陣である二人が名乗りを上げる。

ジュノと名乗った黒髪の男は魔法使いの割に随分と体格がいい。とても高身長だ。

もう一人のセトと名乗った男は綺麗《きれい》なマッシュヘアーをしており、気弱そうな顔をしている。体格も女性のように細く、典型的な魔法使いといった印象だ。

「ビッグスモール領の領主をしているノクト＝ビッグスモールだ。俺に何か用かい？」

「あの！　あたしたちを雇ってくれませんか？　王都に出ていた張り紙に魔法使い募集と書いてあったので」

尋ねると、リオネが懐から募集の紙を取り出した。

ラエルに頼んでおいた人材募集の張り紙を見て、わざわざ王都からやってきてくれたらしい。

うちには魔法使いがいない。魔法使いである彼女たちが領地にやってきてくれるのなら嬉しいこ

とこの上ない。

「ということは、君たちは魔法使いなんだね？」

「はい！　ただ、その……」

期待を込めて尋ねるとリオネが頷いた。しかし、すぐに表情が曇ってしまう。

どうしたのだろう？　魔法使いなのであれば、もう少し胸を張ってくれてもいいのだが……。

「……もしかして、駆け出し魔法使いとか？」

気まずそうな顔をする彼女たちの表情を見て、俺は予想したことを尋ねてみる。

しかし、リオネは首を横に振った。

「いえ、一応あたしたちは王国魔法軍に所属していました」

「エリートじゃないか。どうしてそんなに自信がなさそうにしているんだい？」

王国軍に所属できたということは、魔法学園を卒業して魔法軍の試験にも合格できるほどの猛者。

そんな彼女たちがどうしてそんなに自信なさげにしているのかよくわからない。

「俺たちが所属しているのは工兵部隊なんです」

「工兵部隊？」

魔法軍についてては知っているものの、その細かい部隊の役割について知らない俺は首を傾《かし》げる。

「遠征に付いていって土魔法で拠点を作り上げたり、地形を整理したりというのが主な仕事です」

「食事の時にテーブルやイスを作ったり、討伐部隊についていく雑用係みたいなもんです」

セトとジュノがどこか乾いた笑みを浮かべながら説明してくれる。

なるほど。一般人が想像するような魔法で魔物を一掃するような魔法部隊ではないということか。

「あたしたち三人とも土魔法しか使えない魔法使いなんですけど、雇ってくれませんか？　実戦経験は少ないですけど、魔法部隊に所属していたので知識はあります！　お願いします！」

リオネが頭を下げると、ジュノとセトも揃《そろ》って頭を下げてきた。

魔法使いが自ら雇ってくれと懇願してくる事態に俺は思わず困惑する。

案内してくれたメアもこれには驚いているようだ。

俺のような落ちこぼれの魔法使いならともかく、魔法軍の工兵部隊に入れる彼女たちは間違いなくエリートだからだ。やたらと腰が低いのは、以前の職場での環境のせいだろうか。

「三人とも頭を上げてくれ」

俺がそう言うと、三人はゆっくりと顔を上げる。

「魔法軍の工兵部隊っていうことは、君たちは拠点作りのスペシャリストってことだよね？」

「え、ええ、まあ……」

「土魔法で何かを作るのには慣れています」

「実はそういう人材が欲しかったんだ」

俺が本心を告げると、三人は呆気《あっけ》にとられたような顔をする。

「え？　でもいいんですか？　あたしたち土魔法しか使えませんよ？」

「十分だよ。色々な魔法が使える魔法使いも素晴らしいけど、今一番欲しいのは土魔法使いなんだ。それも少しできる程度じゃなく、精通しているといっていい魔法使い」

リオネたちの来訪には運命というものを感じた。

今一番欲しいのは魔物を倒せるようなすごい魔法使いじゃなく、彼女たちのような土魔法に特化した魔法使いだったのだから。

俺も土魔法を使うことはできるが、魔法を使ってスキルも使うとなればかなりエネルギーを消費する。それに倒れたらメアに怒られる。

たった一人では俺の未来予想図にたどり着くことはできない。

「……何か僕たちに任せたい仕事があるんですか？」

「ある。それは領地の防壁作りさ」

「遠目に見てもしかしてって思いましたけど、あれって……」

「そう。土魔法のアースシールドで作っているんだ」

俺が防壁を指さすと、まさかとばかりに三人も視線をそこにやる。

「確かにそれっぽいとは思っていましたけど、どうやってあんな大きさのものを？」

「あんな大きさのものをいくつも並べるなんて、魔法軍を総動員しても何ヵ月かかるか……」

普通に考えればそうであろう。

魔法は発動する規模が大きくなればなるほど魔力が必要とされ、扱いも困難なものとなる。

土魔法を扱う彼女たちは、そのことがよくわかっているからこそ驚いているのだろう。

「それを今から見せてあげるよ。付いてきてくれ」

俺のスキルのことは口で説明するよりも見せてあげた方が早い。

なにせ説明しても実際に目にしてみないと信じがたいことだからだ。

少し戸惑い気味の三人に付いてきてもらって、俺は防壁の端まで移動する。

魔物が侵入してくる可能性の高い大森林側には防壁がしっかりと並んでいるが、それ以外の場所はまだまだ手が回っていない。

防壁が途切れている場所にたどり着くと俺はそこで足を止める。

「リオネ、土魔法で並んでいる防壁と同じものを作ってくれるかい？　ただし、小さなものでいい」

「わ、わかりました。『アースシールド』」

そう頼むと、リオネは戸惑いながらもアースシールドを作ってくれた。

小さくてもいいと言ったがこちらに気を遣ったのか、民家の扉ぐらいの大きさのものだった。

「さすがは土魔法のプロ。俺なんかより発動も早いし精度も高いや」

「い、いえ、そんな……」

いとも簡単にやってくれたけど、俺がここまでの形にするのにどれだけ時間をかけたことやら。

やっぱり、ちょっと齧《かじ》った程度しか魔法を使えない俺とは根本的な実力が違うな。

「それでこれをどうするんですか？」

褒められて照れ臭かったのかリオネが少し早口で話題転換をする。

そんなところが微笑《ほほえ》ましいが初対面の年上をからかっては失礼なので素直に乗る。

「ここからが俺の出番さ。拡大」

リオネに作ってもらったアースシールドに拡大を施す。

すると、扉サイズのアースシールドがぐんぐんと拡大されて巨大な防壁となった。

「ただのアースシールドがあんなに大きく⁉」

「一体どうなってんだ？」

目の前で起きた現象が信じられないのか、リオネたちが口をあんぐりと開けて驚いた。

「……このあり得ないと言わざるを得ない現象……領主様のスキルですか？」

「ああ、俺のスキルは【拡大&縮小】といって、ああやって物を大きくしたり小さくしたりすることができるんだ」

「なるほど。この領地にある王都にも負けない防壁は領主様の仕事だったのですね」

俺の説明にどこか納得したように頷くセト。

「そういうわけで三人には防壁作りをやってほしい。巨大な防壁で俺たちの領地を囲むんだ。勿論、防壁をただ作るだけじゃなく、軍での知識を生かして防衛力を高められるように改造してほしいとも思っている」

現状作り上げられている防壁は、オークの大群に備えて急ごしらえで作ったもの。

あくまで最低限の機能は備えているものの、これから大森林の魔物を警戒し続けて、いざという時に迎撃するとなるとかなり心許《こころもと》ない。

実際に使ってみて通路の狭さで人が混雑するところもあったし、敵からの飛び道具を撃たれた際の備えもロクになかった。

攻めてくるのが魔物だけとは今後限らないので、きちんとした防衛設備を整えたいと思っている。

「そんな領地の防衛に関わる大仕事をあたしたちなんかに任せていいんですか？」

「なんかじゃない。君たちにしかできない作業だろう？」

防壁の生産、防衛を想定した改造。

それらは実際に戦いを経験し、拠点を築いてきた彼女たちにしかできない仕事だ。

王都にいる魔法軍よりも、ここにいる誰よりも彼女たちが相応《ふさわ》しい。

そんな風に言うと、リオネたちはぶわっと涙を流した。

「ええ？　泣いた？」

「ありがとうございます。そんな風に言ってもらえたのは初めてで……」

「俺たち、土魔法しか使えなかったから給料は安いし、土いじり部隊とか馬鹿にされていたんで」

「領主様にそんな風に言ってもらえて感激です」

……お、おお。どうやら彼女たちは軍ではあまりいい扱いを受けていなかったようだ。

仕事ぶりを聞く限り、工兵部隊もすごく大事だと思うんだけどなぁ。

「そうか。大変だったんだな」

まあ、前世の会社なんかでも重要な役割の人が評価されないということがよくあった。

組織も大きくなれば末端まで目が届かなくなり、正しい評価もできなくなるのだろう。

うちも将来はそうなる可能性はゼロではないが、そうならないように気を付けないとな。

「ひとまず、この募集の条件で働いてくれるかな？　勿論、他の領民と同じように家や畑、それに食料も援助するよ」

「「是非お願いします！」」

こうして俺の領地に土魔法使いが三人加わるのであった。

十二話　領民たちの頑張り

「アースシールド！」

うちの領地にやってきてくれた土魔法使いのリオネ、ジュノ、セトは早速防壁作りにとりかかり出した。

俺としては長旅で疲れているだろうし、領地に慣れる意味でも数日くらい休んでからと勧めたのだが、三人の気持ちの昂《たか》ぶりに負けてしまった。

今までこんな風に必要とされたことが少なかったので嬉《うれ》しくて仕方がないのだろう。

俺も最近は領主として必要とされるようになり、嬉しくて仕方がないので気持ちは痛いほどわかるから無理に止められないや。

今は三人揃《そろ》ってアースシールドをどんどんと量産しているところだ。

俺のスキルで拡大すればいいとわかっているので、魔力消費を極限まで抑えたミニチュアサイズ。

やはり、小さいと楽なのかサクサクとできていく。

「すみません、領主様。並べる間隔が合っているか確認したいので大きくしてもらえますか？」

「わかったよ」

リオネに頼まれて俺はミニチュアサイズのアースシールドを一つ拡大。

すると、出来上がっている防壁の隣にピッチリと収まった。

すごい。拡大されて防壁になった時の間隔を完全に把握している。

試しにジュノやセトが作ったものも拡大してみると、隙間ができることなくピッタリと合わさっていた。

「ありがとうございます！　この間隔で大丈夫そうね！」

「なら、俺たちはドンドン並べていくか」

「後は領主様が大きくしてくれるからね」

本当に念のための確認だったのだろう。

土魔法でいくつものパーツを組み合わせ、陣地を作っていた彼女たちにとって、同じ大きさのアースシールドを作って並べるなんて朝飯前なんだろう。

俺なんて最初の頃は作っては位置を調整してとすごく時間をかけてやっていたのに。

いや、落ち込む必要はない。彼女たちは土魔法のプロなんだから、歴然とした差があるのは当然だ。

そんなことを考えながらリオネたちが作っていくアースシールドをドンドンと拡大していく。

それだけで防壁がズラリと並んでいく。自分一人でやっていたのとは雲泥の差だ。

こちらがスキルを使用するのが追い付かないくらい。

でも、このペースでやれるのであれば、何十年という時間をかけることなく領地の全てを囲んでしまうこともできそうだな。

「ノクト様ー！　ちょっといいですかい？」

拡大をかけながらそんな希望を抱いていると、後ろから俺を呼ぶ声が。

振り返ると、グレッグをはじめとした領民たちが何人か。

顔ぶれを見る限り、オークとの戦いの時に率先して前に出ていた戦士たちだ。

「ああ、構わないよ」

「……彼女たちは？」

見知らぬ魔法使いたちが気になるのか、グレッグがリオネたちに視線を向けながら尋ねる。

「ああ、ついさっきここに住んでくれることになった魔法使いたちだよ。今は防壁作りをやってくれている。仲良くしてあげてくれ」

「なるほど。それでドンドンと防壁ができていたんですね。こりゃ頼もしい」

遠くからでも防壁が出来上がる様子は見えていたのだろう。

「グレッグたちがやってきたのは防壁が気になったからかい？」

「いえ、違います。それとは別にノクト様にお願いしたいことがありまして……」

防壁が急激に増えていくことが気になったわけではなく、これとは別に用件があるようだ。

「なんだい？」

「俺たちで自警団を設立してもいいでしょうか？」

自警団。それは軍などの公的な治安組織が機能していない時に、編成される私設軍だ。

領主であれば、私兵といえる戦力を抱えているのが普通だ。

しかし、ビッグスモール領の前領主は亡くなり、領民が逃亡した際に私兵と呼べる者もいなくなってしまった。今の俺たちは公的な戦力組織を所持していない。

オークの襲撃の際は戦える領民を総動員して撃退したわけだが、本来の領地防衛という観点から見ると正しい戦い方ではないのは明らかだ。

魔物の襲撃や災害、治安維持を担当してくれるような組織を作らなければいけない。

「そうだね。またいつ大森林から魔物がやってくるかわからない現状なんだ。きちんとそれに対処してくれるような人材は必要だね」

「それもありますが、やっぱり自分たちの住んでいる場所なんで。自分たちで守りたいんです」

「領主であるノクト様が前に出ているのに、俺たちが前に出ないわけにはいかないしな！」

「巨人族とはいえベルデナちゃんにばっかり負担をかけるのも男として情けねえしな」

「そんなこと言って、いざ彼女と戦ったらボコボコにされるだろ」

「うっせ！　それはお前も同じだろ！」

グレッグだけでなく他の領民も笑いながらそんなことを言う。

領民がここまで領地のことを考えて、実際に行動に移してくれるなんて感激だ。

グレッグたちの正直な想《おも》いに涙が出そうになる。

「皆、ありがとう。そして、すまない。本来なら俺から頼まないといけなかったことなのに」

「謝らないでください、ノクト様。俺たちがやりたくて言ってることですから。それで自警団の設立はどうですか？」

「是非ともお願いするよ。自警団の設立を許可するよ」

「「ありがとうございます」」

自警団の設立を許可すると、グレッグをはじめとする領民たちが頭を下げる。

頭を下げたいのはむしろこちらの方だった。

「現状、ビッグスモール領では君たち以外に戦力と呼べる組織はない。そのことを肝に銘じて実力を高めてほしい」

「わかりました」

「それとグレッグたちも日々の生活がある中、自警団としての活動をしてくれるわけだ。活動をするにあたって資金も必要になる。俺が定期的な支援をするよ」

「それってお金がもらえるっていうことですか⁉」

「バカ。言葉を慎め」

俺の説明に若者が興奮し、年長者に頭を叩《たた》かれる。

失礼になる言葉かもしれないけど、その素直さが好ましい。

別に相手は貴族というわけでもないんだ。俺も迂遠《うえん》にではなくハッキリと口にして保証してやるべきだろう。

「気持ち程度のものだけど払うよ」

「「おお！」」

私設軍とはいえ、現状我が領地に戦力はない。

そうなると必然的に自警団の皆に対処を頼むことになる。

彼らにだってそれぞれの生活がある。貴重な時間の隙間を縫って自警団の活動をしてくれる。時には魔物と戦って命を張ることだってある。

俺に雇われた私兵でもないからといって、ロクな保証もせずに使うのは違うと思った。

通常の役割や関係性とは違ったものかもしれない。

でも、彼らが彼らなりにできることをやるように、領主である俺も領主なりにできることをやれば上手《うま》くいくような気がした。

ラエルが宝石で儲《もう》けた莫大《ばくだい》な利益があることだし問題もない。

それにゆくゆくは自警団の人たちが、ビッグスモール家の私兵になってくれればとも思っている。

今からお金を払っておくことは、その時にもきっと無駄にならないはずだ。

「自警団になってくれそうな人は大体何人くらいかわかるかい？」

俺がそう尋ねると、グレッグは少し考え込む。

「……俺たちを含めて三十人くらいは集まるかと」

ふむ、三十人くらい集まってくれそうなのか。復興で何かと忙しい現状を考えると、集まりはいい方かもしれない。

「わかった。正式に団員が決まったら名簿を作ってメアに渡しておいてくれ。それと団員を引っ張ることになる団長についても決めてくれ」

「わかりました！　では、失礼します！」

自警団とはいえ、きちんと報酬を出す以上は団員の確認はしておきたい。

そのように指示するとグレッグたちは意気揚々と去っていった。

頑張ってくれる領民を見ると、こちらもやる気が出てくるな。

「俺もリオネたちが作ってくれたアースシールドを拡大しないと……」

リオネたちはどこまで進んだのだろうと確認すると、既に彼女たちは何百メートルも先にいた。

……追い付ける気がしないや。

十三話　防壁門の改良案

自警団が結成されて一週間後。

俺とメアは自警団が訓練に使っているという空き地にやってきていた。

空き地では数十名ほどの団員が集まっており、木剣や木の盾を使っての打ち合いが行われている。

「結構な数の団員が集まっているね。最終的に団員は何人集まったんだい？」

「三十三名です。全員が一度に集まることは難しいようですが、二十名程度は安定して集まれるようです」

俺がそう尋ねると、メアが名簿を渡して説明してくれた。

「忙しい中、それだけ集まれるなら上出来だね」

団員にだってそれぞれの生活や役目がある。

グレッグやリュゼは狩猟や採取、魔物の退治といった役割があるし、他の領民だって農業をやっている者や靴を作っている者もいる。

それらの仕事をこなした上でやってくれているのだ。ありがたいことこの上ない。

感謝の気持ちを胸に抱きながら名簿を眺めていると、一番上の団長の欄にはグレッグの名前が書かれていた。

予想されていた名前がそこに載っていることに思わず笑ってしまう。

「どうされましたか？」

「やっぱり団長はグレッグなんだなーって」

「本人はガラじゃないって渋っていたみたいですけど、押し切られたみたいです」

俺だけでなく、メアもクスリと笑いながらそう言った。

オークの戦いであれだけ皆を引っ張っておきながらガラじゃないって、グレッグも恥ずかしがり屋さんなんだな。

自警団を構成するメンバーのほとんどは戦いの素人だ。

オークとの戦いで活躍してくれたり、戦闘向きのスキルを所持しているから入っている者が多い。

そういう者たちが多く占める自警団ではあるが、冒険者として戦闘経験のあるグレッグや猟師、元軍人といった経験者が指導することによって頑張っているようだ。

今も俺たちの視界の中では、多くの団員たちが威勢のいい声を上げている。

「ほら、そんな腰の入ってない剣じゃ魔物に食われちまうぞ！」

素人の男性が振るった木剣をグレッグが木の盾ではじき返す。

しっかりと腰が入っていないからか男性は尻もちをついてしまった。

「くっそー！」

「パパ、頑張ってー！」

「おお！　パパ頑張るぞ！」

悪態をついていた男性だが子供の言葉に奮起して再び立ち上がった。

訓練に励む家族を子供や妻が応援したり、休憩中の人たちが野次を飛ばしたり、眺めたりと意外と賑《にぎ》わっている。

自警団の訓練場はビッグスモール領の憩いの場になりつつあるな。

「……なんだか訓練を見ていると昔を思い出すな」

「ノクト様もラザフォード様やウィスハルト様によく稽古をつけてもらっていましたからね。ノクト様が何度も転ばされて……」

「メア、もうちょっと俺が努力しているようなカッコいいところを思い浮かべてよ」

どうして一番に思い出すのが俺の情けない姿なのだろうか。

もうちょっと様になるシーンを切り抜いてほしい。

「すみません。でも、ちゃんとノクト様が頑張っている姿も知っていますよ。ウィスハルト様に注意されたことを反省し、裏庭で木剣を振るっていたことなんかも……」

「えええええ⁉　何でそれを知ってるのさ！　誰にも知られないように隠れてやっていたのに！」

「うふふ、私だけでなく皆さんが知っていたと思いますよ」

メアの口から放たれた衝撃の事実。

恥ずかしくて皆に見られないようにやっていた努力が、まさか筒抜けだったとは。

空いている穴があったら入りたい気分だった。

「領主様！　防壁門に改良を入れてみようと思うんですけど改案図を見てくれませんか？」

恥ずかしさで悶《もだ》えていると、分厚い紙を持ったリオネ、ジュノ、セトがやってきた。

「領主様、顔が赤いですけどどうかしました？」

「何でもない、確認させてもらうよ」

とりあえず過去の出来事は横に置いておいて、リオネから書類を受け取る。

隣にいるメアにも見やすいように広げて確認。

「まず現状の防壁門ですが、防衛力がすごく低いです。このままでは敵に攻められた際に、あっという間に突破されてしまいます」

最初のページには現状の防壁門の脆弱《ぜいじゃく》性を指摘する文章が書かれており、その隣にはどのように改良するのかイラストと文章でわかりやすく書かれている。

「まずは二重門を作りましょう！　そうすればいざという時は門を下ろしておくだけで時間を稼ぐことができます。場合によっては敵を閉じ込めておくこともできてとても便利です」

「天井に足場を作り、そこに殺人孔を作っておけば一方的に攻撃をすることもできますよ」

「他にも地面に穴を掘って、吊《つ》り上《あ》げ式の足場を作ることによって落とし穴なんかもできます」

「ちょ、ちょっと待ってくれ。少し読み込んで把握する時間をくれ」

リオネ、ジュノ、セトが改良案を一気にまくしたてるので、俺とメアの頭がこんがらがってしまいそうだ。

ただでさえ、軍事知識に乏しい俺たちだ。

魔法軍に所属していた彼らの知識にまるで追い付くことができない。

最終的にリオネたちに委ねることになるだろうが、しっかりと確認する時間が欲しい。

「すみません。つい色々と話してしまって」

「今まで軍の言う通りにしか作ることができなかったから気合が入っちゃいました」

俺がそのように言うと、少し冷静になったのかリオネとジュノが気恥ずかしそうに言う。

そうだったな。彼女たちは重要な役割にいながら軽視されていた立場だ。

気合が思わず入ってしまうのも無理はない。

「この書類を見ればリオネたちが、すごく真剣に領地について考えてくれているのがわかるよ。ありがとう。それに応えるためにも少しだけ時間をくれ」

「……領主様って本当に貴族ですよね？」

そのように言うと、リオネが目を丸くしながら妙なことを尋ねてくる。

「そりゃ、領主なんだから貴族だよ」

貴族でもない者が勝手に領主なんかになれば重罪だ。最悪、死刑になってしまうほどの。

「信じられないくらい良《い》い人過ぎて……なあ？」

「うん、どこの貴族も鼻持ちならない奴《やつ》が多いから。こんな風に誰かの下で働くのを楽しいと思ったのは初めてだよ」

ジュノとセトがしみじみと言う。

「そう言ってくれると俺も嬉《うれ》しいよ」

領地は領民があってこそ。領民に働きやすい、生活がしやすいと言ってもらえるのは領主として何よりも嬉しい言葉だ。

「あの、王都にいる魔法軍の同僚を呼んでもいいですか？　皆にも誇りを持って働ける場所があるって教えてあげたいんです」

「他の仲間も増えれば、もっとすごいことができるしな！」

「僕たちだけがこんないいところにいたら嫉妬されちゃいそうです」

心地いい場所だと思ってくれることは勿論《もちろん》、それを誰かと分かち合おうとする姿勢がすごく好ましく思えた。

領地のためだけでなく、仲間のためにこのような提案をできる人は中々いないと思う。

「勿論、大歓迎さ。三人の仲間もやってくると俺だけでなく皆も助かるよ」

「ありがとうございます！　ちょっと手紙を書いてきます！」

俺が快諾すると、三人はぺこりと頭を下げて走り去っていった。

「リオネさんたちの同僚も来てくれるといいですね」

「そうだね。魔法使いの人が増えると色々と心強いよ」

魔法は時にスキルすら凌駕《りょうが》することのある能力だ。

貴族の間では魔法使いを抱える数を戦力の指標とすることもあるくらい。

それだけ魔法使いという人材は重要なので、たくさんやってきてくれると嬉しいものだ。

十四話　微かな芽吹き

「うわ、すごい人の数だな」

メアから商店が開店したと聞いたのでやってきてみると、そこには多くの人が集まっていた。

ラエル商会が各地から仕入れてきた商品を領民たちが眺めている。

ここでは手に入らないような布や綿、衣服、食器、家具、魔物の素材、アクセサリーと多種多様な品物が置かれている。

商店の開店は待ち望まれていただけあってすごい人気だ。

かつてないほどに人が集まって賑《にぎ》わっている。

領民に逃げられてしまって色々と苦労してきたが、活気が随分と出てきた。

それが嬉《うれ》しくて堪《たま》らないな。

ルノールをはじめとする従業員が忙しそうに対応している中、俺は頃合いを見てピコに話しかけることにした。

「ピコ、開店おめでとう」

「ありがとうございます、領主様！　皆さんのお陰でようやく開店することができました！」

俺に気付くと、ピコはにこっと愛嬌《あいきょう》のある笑顔を浮かべてくれる。

ラエルにしごかれているだけあって笑顔は満点だね。

「なかなか順調なようだね」

「はい、特にこの領地では手に入れることの難しい布や綿、衣服なんかが人気です」

「人が増えて建物も増えてきたけど、まだまだうちにはないものが多いからね」

俺が領主になる前には、衣服屋さんや布を仕入れてくれる店もあったが、今やその領民もいない。

順調に人や建物が増えて発展しているようだが、まだまだ足りないものだらけだ。

こうやって人々が商品を買い求めている姿を見ると、それを痛感させられる。

「足りないものを仕入れて、皆さまに売るのが私たちの仕事ですから気にしないでください。全てをひとつの領地だけで賄うのは無理ですよ」

「……なんか今の台詞《せりふ》、どことなくラエルっぽいね？」

「あはは、バレちゃいましたか。ラエルさんがよく商売中に言っていた言葉を借りました」

気まずさを誤魔化すように頭をかくピコ。

ラエルの外面の良さは把握しているからな。ラエルが言いそうな言葉の香りがすごくしたんだよな。

ピコはまだ商人見習いの立場で経験も浅い。

この年であのようなフォローを入れられるのは、ちょっとおかしいと思ってしまった。

でも、借り物の言葉とはいえ、あのような言葉が出てくるとはラエルのことをしっかり見て学んでいるんだろうな。

「ねえ、少し気になったことがあるんだけど……」

「領民以外の方が交ざっていることですか？」

少し声のトーンを低くしながら語りかけると、ピコも同じように答えてくれた。

どうやら抱いた違和感は気のせいなんかではなかったようだ。

「ああ、その通り。明らかに領民以外の人がいるよね？」

開店した商店には多くの領民たちが見にきている。

それに紛れるようにして少数の見慣れない村人や、行商人らしき者たちがいるのだ。

「ビッグスモール領の商品をラエルさんが度々輸出していますからね。近隣の集落や村の方が様子を見に来たんだと思います」

「なるほど。俺たちが蒔《ま》いた種がようやく芽吹きつつあるというわけか」

大森林の魔物の被害によってビッグスモール領は壊滅したなどという噂《うわさ》が出回っていた。

領主やその後継者が亡くなった上に、領民全てが逃げてしまったためにそれは間違いでもない。

しかし、現実は俺が領主となりメアやラエルと一緒に領民を集めて、こうやって復興に至っている。

いつまでも領地が壊滅したなどと誤解され、敬遠されるようでは困るのだ。

そういうこともあって、ラエルにはビッグスモール領で採れた作物なんかを近隣の村や集落に売ってもらっている。

ビッグスモール領は滅びてなんかいないぞと。このように立派な作物があるのだという証明と宣伝を兼ねてだ。

その宣伝がようやく実を結んだというわけだ。

大森林からの魔物に襲われたこともあって、まだやってくるには時間がかかると思っていたが、様子を見にきてくれる勇気のある者たちがいたようだ。

ちょうど商店が開いた日にやってくるなんて運がいいな。それともラエルが開店の日にちでも教えていったのだろうか。

何にせよ、ビッグスモール領が交易するのに魅力的な領地だと教えてあげないとな。

「きゅうりやトマトにナスにソラマメ……こっちは夏野菜よね？　どうして夏になってもないのにできているわけ？」

「ほうれん草にジャガイモにカブ⁉　こっちなんてどれも冬野菜じゃないか⁉　一体、どうなっているんだ？」

そして、早速商店に並んでいる野菜を見て、他の領地からやってきた男女が驚いているようだ。

その背中にかついでいる大量の荷物を見ると行商人だろう。

今の季節は春。しかし、店頭に並んでいる野菜は夏や冬に収穫するもの。

こんな春先に並ぶはずがない。

前世のように農業や科学が進んでいるのであれば、年中食べることができてもおかしくはないが、ここは農業や科学が未発達の異世界だ。それらの野菜は年中食べることなんて不可能。

だからこそ、目の前に並んでいる野菜の数々に驚きを隠せないのだろう。

そんな行商人たちにピコがスッと近づく。

「ビッグスモール領では、季節外れの野菜でも育てることのできる技術があるんですよ」

「そんなバカな……」

「でも、季節外れの野菜を育てたところで味はあまりよくないんじゃないの？」

季節外れの野菜を無理に育てても栄養があまりなく、美味《おい》しくないのではないか。そんな疑問を抱いてしまうのも無理はない。

夏野菜や冬野菜の生長はその季節の気候によって左右されるものだからね。

「試しに少し食べてみますか？」

「ああ、少し頂こう」

行商人がそう頷《うなず》くと、ピコは夏野菜のきゅうりやトマト、冬野菜のカブを軽くカット。

一口で食べられる大きさのものを平皿に盛り付けて差し出した。

それを行商人たちが固唾を呑《の》むようにして手に取り、口に含んだ。

二人は野菜を食べると目を丸くし、いそいそと確認するように三種類全てを口にする。

「どの野菜も美味しい！　まるで、その季節に育てた味そのものだ！」

「信じられない。春なのに私の大好きなトマトが食べられるなんて……」

感激したような表情を浮かべる行商人の二人。

基本的にこの世界では季節が過ぎ去れば、その季節の野菜なんかは食べられないというのが普通だ。しかし、それが年中食べられるとなれば皆も喜ぶだろう。

あの女性のように大好物を毎日食べることができるし、食材が不足しがちな冬にだって安定して食べられる。

メアと俺のスキルを合体させた栽培技術は、間違いなくビッグスモール領の強みとなるはず。

「よかったらうちの野菜を買っていきませんか？」

「買わせてくれ！」

「買わせてちょうだい！」

ピコがさりげなく勧めると、行商人の二人は即決で買い上げることを決めてくれた。

それを見て俺は思わずガッツポーズをする。

二人は一応馬車に乗ってきていたらしく、ピコと話し合うと馬車を引っ張ってきた。

そして、たくさんの食料を木箱に詰めて荷台に乗せると、ピコにお金の入った革袋を渡した。

ピコが威勢のいい声でお礼を言うと、行商人の二人は馬車に乗って去っていく。

「いやー、魔物の襲撃で壊滅したって聞いて来るのが怖かったけど、ラエルさんの言っていた通り、本当に復興が進んでいるんだな」

「それどころか立派な防壁が並んでいるし、以前よりも立派になったんじゃないかしら？　どの季節の野菜も年中食べられるみたいだし、これはいい商売になりそうね」

「まったくだ」

商店を去っていく最中、二人はご機嫌の表情でそのような会話をしていた。

よしよし、いいぞ。ビッグスモール領は交易をするのに美味しい場所だとドンドンと広まってくれ。

そうすれば、ドンドンと人が集まって領地が栄えるからな。

十五話　領地の賑わい

行商人や他の村落の人々が買い付けにやってきてからしばらく。

ビッグスモール領では季節に左右されることなく、様々な作物があるとの情報が広がったのか外からやってくる人が増えた。

商店だけでなく、直接栽培している領民に交渉を持ちかけている者も見受けられるほどだ。

うちの領民は多少作物を売ってしまっても、俺の拡大スキルによる食料の提供があるのでまったく痛手にはならない。基本的に取引はすべて利益になるだろうな。

外からやってきた人には申し訳ないが、それはビッグスモール領で暮らすことのメリットということで勘弁してもらおう。

ただ、全部の食料を売って俺のスキルによる提供だけを当てにしないように注意はしてある。

元々の保障はきちんと自立できるようにするためのものだからな。そこをはき違えてもらっては困るので。

「すごい賑《にぎ》わいだ」

宿屋を見てみると一階の食堂に人が入りきらなかったのか、外にもテーブルや席が設置されてお客が座っていた。

そして、給仕にはハンナだけでなくククルアもいる。

内気なククルアがあのように人前に出て給仕をしていることに俺は驚いた。

かつてない程に忙しくなってしまいオリビアかハンナが助っ人を頼んだのか。

それとも自発的に志願したのか詳しいことはわからない。

だけど、人間が苦手で内向的だった彼女が、あのように勇気を出して前に進んだことがとても嬉《うれ》しかった。

ハンナに比べるとやや頼りない動きをしているが、周りの人たちがフォローすることで何とかやれているようだ。

新しい看板娘の登場にお客さんたちの表情もどことなく和んでいるように見える。

ハンナやククルアだけでなく、給仕の中にはオリビアやフェリシーだっている。

既に彼女たちのファンだっているのだろうな。

「宿屋の宿泊状況については既に満室に近いらしく、これ以上人が増えると泊まれない者も出そうとの報告がきています」

「それはマズいね」

「溢《あふ》れ出《で》たお客様は、臨時で空き家に案内してもいいかとの打診がきています。料金については宿に泊まるものよりも安めの設定にするそうです」

実際には空き家の方が部屋は広いのであるが、中心地から歩かせることになるし、食堂などの施設も併設されていない。

お客に不便をかけることになるので、多少料金が浮いたと思わせる方が好印象だろう。

この提案は宿屋の従業員として働いていたリバイとフェリシーのものかな？　さすがだ。

「せっかく来てくれた人に野宿をさせるわけにもいかないしね。それでひとまず対処してもらおう」

「かしこまりました。ですが、これでは根本的な解決にはなりませんね」

メアの言う通りだ。あくまでこれは一時しのぎであって何の解決になっていない。

もう少し緩やかに流入が増えるのではないかと思っていたので、これは予想外だ。

人の流れを見る限り、今後も増える可能性は高い。

食堂まで設置しなくても、寝泊まりできる建物だけでも作っておくべきだ。

「ローグとギレムに頼んで宿の増設をやってもらうことにするよ」

「かしこまりました。私はリバイさんたちに先程のことも含めて伝えておきます」

「よろしく頼むよ」

そう言うと、メアはササッと宿の中に入っていった。

さて、俺はドワーフの二人のところに行って、急いで宿を増設するように頼むとしよう。

◆

ローグとギレムの作業場にやってきた俺は早速宿の増設について頼んだ。

「おいおい、今なんつったよ領主様？」

「よう聞こえんかったのぉ？」

するると、ローグとギレムがそのようなことを言う。

二人とも鍛冶の手は止めているし、この距離での声が聞こえないはずがないのだが。

「宿の増設をお願いしたいんだ。食堂はなしでも構わないから早急に作ってほしい」

「「……………」」

念のために同じ注文をすると、ローグとギレムが剣呑《けんのん》な雰囲気を漂わせた。

顔がいかついおじさんなために怒気を滲《にじ》ませるととても怖い。

「どうしたんだ？　二人とも？　なんか怒ってないか？」

二人の怒っている理由がわからず、率直に尋ねるとローグが深呼吸して言った。

「領主さんよぉ、なんか忘れてることがねえか？」

「忘れてること？」

ローグとギレムと何か重要な約束をしたっけな？　ローグとギレムには建築以外にも武器、家庭用の包丁などと多岐にわたって発注をしている。もしかして、その中に漏れがあったのだろうか。

そういう細かいところはメアが管理してくれているので、今すぐに確認できないな。

思い出せずどうしたものかと首を捻《ひね》っていると、ギレムが酒瓶を足で転がした。

「あっ、酒場……」

転がる酒瓶を見て俺は、二人が要求するものが何なのか思い出した。

「そうじゃ。ワシらの酒場はいつになったら作ってくれるんじゃ……ッ！」

まるで血涙を流さんばかりの二人の抗議。

前回、商店と宿の建築を頼んだ際に、俺は二人や領民のために酒場も作ると約束していた。

優先順位が低いからすっかり後回しにしていた……なんて正直に言ったら殴られてしまいそうだ。

「絶対忘れてたじゃろ？」

などと俺の心を見抜いたローグの言葉が飛んでくる。

「いや、そんなことはないよ。実は次に作ってもらう宿の一階は酒場にしてもらおうと考えていたんだ」

「「ホントか⁉」」

酒場にすると聞いて、ローグとギレムが前のめりになって叫ぶ。

すごい大きな声で家全体が震えたかと思った。

「本当だよ。今の宿は食堂が賑わっているけど、従業員の都合であまり夜は営業ができないからね。それを補うために新しく作る宿には酒場を入れてもらおうと思っていたんだ」

事実、子供であるハンナを夜遅くまで働かせることはできないし、同様の理由でククルアもアウトな上にオリビアも早めに上がることが多い。

リバイとフェリシーだけで食堂も回すなんて不可能だ。

元々酒場をやる予定はないので完全に作りも大衆向けの食堂で酒も仕入れていない。

増員して無理に酒場として機能させるよりも、新しい宿に酒場を作ってしまう方が住み分けもできて楽だろう。

どうだ？　苦し紛れの言い訳ではあるが二人には通じるか？

額に冷や汗を流しながらローグとギレムをジッと見つめる。

「なんじゃ、それならそうと早く言わんかい」

「危うく領主様をどつき回すところじゃったわい」

すると、ローグとギレムは剣呑な空気を引っ込めて実に朗らかな笑みを浮かべた。

「あはは、説明が足りなくてごめんよ」

「まったくじゃわい」

「ドワーフはせっかちじゃからの。領主様もその辺りは気を付けるといい」

ガハハと陽気に笑い声を上げる二人。

どうやら首の皮一枚でなんとか繋《つな》がったようだ。

危ない、あのまま酒場を組み込まずに進めていたらボコボコにされていたかもしれない。

咄嗟《とっさ》の考えとはいえナイス判断だ俺。

思えばこの二人にはずっと負担をかけており、頑張ってもらっていた。

彼らの働きに報いるためにも、いい加減要望を叶《かな》えておかないとな。

「よーし、酒場も作っていいときたら気合も入るってもんだ！」

「だな！　さっさと設計図を描いて建てちまうぞ！」

そうと決まれば行動するのが速いのがドワーフの二人。

特に今回は大好きな酒場が設置できるとあって動きが凄《すさ》まじく速い。

さっきまで作りかけだったフライパンがあったけど、そっちの作業はいいのだろうか。

「詳しい場所の選定はメアに聞いてくれ」

「おう！　領主様もすぐに酒場が営業できるようにしておいてくれよ！」

「ああ、善処するよ」

酒場である以上ある程度はお酒について精通しておかなければいけない。

それでいて自身で営業ができる手腕とちょっとした料理の技術。

普通の食堂とはちょっと条件が違って難しいけど、やってくれる人はいるかな？

それでも釘《くぎ》を刺されてしまったからには探さないと。

「……とりあえず、ピコに相談してお酒を大量に仕入れられるように頼んでおこう」

こうして俺は二人の作業場を後にした。

十六話　ドラゴンの目撃情報

「うーん、お酒の手配はできたものの肝心の従業員はどうしたものか」

ローグとギレムに酒場のことを念押しされたので、ひとまずピコにお酒を仕入れてもらうように頼むことができた。

ローグとギレムの張り切りようからして、設計が済めばすぐに建築にとりかかるだろう。

酒場が出来上がるのも時間の問題だ。

早急に酒場のマスターと従業員を確保しなければいけない。

メアに酒場を運営したい人がいるか、聞いてくれるように頼んだけどやってくれそうな人はいるだろうか。

酒場なら夕方からの開店になるので、やってくれる人がいるかもしれないが、昼の仕事を終えて夜も働くとなると中々にきついものだ。

今やここに住んでいる領民のほとんどは己の役割を持っている。

移民してくれた人の中にはようやくここの生活に慣れてきた人もいるだろうから、無理に勧誘したくはないな。

「いっそのことラエルに頼んで外から引っ張ってみるか？」

「……領主様、ちょっといい？」

「おおっ！　びっくりした！」

考え事をしながら歩いていたので、突然すぐ傍《そば》から声をかけられて驚いた。

声をかけてきたのはエルフ族のリュゼだ。

エルフ族の中では珍しい旅人で、うちの領地を気に入ってくれたのか住んでくれている。

この時間であれば採取か狩りに出ていることが多いのだが、どうしたのだろう？

「リュゼ、少し顔色が悪いけど大丈夫か？」

表情の変化が乏しい彼女であるが、顔色が優れないのは俺でもわかった。

「……平気。それよりも相談したいことがある」

「わかった」

もしかすると、相談したい内容が顔色の悪さと繋《つな》がっているのかもしれない。

そんな予感がした俺はそれ以上尋ねることはせず、人気のない木の下に移動。

ここなら周囲に誰もいないし、相談内容を聞かれることもない。

「それでどうしたんだ？」

「……もしかすると、ドラゴンが襲ってくるかもしれない」

「なんだって⁉」

リュゼからもたらされた情報に俺は思わず驚きの声を上げる。

ドラゴンといえば、魔物の中でもトップランクの危険度を誇る魔物だ。

全ての攻撃や魔法を弾《はじ》く頑丈な鱗《うろこ》で全身覆われていて、巨大な翼をはためかせて空を飛ぶ。

強靭《きょうじん》な牙や爪は全てのものを切り裂き、口から吐かれる炎は鉱物すらも溶かす。

出現すれば領地の力を総動員して立ち向かうべき魔物だ。

そんな魔物が突如襲ってくるかもしれないと言われれば動揺してしまう。

「……森でいつも通り採取をしていたら、ドラゴンが飛んでいるのが見えた。山に降りていったから、あそこに巣を作ったのかもしれない。いずれ、この領地を襲ってくるかも」

リュゼがそう言って、山の方を指し示す。

それは以前ベルデナが住んでいた場所だ。

あの辺りは巨人族であるベルデナが住んでいただけあって場所も開けている。

大きな洞窟だってあるし、巨体を誇るドラゴンが巣にしてしまってもおかしくはない。

「それはワイバーンなんかじゃないいんだな?」

この異世界では空を飛ぶ魔物は割とたくさんいる。

ワイバーンやホロホロ鳥を何倍も大きくしたトマホークといった鳥型もいる。

パニックになったが故に、そういった形状の魔物をドラゴンと見間違えるといったことはたまにある。

しかし、リュゼは冷静に首を横に振った。

「……間違いなくドラゴン。過去に何度か見たことがあるから見間違いじゃない」

人間よりも何倍もの時間を生き、経験を積んできたリュゼがそう見間違うこともないか。

一緒に森の調査や狩りにも行ったことがあるので、彼女の視力が桁外れにいいことも知っている。

リュゼがそう言うのであれば、間違いなくドラゴンなのだろう。

「くそ、大森林の魔物の次はドラゴンか……」

ようやく領地に人がやってきてくれたというのに、ここにきてのドラゴンか。

ついこの間、オークキングを倒したというのに、次々と降りかかる災難が嫌になる。

「……どうする？」

舌打ちしたくなる衝動を堪《こら》えて深呼吸をする。

俺がやるべきことは感情をさらけ出して、地団駄を踏むことではない。

領主である以上、領地を守るためにやるべきことがある。

「ひとまず、ドラゴンが本当に巣を作ったのか確かめようと思う。自警団にもドラゴンを見かけたことを共有して、厳戒態勢をとってもらおう」

話を聞く限り、リュゼは山に登ってドラゴンを目にしてはいない。

まずはドラゴンが本当に山に巣を作ったのか、存在しているのか確かめないと。

思考を整理する意味も兼ねてしっかりと言葉に出す。

真っ先にやるべきことを口にすると、気持ちがスッと落ち着いた気がした。

「……調査には誰が向かう？」

「案内役としてリュゼとベルデナと俺かな」

あくまで調査だ。戦闘を想定しているわけではないので少人数が望ましいだろう。

リュゼはドラゴンの目撃者として勿論《もちろん》、斥候としても頼りになる。

そして、ベルデナは山に一番精通していることや、単純に戦闘力としての期待もある。

あまり彼女だけに負担を強いたくないが、いざとなればドラゴンに対抗できるのは彼女しかいないと思う。

仮に大人数で向かってもドラゴンを刺激することになるし、それで勝てる相手でもないしな。

後は候補としてグレッグやリオネたちもいるが、彼らにはいざという時に自警団の指揮をとってもらいたい。

仮にドラゴンと入れ違いになっても、彼らがいれば領民を逃がしてくれそうだ。

「……わかった、グレッグに伝えておく」

「頼んだ。それが終わったら準備して広場にやってきてくれ」

俺がそう言うと、リュゼはしっかりと頷《うなず》いて走り去った。

「さて、俺はベルデナに声をかけるか」

俺もやるべきことをやらないとな。

もしものことを考えると、時間がいくらあっても足りない。

ベルデナは畑づくりを教えてから、ずっとそれにハマっていた。

確か今日も朝食の時には畑を耕しに行くと言っていたはずだ。

俺は彼女がいるであろう空き地へと走り出した。

◆

空き地方面にやってくると、そこには堂に入った姿勢で鍬《くわ》を振るっているベルデナがいた。

少し前まで空き地だったのに、いつの間にかしっかりとした畝がビッシリとできている。

想像以上の数の畑が既に出来上がっていた。

ベルデナは俺の気配に気付いたのか振り返る。

「あぁっ、ノクト！　もう来ちゃったの？　できれば、もうちょっと畑を作ってから見せたかったなー」

俺がやってくるなり少し悔しそうにするベルデナ。

「……いや、既に十分過ぎるくらいの畑ができているよ」

「ええ？　本当？　えへへ」

素直な感想を告げると、ベルデナが嬉《うれ》しそうにする。

だだっ広い空き地が一転して畑地になっている。一体、どんな速度で開墾していったのやら。

苗や作物を植えてしまえば、領地でも有数の畑地になってくれそうだ。

「頑張ってくれてありがとう。その頑張りをたくさん褒めてあげたいところなんだけど、ちょっと今はそれどころじゃなくてね」

「……何かあったの？」

俺の真剣な表情で察してくれたのか、ベルデナの柔らかな表情が引き締まった。

周囲に誰もいないことを確認した俺は、ドラゴンが山で目撃されたことを説明する。

「あー！　それってもしかしてアイツかも！」

ドラゴンのことを聞いて、ベルデナが予想外な言葉を口から漏らした。

「ベルデナ、何か知っているのかい？」

「山に住んでいる時、ちょいちょい遠くで飛んでいたんだよね。たまに近づいてくるから岩とか投げて追い払っていたんだ」

「そうなのかい？」

「もしかしたら違うかもしれないけど、私が追い払ってた奴《やつ》のような気がする！　ずっと私の山を狙ってたし！」

またしても、守護神ベルデナの伝説が出てきた。

ドラゴンを岩で追い返すって……改めて巨人族のパワフルさはすごいと思った。

父さんや兄さんが生きていた頃にドラゴンがやってきていたら、間違いなく領地経営はパンクしていただろう。

しかし、過去に追い払うことができていたのか。

ベルデナが元の姿になって戦ってもらえば、追い返すことができるかもしれない。

その時はきっと大怪獣バトルが繰り広げられて、領地も無事で済むとは思えないけど。

でも、またしても彼女にだけ負担をかけるのはどうなのか。

「うみゅっ⁉」

そんな風に心の中で葛藤していると、不意に両方の頬が手で挟み込まれた。

視線を真っすぐに向けると、そこには悪戯《いたずら》が成功したかのような顔をしているベルデナがいた。

俺の頬を突然手で挟み込んだのは彼女だ。

「……ノクト、戦いになった時は、私にだけ負担をかけたくないって思ってるでしょ？」

真っすぐとこちらの瞳を覗《のぞ》き込《こ》みながら言うベルデナ。

どうしてバレたのだろう？　メアといいベルデナといい女性というのは心を見透かすスキルでもあるんじゃないだろうか。

「あ、ああ。そうだよ」

「言ったじゃん。私にとってここは守りたい場所だって。だから、遠慮なんてしないで」

そうだ。ベルデナはオークキングと戦う時もそう言って戦ってくれた。

そんな彼女の決意を聞いておきながら、気を遣ってしまうなんて彼女の覚悟を蔑《ないがし》ろにしているようなものだ。

「ごめんよ、ベルデナ。もしもの時はお願いできるかい？」

「うん、任せて！」

改めてお願いするとベルデナは、力強い言葉とともに頷いた。

十七話　フラグ

戦闘の準備を整えた俺とベルデナは中央広場でリュゼと合流し、そのままドラゴンが降り立ったと思われる山に向かった。

三人でできる限りの警戒をしながら斜面を上っていく。

今日は周囲の魔物だけでなく、空も警戒しなければいけないので少し大変だ。

救いなのは以前にグレッグと共に山頂まで行ったので、険しい道にも少し慣れていることか。

それでも油断すると木の葉で滑ったり、木の根に足をとられてしまうので注意は必要だ。

上も下も注意を怠ることはできないので、普段よりも神経が磨《す》り減《へ》る。

それでもしっかりと足を踏み出して進んでいく。

「リュゼは山頂までの道のりは初めてだよな？」

ベルデナは巨人族として運動能力もさることながら、この山に住んでいた経験がある。

彼女がスイスイと進めるのは当然だが、リュゼの足にも迷いがなかった。

華奢《きゃしゃ》な足をしているにもかかわらず、軽やかに足を動かしていた。

「……ここまで登ってくるのは初めて。でも、もっと険しい山にも登ったことがあるから」

「さすがは長命のエルフ……」

やはり、俺とはくぐってきた場数が違うようだ。

きっといくつもの森や山なんかを渡り歩いてきたのだろうな。この山よりも遥《はる》かに危ない場所も。

リュゼの足取りの速さに納得しつつ、俺は無言で二人に付いていく。

すると、前方を歩いていたベルデナが急に立ち止まった。

一瞬魔物が周囲にいるのかと思って慌てて警戒するが、それらしき気配もない。

リュゼも同じように足を止めて警戒しているが、気配が摑《つか》めずにどこか困惑気味。

「もしかして、魔物の気配でも摑んだのか？」

「……いや、違うよ」

気になって尋ねてみると、ベルデナは首を横に振った。

「じゃあ、どうして急に立ち止まったんだ？」

「ちょっと思いついたことがあって」

「なんだい？」

「ここに石があるよね？」

ベルデナの足元には大きな立方体状の石があった。

とても頑丈そうな石であるが、どこにでもある大きな石で特別なものには見えない。

「この上に皆で乗って、ノクトのスキルで上にグーンと伸ばしたら早く進めるんじゃないかなーって」

「おお！　ナイスアイディアだ！」

「これっていける？」

「ああ、きっとできるさ」

ベルデナの提案を聞いて、すぐにピンときた。

脳内にイメージされたのは前世でもあったエレベーターだ。

俺たちが石の上に乗った状態で拡大をかけてやれば、大きくなるエネルギーでそのまま上に昇ることができる。

上には崖のようにそびえる壁があるせいで迂回《うかい》せざるを得なかったが、それをすれば大きく迂回せずに済みそうだ。

「……私には全然ピンとこない」

画期的なアイディアに興奮するベルデナと俺だったが、リュゼにはイメージができなかったようだ。

この辺りは俺のスキルを身近で見てきたか、そうでないかの差だろうか。

「とにかく試してみよう。もしかすると、大幅に時間を短縮できるかもしれないから」

「……まあ、楽ができるのなら」

少し困惑気味のリュゼだったが、ひとまず俺を信用して頷《うなず》いてくれた。

ダメだったらその時は素直に登るまでだ。

早速、俺たちは大きな石に上る。

「準備はいいかい？　急に上昇するかもしれないから、しっかりバランスはとっておいてくれよ？」

「……問題ない」

「大丈夫！」

二人から了承の返事がもらえたところで、俺は足元にある石を上へと拡大した。

「拡大」

すると、足場となっている石がグーンと上に向かって大きくなる。

それに伴いその上に乗っていた俺たちの視界もグンと高くなる。

気が付けば険しい崖が目の前にあり、俺たちは順番に足を踏み出した。

「縮小」

最後に俺が飛び移ったところで上に伸びた石を、元の大きさにまで縮めた。

「すごいや！　ベルデナの考えた通りに楽に上がれたよ！」

「えへへ、すごい、すごい？」

「ああ、すごいすごい！」

まるで子供を褒めるような感じではあるが、それでもベルデナは嬉《うれ》しそうに笑っていた。

「……まさかこんな風に移動もできるなんて便利」

まるで動じていないかのように見えたリュゼだが、その声音を聞くと結構驚いているようだ。

通常ならば大きく迂回するはずの道をショートカットできたのだからな。さすがのリュゼも驚いたのだろう。

「ああ、俺もこんな風に使えるなんて思いつかなかったよ。にしても、よく思いついたね？」

「ノクトのスキルはよく見ているから。たまにこんな風に使えたら面白いかなーって考えるんだ」

正直、ベルデナがそこまで俺のスキルについて考えてくれているとは思わなかった。

なんだか少しだけ気恥ずかしい。

スキルをかけてもらって日常生活を送っているだけに、ベルデナは俺のスキルを意識して観察しているようだ。

「そうだったんだ。俺もまだまだスキルを使いこなしているとはいえないから、何か思いついたことがあったらすぐに言ってくれ」

「うん、わかった！　もっと面白いことを考えてノクトに褒めてもらう！」

そう頼むとベルデナは嬉しそうに笑った。

「……領主様のスキルは、私の経験すらもぶち破るからズルい」

確かに滅茶苦茶《めちゃくちゃ》なスキルである自覚はあるが、長命なエルフで複数のスキルを所有しているリュゼに言われてもイマイチ実感が湧かないや。

【拡大&縮小】スキルにはまだまだ大きな可能性がある。考え方を変え、常に模索し続ければもっと便利な使い道があるはずだ。

俺も現状に満足していないで、ベルデナのように貪欲に考えていかないとな。

自分の持っている唯一のスキルであり武器なのだから。

◆

同じようにスキルを使用して時短しながら進むことしばらく。

俺たちは山の頂上部へとたどり着いた。

「ドラゴンらしき気配はあるか？」

「……今のところはない」

「うん、いないみたい」

岩陰に隠れて周囲の気配を探ってみるが、それらしいものはないようだ。

リュゼとベルデナがいないというのであれば、ここにはドラゴンはいないのだろう。

「……食事にでも行っているのか、それとも巣を作らずに移動したか」

「後者であれば嬉しいんだけど、ひとまず調べてみる他にないね」

このままずっとここにいても何も情報は得られない。

いないならいないでそれがわかるような情報が欲しい。

岩陰に隠れていた俺たちは周囲を探索してみることにした。

「ねえ、みてみて！」

周囲を調査することしばらく。ベルデナが地面を見ながら手招きをしてくる。

俺とリュゼがすかさずそこに移動すると、地面には大きな凹《へこ》みがあった。

「……これってドラゴンの足跡じゃない？」

「この大きさだと間違いなくドラゴンだろうね」

実際にドラゴンの足跡を見たことがあるわけじゃないが、この飛竜の足裏を思わせるような形はそうだろう。明らかに並の魔物は残すことのない足跡だ。

「……ということは、やっぱりドラゴンはここに降りた」

「ああ、今は気配がないからそれからどうしているのかはわからないな。いっそのことどこかに行ってくれているといいんだけど」

「……領主様がそんなこと言うから帰ってきた」

「ええっ⁉」

楽観的な言葉を吐いていると、リュゼは嘆息して空を仰いだ。

そちらに視線を向けてみると、なんと空から巨大な生物がこちらに向かってくるではないか。

俺がフラグを立てるような台詞《せりふ》を言ってしまったからか？

体長二十メートル以上を誇る立派な体躯《たいく》。全身が赤い鱗《うろこ》に覆われており、背中に生えている大きな翼をはためかせている。

ワイバーンや飛行型の他の魔物でもない。紛れもなくアレは……

「……レッドドラゴンだ」

ドラゴンは蛇を思わせる黄金色の瞳をこちらに向けて咆哮《ほうこう》を上げた。

十八話　レッドドラゴン

「ガギャアアアアアアアアアッ！」

大気を震わせる音の波動に俺たちの鼓膜が揺さぶられる。

即座に両手で耳を塞ぐがそれでも音が突き抜けてくる。

特に聴覚のいいリュゼはドラゴンの咆哮《ほうこう》がとても辛《つら》いらしく、かなり顔をしかめていた。

遠くにいても身体《からだ》の中で内臓がひっくり返されるようで気持ち悪い。

「縮小、縮小、縮小、縮小！」

堪《たま》らず俺はレッドドラゴンの咆哮を縮小しまくる。

すると、大音量は途端に小さくなって、手で耳を塞ぐ必要すらなくなった。

これには咆哮を上げたドラゴンも少し戸惑っている様子だ。

「……ドラゴンの声が小さくなった？」

「縮小で声を小さくした」

「……うるさかったから、とても助かる」

声が小さくなったとわかるとリュゼは耳から手を離して、すぐに戦えるように弓を構えた。

ベルデナもしっかりとガントレットを装着しており、戦う気満々の様子だ。

たった三人でドラゴンを相手に勝てるのか。俺なんかが戦力になるのかは不明だが、こちらも鞘《さや》から剣を引き抜いておく。

「あいつ、やっぱり私が山に住んでいた時からウロチョロしてた奴《やつ》だ！　私がいなくなったからって勝手にやってこないでよ！」

悠然と空を飛んでいるドラゴンを見て、ベルデナがぷりぷりと怒る。

どうやらベルデナが言っていた昔からちょくちょく追い払っていたドラゴンらしい。

追い払えたドラゴンと同じでよかったと思うべきなのか、正直わからない。

俺たちにとってドラゴンはドラゴンだからな。

しかし、マズいことになった。

まさか、ちょうど調査をしている最中に上からやってくるなんて。

このような開けた場所で見つかってしまっては戦闘は避けられそうもない。

心の中で悪態をついている間にもドラゴンは地上へと降りてくる。

翼をはためかせる度に風圧が襲い掛かる。

圧倒的な質量とエネルギーだ。ただ翼を動かしているだけで身体が持っていかれそうになる。

矢を番《つが》えているリュゼだが、あまりの風圧に矢を射ることができないようだ。

相手の持つ身体スペックに驚愕《きょうがく》しながらも俺は風圧に対して縮小を発動。

身体を持っていかれそうになる風が、そよ風程度の柔らかいものになった。

そして、ドラゴンが俺たちの目の前で着陸。

交錯する俺たちとドラゴンの視線。

退散しようにもドラゴンに追いかけられでもしたら余計に被害が広がる。

領地に連れていくようなことは論外だ。逃げるにしても二次被害を出さないように逃げなければいけない。それはとても難しい。

ならば、ベルデナに元の大きさに戻ってもらって彼女に懸けるか？

どう動くべきか悩んでいると、ドラゴンが先に動いた。

俺たちから視線をプイッと外して、ノシノシと歩いていく。

「「はい？」」

一触即発のような雰囲気が漂っていただけに、ドラゴンの突拍子もない動きに呆気《あっけ》にとられる。

「……もしかして、相手にされてない？」

「その可能性はないこともないな」

相手は生態系の頂点に君臨するようなレベルだ。俺たちのような人間を見ても、相手にしないということは十分にあり得た。

「相手にされてないってどういうこと？」

ふむ、身体が大きかった時間が遥《はる》かに長いベルデナにはわかりづらい考えなのだろうか。

「俺たちが外を歩いていて小さな虫を目にしても、有害でなければ何とも思わないだろ？　それと同じことさ」

「なにそれ！　なんかムカつく！」

丁寧に説明してあげると、ベルデナもようやく理解できたのか頬を膨らませた。

俺とリュゼからすれば見逃してもらえたことにホッとする思いであるが、ベルデナからすれば屈辱に感じたらしい。

「このー！　待てー！」

「ああっ！　ちょっとベルデナ！」

顔を真っ赤にしたベルデナがドラゴンに向かって走り出してしまったので、俺とリュゼも仕方なく後をついていく。

本当は今のうちに撤退して情報を持ち帰りたいところであるが、ベルデナを置いていくわけにはいかない。

巨人族であり誰よりも大きい存在だったベルデナが、舐《な》められるなんてことはまずないからな。こういう煽《あお》り耐性が低いのも仕方がないのかもしれない。

夢中になってドラゴンとベルデナを追いかけていると、いつの間にかベルデナが住んでいた洞窟のそばにやってきていた。

ここはナデルがある場所なのだが、一体どうしてこんなところに？

「ああーっ⁉」

そう思ったところでベルデナの悲鳴が聞こえた。

「どうしたんだ⁉」

「ドラゴンが私の育てていたナデルを食べてるー！」

緊迫感のある悲鳴だっただけに、理由を聞いた瞬間に身体から力が抜けるような思いだった。

わなわなと震えているベルデナの傍《そば》に行ってみると、ドラゴンがナデルをぱくぱくと食べていた。

それはもう丁寧に木に生《な》っている実の部分だけを。

「それは私が育ててきたんだぞー！　勝手に食べるなー！」

「…………」

「無視するなー！」

ベルデナが憤るのもドラゴンはまったく意に介さず黙々と食べ進めている。

なんだろう。決死の覚悟でやってきたというのに緩やかなこの感じ。

「……あのドラゴンはナデルが目当てでここにやってきた？」

「そうだとすると、ベルデナが住んでいた時にちょくちょく空を飛んでいたのも納得だね」

ドラゴンはベルデナの住んでいる洞窟を目当てにしていたのではなく、近くに生えているナデルが目当てだった。

そう考えると、ドラゴンが飛び回っていた理由や、突然山にやってきた理由も納得できるものであった。

「ノクト、私を大きくして！　アイツを殴り飛ばす！」

育ててきたナデルを食い荒らされ、コケにされたベルデナが荒ぶる。

「まあまあ、落ち着いて。それは本当の最終手段だから」

相手はあんな気の抜けた奴でもあるが、それでもドラゴンだ。

戦わずに済むのであればそれに越したことはない。

逆にいえば、あのドラゴンは食欲さえ満たすことができれば人間なんてどうでもいいのかもしれない。

それなら食欲を満たすことさえできれば、上手《うま》くやっていくことができるのではないか。

たとえば、定期的にナデルを与えるだけで領地を襲わず、共存できるのであればこちらとしては文句ない。無理に刺激を与えて領地を荒らされるよりもよっぽどいい。

「……何か対策を考えている？」

「餌付けしてみようかと。それが無理なら最悪の手段になるかもね」

「……わかった。いつでも逃げられるように準備しておく」

俺のやることを察してくれたのかリュゼがそう返事した。

昂《たか》ぶるベルデナを彼女に任せ、俺はナデルを食べているドラゴンに近づく。

改めて近くで見るとかなりデカいな。ちょっとした身じろぎ一つで吹き飛ばされ、踏みつぶされるだろう。

そう考えると、足が震えそうになるのでできるだけ考えないように進んだ。

さすがに食事を邪魔されると不快に思うのか、ドラゴンは煩わしそうな視線を向けてきた。

身体がすくみそうになるのを押し殺しながら、俺は落ちているナデルに拡大をかけた。

「拡大」

小さなブドウを思わせるナデルが五メートルほどのサイズになった。

ナデルが大きくなったことで、ドラゴンも大きく目を見開く。

他にも落ちているナデルに拡大を施していくと、同じように大きな実が出来上がる。

小さな実をチビチビと食べていたドラゴンにとって、それはさぞ食べ応えのあるサイズになっただろう。

俺は拡大したナデルから離れると、ドラゴンは大きな実を一口でパクッと。

表情を見る限り、かなり満足しているよう。

続いて二つ目、三つ目と同じように丸呑《まるの》みにしていく。

その度に喜びに打ち震え、翼と尻尾が連動してパタパタと揺れていた。

『面白い力を持った人間に出会えたものだ』

リュゼでもなくベルデナでもない、張りのあるバリトンボイス。

胸の奥にジーンと響くような重みのある声。

その声の発生源は間違いなく目の前にいる巨体だった。

十九話　人化

「……今の声は君なのかい？」

『如何《いか》にも。長きにわたって人間界を見ていると、人間の言葉も操れるようになる』

おそるおそる尋ねた俺の声にしっかりと首肯するドラゴン。

「ええっ⁉　今の声、このドラゴンからなの⁉」

「……高位の魔物は時に言葉を操る。私も過去に何体か出会ったことがある」

リュゼの言う通りではあるが、そのような魔物と遭遇するようなことはほとんどない。

長い時を生きるエルフでも数回程度でそう出会うものじゃない。

知識として聞いたことがあるものの、実際に人間の言葉で語りかけてくるドラゴンがいると驚いてしまう。

『私の咆哮《ほうこう》や風圧が突然小さくなったのもその力か？』

「あ、ああ。【拡大&縮小】というスキルであらゆるもの……とまではいかないが、ある程度のものを大きくしたり、小さくすることができる」

『なるほど、聞いたことのないスキルだ。それで私の声と風を縮小したわけだな』

答えが聞けて納得するように頷《うなず》くドラゴン。

「こちらからも質問をしてもいいか？」

『ああ、構わない』

「君は俺たちの領地を襲いにきたのか？」

『領地という言葉は、君たちが生活を営んでいる場所のことで合っているかな？』

「その通りだ」

『だとしたら違うな。私はここに生えている紫色の実が気になって食べにきただけだ。前から狙っていたのだが、野蛮な巨人族が邪魔をしてきてな』

「誰が野蛮な巨人族だよ！」

ドラゴンの言葉にすかさず反応するベルデナ。

『どうしてそこの娘が怒っているのだ？』

「えっと、君の言っていた巨人族というのが彼女だからね」

『そういえば、髪色や匂いが同じだ。もしかして、それもスキルで小さくしたのか？』

言語を話せるだけあってかなり知能が高い。すぐに縮小したと推測をしてきた。

「そうだよ。生き物にかけるには色々と条件があるけどね」

『となると、私にそれをかけるのも難しいということか』

「どうだろうね」

なんて誤魔化してはいるが最初に直接身体《からだ》を小さくしなかった時点でお見通しだろうな。

相手の身体でさえも自由自在に縮小できるのであれば、問答無用で縮小して踏みつぶすなんてこともできるのだし。

しかし、ドラゴンの口から領地を襲うつもりはない、という言葉が聞けてひと安心だ。

勿論《もちろん》、いきなり言葉の全てを信じるというわけにはいかないが、こうして対話をしてくれている
ということは差し迫った危機にはならないだろう。

もっとも、それもこれからの交渉次第ではあるだろうが。

「ナデルを食べて満足したら、また違うところに向かうという認識でいいか？」

『最初はそのつもりだったが気が変わった』

確認のために問いかけると、ドラゴンがニヤリと笑った気がした。

もしかして、今の会話で考えが変わって襲うつもりにでもなったのか？

咄嗟《とっさ》に警戒心を強めると、ドラゴンをすっぽりと覆うほどの炎が立ち上《のぼ》る。

煌々《こうこう》と燃え盛る炎の中でドラゴンの体は徐々に小さくなっていく。

それに合わせてとぐろをまいていた炎も小さくなり、やがて人影を残して消える。

そこに存在するのは長身の男。

その髪は燃える炎のように赤く、肌は健康的で鍛え抜かれた赤銅色をしている。

年齢は三十代中頃だろうか。実に落ち着いた顔つきの男性がそこにいた。

「……レッドドラゴンだよな？」

『そうだ。これは私のスキルの一つ【人化】というものの効果で人間と同じ身体になることができる。私が長年生きることができ、人間の言葉を話せるようになったのもこのスキルによる恩恵が大きいな』

一つ……ということはまだ他にもスキルを持っているんだろうな。

魔物にもスキルを持つものがいるのは知っているが、長い時を生きている彼がどれほどのスキルを所持しているのか不明で怖いな。

にしても、まさかドラゴンが人間になってしまうとは。つくづくスキルというものは俺たちの常識を軽々と超えてくるものだ。

「気が変わって、人の姿になったっていうのはもしかして……」

『ああ、そうだ。私も久し振りに人里で暮らしてみようと思う』

嫌な予感がしたので尋ねてみると、人の姿をしたドラゴンは実に人懐っこい笑顔で述べた。

いきなり人の姿になった辺りでそんなことを言い出すのではないかと思っていた。

「一体、どうして急に？」

『理由は三つある。それは私が暇だったから。二つ目はあなたのスキルを使えば、美味《おい》しいものがたらふく食べられるから。三つ目はあなた個人への興味だ』

「……俺への興味？」

一つ目はわかるようでわからないが、気まぐれな魔物なので理解はできる。

二つ目は元々それを条件に共存しようとしていたので食いついてきても違和感は抱かない。

ただ三つ目の理由が不可解だった。

『あなたがそのスキルを扱い、どのようにして生きていくか個人的に興味があるだけだ。珍しいスキルを持つ者は大概面白い人生を歩んでいくものだからな』

「……わかった。無暗《むやみ》に人間に手を出さないと誓うのであれば許可する」

完全に面白い玩具を見つけたかのようなソレであるが、それらの理由で彼がこちらに危害を加えないのであればいいだろう。

「いいのノクト⁉　相手はドラゴンだよ⁉　魔物だよ⁉」

『それを言うならあなたも巨人族ではないか』

「私は小さくなったし、皆を襲ったりしないもん！」

『ふむ、それなら私と同じだな』

「……あれ？」

ベルデナ、論破。

完全にレッドドラゴンのペースに乗せられたな。

魔物と巨人族という存在は根本的に異なるのであるが、ベルデナはそこに気付いてないようだ。

『うむ、領主である……』

「ノクトだ。ノクト＝ビッグスモール」

『ノクトの許可も貰《もら》えたことだ。これで私も領民とやらの仲間入りだな』

領民として暮らせるのが嬉《うれ》しいのかご機嫌で頷くドラゴン。

「人間と暮らす以上は名前が必要だ。俺たちは君のことをなんて呼べばいい？」

さすがに領地ではレッドドラゴンなどと呼ぶことはできない。

なにか人間らしい名前が必要だ。

『……そうだな。では、以前人里に降りた時に使っていたグラブという名前を使うとしよう』

「わかった、グラブ。これからよろしく頼むよ」

手を差し出すと、レッドドラゴン改めグラブはがっしりとした手で握り返した。

「……グラブ、すんごく痛い」

『すまない。人の姿になるのは久しぶりで加減を誤った』

素直にそう言うと、グラブは力を緩めてから手を離してくれた。

すごい力だった。指の骨がミシミシと鳴って骨が折れたかと思った。

ベルデナと同じで人間サイズではあるが、身体スペックはレッドドラゴンそのものなんだろうな。

『ところで人里での私の役目はあるか？』

グラブに改めてそう言われると悩んでしまう。

戦闘力として期待するような役割を担ってもらうべきか。いや、人里での暮らしを楽しもうとしている者がそんな役割をやってくれるだろうか。

悩んでいると、ちょうど今とある人材を探していることを思い出す。

「グラブは酒は好きか？」

『ああ、かなり。これでも世界を飛び回って数多《あまた》の酒を呑《の》んできたものだ』

「それなら酒場のマスターというのはどうだ？　酒を仕入れて、人の集まってくる酒場でそれを提供する。酒に対する知識やちょっとした料理の腕も必要になるが……」

『任せてくれ。酒場のマスターというのをやってみるのも面白そうだ』

突然の提案であったがグラブは頷いてくれた。

世界にある様々なお酒を呑んだと言うほどの酒好きだ。

多少拙いところがあったとしても、酒に関連することなのですぐに吸収してくれるに違いない。

わからないところは俺たちがフォローしてやればいいだろう。

よし、これで酒場が完成しても営業ができそうだ。

マスターが人化したレッドドラゴンという奇妙な酒場であるが、営業できればローグやギレム、他の領民も文句は言わないだろう。

「それじゃあ早速領地に向かうか」

『ああ』

「……その前にマントの一枚でも羽織った方がいいと思う」

リュゼの突っ込みでようやくグラブが全裸だということに俺は気付いた。

だって、ベルデナやリュゼも一ミリも悲鳴を上げたりしないんだもん。スルーしちゃうのも仕方がないよね？

二十話　酒場のマスターはドラゴン

グラブを連れて領地に戻ると、一番にグレッグが駆け寄ってきた。

「ノクト様！　ドラゴンはいましたか？」

その後ろの自警団の団員たちが固唾を呑《の》んで見守っている。

彼らには山にドラゴンが住み着いた可能性があると伝達し、厳戒態勢をとってもらっている。

この後の俺の情報で行動が決まる。領地の将来にも関わることなので気になるのは当然だろう。

「ドラゴンはいなかったよ。継続して調査は続けるけど、ひとまず警戒態勢は解除していいんじゃないかな」

「本当ですか！　それは良かったです。もし、ドラゴンがいたらどうしようかと……」

グレッグがホッと胸を撫で下ろす。

「いやー、よかった。ドラゴンはいなかったらしいぞ」

「自警団になって初の討伐仕事がドラゴンとか笑えねえ」

「そもそも俺らじゃ束になっても勝てねえよ」

俺たちの会話が聞こえたのか、自警団員たちもホッとしているようだった。

緊張した空気が四散して穏やかな空気が流れる。

騙《だま》しているようで罪悪感が湧いてくるけど、これも騒ぎを最小限にするための処置だ。

仕方がないと割り切ることにしよう。

「すみません、他の仲間にも伝えるように言っても？」

「ああ、早く仲間を安心させてやってくれ」

ずっとドラゴンがいるかもしれないと緊張させるのは可哀想《かわいそう》だしな。

それに自警団が警戒態勢に入っているのは領民たちも気付いている。自警団がずっとピリピリしていると、他の領民も不安になってしまうからな。

「おーい、お前ら！　他の奴等《やつら》にもいなかったって伝えておいてくれ！」

「「わかりました」」

グレッグの指示を聞くと、団員たちがそれぞれの方角に走っていった。

「ところで、グレッグ。少し話したいことがあるんだけどいいかな？」

「もしかして、後ろにいる男性のことですか？」

「そうなるね。詳しくは全員が揃《そろ》ってから伝えるよ」

「わかりました」

そう説明するとグレッグはひとまず納得してくれたのか領《うなず》いた。

「ベルデナ、メアを呼んできてくれるかい？」

「わかった！」

ベルデナにそう頼むと、彼女はすごい勢いで走り去っていく。

その速度なら屋敷《やしき》にいようともすぐに連れてきてくれそうだ。

「……説明だけなら私はもう帰ってもいい？　今日は少し疲れた」

「ああ、この後のことは任せてくれ。今日はありがとう」

細かい説明にまでリュゼを付き合わせる必要はない。

リュゼはドラゴン事件の一番の功労者だ。彼女がいなければ、グラブの存在に早く気付くことはできなかったからな。

山の頂上部まで登ることは勿論《もちろん》、誰かさんのせいで精神的に大分疲れた。

俺が了承すると、リュゼはテクテクと歩き去っていった。

俺も説明が終わったら、早く屋敷に帰りたいものだ。

女性たちがいなくなり、この場には俺とグレッグとグラブだけが残る。

『頂上からも見えていたが随分と立派な防壁を作ったものだ。これもノクトのスキルによるものか？』

「ああ、そうだよ。土魔法を拡大したのさ」

『ほう』

感心した様子で防壁を見上げるグラブ。

それから彼は等身大の景色を楽しむように周囲を見回したり、歩き回ったりする。

それを微妙な表情でグレッグが見ていた。

グレッグはグラブのことを知らないし、グラブのことに触れていいかもわからない状態だからな。

会話をさせるとグラブがドラゴンだということがわかってしまい、説明の二度手間になるのでつなげることもできない。

結果として男性三人が無言になって待つことになった。

ベルデナ、早くメアを連れてきてくれ。

そう願いながら待つことしばらく。

「ノクト！　連れてきたよー！」

「ベルデナさん！　走る速度を落としてくださいっ！」

ようやくベルデナがメアを連れてきてくれた。

手を繋《つな》いで連行されたメアがやや引きずられるような形になっているのが可哀想だ。

別にそこまでして急ぐ必要はないが、微妙な空気だったので結果としては心の中でナイスだと言っておこう。

「はぁ、はぁ……すみません、お待たせして」

「いや、急に呼び出したこっちが悪いから気にしないでくれ」

ひとまず、メアの息が整うようになるまで俺は待つことにした。

さすがに今の状態では会話すらも厳しい。

「……もう大丈夫です」

「そうか。それじゃあ、今回のドラゴンについての話なんだけど……」

「……ドラゴン？　なんの話ですか？」

話を切り出したところでメアが小首を傾《かし》げて呟《つぶや》く。

「あれ？　ノクトってば、メアにドラゴンのこと言ってなかったの？」

「………そういえば、言ってなかった気がする」

ベルデナに指摘されて、俺は冷や汗を流す。

そういえば、メアを呼んだはいいが彼女にはドラゴンの調査に行くことすら話していなかった。

「ベルデナさん、なにがあったんですか？」

「えっと、実はね……」

俺が固まっている間にベルデナが今回山に向かうことになった経緯を説明する。

それを聞いたメアは実に不機嫌そうな表情で、

「へー、ノクト様ってば私にだけは伝えず、そんな危ないことをしていたんですね」

「いや、別に意図して伝えていなかったわけじゃないんだよ？　ただ、調査を急ぐ必要もあったし

――」

「あったし？」

「……すみません、ドラゴンのことで色々とテンパっていて伝え損ねていました」

言い訳しようと思ったがメアから放たれる圧が強くなったので、素直に白状することにした。いくら弁明しようと忘れていたことは事実だ。

「別にいいですよ。状況を聞く限り早急に対処する必要があったのは事実ですし。ただ、私も聞いていれば自警団の方とも連携をとってできることがありました」

「はい、次からは連絡を怠らないようにします」

確かにメアの言う通りだった。

彼女にも知らせていれば自警団と連携して動くことができたし、雰囲気で異状を察して不安になる領民をなだめることもできた。

いざという時の避難の手配だって進めることもできただろう。

まだ自分一人で抱え込んでしまう癖が抜けていないな。

『ククク、私には強気だったというのに、そこの娘には随分と弱いのだな？』

「……笑わないでくれ」

謝罪する俺の姿を見て、グラブが愉快そうに笑った。

「それでノクト様。話というのを聞いてもいいですか？」

「ああ、待たせて悪い。さっきの山にドラゴンがいなかったっていうのは嘘《うそ》だ」

「はい？」

「実はレッドドラゴンは山にいたんだ」

「えええええええっ⁉　ちょっと、なんでそんな嘘をついたんですかノクト様⁉　もう団員たちに警戒を解くように言っちまいましたよ⁉」

大慌てで叫び声を上げるグレッグ。

傍《そば》で聞いていたメアも大声こそ上げはしないが、かなり戸惑っている様子だ。

「それが真実であれば大変です。速やかに戦闘準備を整えるか、領民を避難させるかしないと」

「いや、その必要はないんだ」

「どうしてです？」

グレッグの提案に首を横に振ると、メアが率直に尋ねてくる。

「ドラゴンなら既に俺たちの目の前にいるからね」

そう告げると、グレッグとメアが戸惑いながら視線を前に向ける。

当然そこにはドラゴンはいないが、見慣れない赤髪の男がいる。

「……まさか、目の前にいるこいつがドラゴンだとか言いませんよね？」

『そのまさかだ。私の名はグラブ。ノクトと山で出会い、領民になるために降りてきた』

苦笑いしながら指さすグレッグの言葉にグラブが悠然と答えた。

「嘘つけ！　お前、どう見ても人間だろうが！」

『ふむ、信じられないか。それならここで真の姿を……』

「それはやめてくれ。あんな姿になられたら、他の領民に見られて大混乱だ」

証明するには一番それが手っ取り早いのかもしれないが、そうすれば他の誰かに見られる可能性がある。それでは内密に話している意味がない。

『それなら少しだけ晒《さら》すことにしよう』

グラブがそう言うと、身体《からだ》から炎が舞い上がり彼の右腕を包み込む。

燃え盛る赤の光は人の腕から、強靱《きょうじん》なドラゴンの右腕へと姿を変えた。

グラブの異形の右腕にグレッグやメアが息を呑む。

「……マジか。一体どうなっているんだ？」

「魔物が人間になれるなんて……」

『私は【人化】というスキルを持っていてな。その応用だ』

グラブはそのように言うと、右腕を振るう。

すると、再び腕が炎に包まれて元のたくましい人間の腕に戻った。

「ノクト様のスキルも大概ですけど、世の中には不思議なスキルがあるものですね」

『まったくだ』

メアの感心したような言葉にグラブは愉快そうに笑う。

「そういうわけで正体は秘密だけど、レッドドラゴンのグラブが領民として加わることになったから」

『酒場のマスターとして働き、領地に貢献していくつもりだ。よろしく頼む』

「またとんでもない秘密を知らされたもんですよ」

悠然と微笑《ほほえ》むグラブの言葉を聞いて、グレッグが苦笑いを浮かべるのであった。

二十一話　アイスティー

グラブの正体を一部の人間にだけ明かした俺は、グラブをピコやルノールに紹介した。

これから酒場のマスターとしてやっていくのだ。仕入れ先のラエル商会とは長い付き合いになるだろうから早めに顔合わせをさせたかった。

その後は宿屋兼酒場の建設を担当するローグとギレムに紹介、ちょうど酒場の内装を設計していたらしく、グラブの意見を加えることで完成させ、建築に移るらしい。

まだ頼んで一週間も経過していないというのに恐ろしいスピードだ。

グラブの見た目は人間とはいえ、中身はレッドドラゴン。

傍《そば》で見ていると若干ハラハラする気持ちはないでもないが、グラブは不気味なくらい円滑なコミュニケーションをとっており領民たちの生活に溶け込んでいる。

それは領主としても嬉《うれ》しいことだが、今後も上手《うま》くやっていけるか注意は必要だな。

執務室で考え込んでいると、扉が控えめにノックされた。

「失礼します、アイスティーをお持ちしました」

返事をすると、メアがトレーの上にグラスを三つのせて入室してきた。

その後ろにはベルデナもおり、息抜きにやってきたのだろう。

「ありがとう。ちょうど喉が渇いていたんだ」

テーブルの上にのっている書類を片付けると、メアがグラスを置いてくれた。

それを手に取ってゆっくりと口をつける。

香り豊かな紅茶の風味がスッと喉を通り抜けていた。後味もとてもスッキリしており飲みやすい。

「こんな風に紅茶を飲むのも久し振りだな」

「ラエルさんの商店が開店して、色々と商品が並ぶようになりましたから。ノクト様の好きな茶葉があったので買ってしまいました」

領民に逃げられてしまってからこういう嗜好品《しこうひん》は買っていなかった気がする。

領主としてやるべきことが山のようにあった。それに領地を立て直すには莫大《ばくだい》な資金が必要で、こういった嗜好品を自分のために使うのは罪悪感があったような気がする。

紅茶の成分でもあるんだろうが、こうして久しぶりに紅茶を飲むととても心が安らぐ。

「これってそんなに美味《おい》しいの？」

俺が飲んでいる姿を見て、ベルデナが首を傾《かし》げる。

「ベルデナはまだ飲んだことがなかったかな？」

「うん、飲んだことない」

「ジュースのような甘味はないですが、香りがとても良くて美味しいですよ？」

メアにグラスを手渡されてベルデナはそれを手に取る。

違う角度から何度か眺めると鼻を近づけて香りを嗅いだ。

「本当だ。不思議ないい香りがする！」

「次は飲んでごらん」

俺が勧めるとベルデナはゆっくりとグラスに口をつける。

すると、ベルデナはパチパチと目を瞬《まばた》かせると微妙そうな顔をした。

「香りはいいけど、そこまで美味しくない……」

「あはは、初めてならそう感じるのも無理ないね」

俺も前世で初めて飲んだ時は同じような感想を抱いたものだ。

確かに香りも良くて飲みやすいけど、好んで飲むような美味しいものとは思えない。

しかし、大人になるにつれて慣れてくると、この香りの良さやスッキリとした味わい、微《かす》かな甘みが癖になるんだよね。

「蜂蜜を少し入れると飲みやすくなりますよ」

「入れる！」

メアが蜂蜜の入った小皿を差し出すと、受け取ったベルデナがアイスティーに注ぐ。

「ああっ！　入れすぎですよ！」

「ええ、そう？　まあいいや」

中々の量が入ってしまったがベルデナは気にせず、スプーンで軽く混ぜて飲む。

「こっちの方が美味しい！」

「……それだけ蜂蜜を入れたらそうですよ。そんな飲み方は紅茶じゃありません」

「えー、別にいいじゃん。私にとってはこれが美味しいの」

茶葉そのものの味わいを重視するメアにとって、ベルデナの飲み方には思うところがあるのだろうな。

まあ、ベルデナは紅茶初心者だし、まずは甘いものから慣れていけばいいだろう。

「そういえば、宿屋や酒場で働きたい人はいたかい？」

メアを見て思い出したのだが、以前宿屋や酒場で働きたい人を探すようお願いした。

新しくできる宿屋もそうだし、酒場の方もグラブだけでは回らないだろうから働いてくれる人がいるのか確認しておきたかった。

「はい、確認してみましたところ結構な人数の方が興味を示しているようでした」

「そうか。それなら安心だよ」

宿屋の方はまだしも、酒場の方はグラブ本人と気が合う者がいいだろう。

それについては彼に面接なりしてもらって、選んでもらえばいいか。

「ひとまず宿屋と酒場の問題は落ち着いたと言っていいかな？」

また追加で宿屋が必要になるかもしれないが、それはこれからの人の流れを見ながら判断だ。

「そうですね。後はそれぞれの問題かと」

「ねえ、休憩している時くらい仕事の話はやめよー？」

「それもそうだね。ごめんよ、仕事の話を振って。メアもアイスティーを飲むといいよ」

「では、お言葉に甘えまして」

せっかく美味しい紅茶を淹《い》れてくれたのだ。きちんと味わわないとメアと茶葉に失礼だ。

これ以上仕事のことを考えているとベルデナに怒られるので思考を切り替える。

「たまにはこういう風に贅沢《ぜいたく》するのも悪くないね」

メアやベルデナと何気ない会話をしながら、ゆったりとアイスティーを飲む。

ここ最近の中で一番贅沢な時間を過ごしているような気がする。

「ノクト様は自分を抑えすぎですよ。皆のためにたくさん努力し、働かれているのですから少しは自分を労《いた》わってください。ノクト様が倒れては元も子もないんですから」

「ノクトは仕事をし過ぎ！　最近、ゆっくり喋《しゃべ》れてない！」

メアの言う通り、無理をして倒れてしまっては周りに迷惑をかけることになり、効率も落ちる。

それに最近は仕事ばかりで二人とゆっくり会話もしていなかったな。

「……そうだね、残っている書類の確認を終えたら、二人の言う通り今日は休むよ」

リオネたちの提案してくれた防壁門の改良案を読み込んだら、切り上げることにする。

それ以外のものは別に急いで今日片付けなくてもいい仕事だ。

「やったー！」

「はい、是非そうしてください」

メアとベルデナの忠言に従って、今日は早めに仕事を切り上げてゆっくりした時間を過ごした。

◆

「ノクト様、防壁門の改良ができたので是非視察にきてほしいとリオネさんたちから連絡がきています」

リオネたちの提出してきた防壁門の改良案。

それらを確認して作業を進めることを許可したところ、三日も経《た》たない内にそのような報告が上がってきた。

「もうできたのかい？」

ビッグスモール領には現在二つの防壁門がある。

それは大森林に面している西側の門と、ハードレット家の領地と隣接している東側の門だ。

勿論《もちろん》、ラエル商会の者や他の領地からやってくる行商人なんかは東門をくぐってやってくる。

「ひとまず西側の防壁門を改良したようです。それで問題なければ東門に着手し、防壁の改良を行っていくようです」

「わかった。今から向かうよ」

防壁の改良については急いで行わなければいけない課題だ。

領地の安全のためにもすぐに確認しに行かないと。

執務室で書類を確認した俺はすぐに準備をして西門に向かった。

二十二話　改良された防壁門

西の防壁門にたどり着くと、リオネとジュノとセトが待っていた。

「領主様！」

「待たせてすまない。早速、改良した門を見せてもらえるか？」

一応、改良案で構造は頭の中に入ってはいるが、きちんと目で確かめておきたいからな。

「わかりました。お見せしますね」

リオネがそう返事してジュノとセトに視線をやると。

それだけでジュノとセトは移動して門にかけた梯子《はしご》を上っていった。

リオネと並んで進んでいくと、門が閉まっている。

俺が土魔法で作った簡易的な扉ではなく、もっと頑強で分厚い扉になっていた。

「ジュノ、セト！」

「おうよ！」

リオネが声をあげると、門を上っていたジュノとセトが巻き上げ機を回し始めた。

すると、鎖で繋《つな》がれた扉がゆっくりと上がっていくが、ちょっとセトの力不足感が見受けられるな。必死に巻き上げ機を動かしているがかなり辛《つら》そうだ。

「ちょっとセト！　頑張りなさいよ！」

「これでも精一杯だよ！　というか、僕よりリオネの方が力あるよね⁉」

「そ、そんなわけないでしょ！　やめてよ、そういうこと言うの！」

セトから思いがけず口撃を受けてリオネが顔を赤くする。

確かに小柄で華奢《きゃしゃ》なセトよりも、女性であるがリオネの方が力があるのかも――

「領主様？」

「なにも考えてないから」

なんて考えていると、リオネから不穏なオーラが漂ってきたので慌てて誤魔化す。

こういう話題に俺が口を挟んでもロクなことにはならないな。

必死に思考を切り替えていると、ようやく扉が開ききった。

「巻き上げ機はローグとギレムが作ってくれたの？」

「土魔法で作りましたよ。さすがに鎖はローグさんから貰《もら》いましたけど」

苦笑いしながら言うリオネだが、土魔法だけで巻き上げ機を作ってしまうことが十分すごい。そんなこと構造をしっかりと把握していないとできないだろうに。

さすがは拠点作りのプロだけあって、その辺の知識がしっかりしているな。

視線を上に向けると天井がアーチ状になっており、ところどころ穴が空いている。

「あれが殺人孔ってやつだね？」

「はい、敵が侵入してきた際はあそこの穴から槍《やり》などの武器で突いたり、矢を射かけたり、高熱のお湯や油を落としたりできます」

リオネがそう説明していると、天井の方からタタタタと足音が聞こえる。

恐らくジュノやセトが移動しているのだろう。

二人はそれぞれの穴から顔を覗《のぞ》かせた後に、土魔法で作った槍を穴から突き出した。

有事の際はこのように攻撃するというイメージだろう。

「……確かにこれなら一方的に攻撃ができるね」

あそこにある穴目がけて的確に攻撃をするのも難しいしな。

ここまで侵入されること自体、最悪なケースではあるが、これがあるだけでかなり時間を稼ぐことはできそうだ。

ロクな対策もせずに入れば、バタバタとここで倒れることになるだろうな。

それに魔法使いや軍人のような戦える人でなくても、それなりの足止め効果は期待できるのでとても有効だ。

殺人孔を観察しながら歩いていると、天井には落とし格子があるのが見えた。

先端には鋭い針がついており、落下した際に串刺しにできるようにしてあるのだろう。

僅かな日の光に反射して先端が鈍く光る。

「……下ろさなければ何ともないとはわかっているけど、ああいうのがぶら下がっていると怖いね」

「はい、ですが有事の際はとても有効ですので」

「うん、わかってる。反対しているわけじゃないから」

目の前には吊《つ》り上《あ》げ式の橋が設置されている。もし、そこが突破されてしまった際は、これを下ろすことで敵を閉じ込めることができるのだ。

仮に魔物が数匹なだれ込んできても、落とし格子があれば閉じ込めて体勢を立て直すことができる。

しっかりとメンテナンスをして事故が起きないようにだけ気を付ければいい。

逆に王都の城門にあるやつは結構揺れていたし、変な音も鳴っていたので怖かった。

あんな風にはならないようにしないと。

落とし格子の確認を終えると、最後に吊り上げ式の橋だ。

こちらは格納式になっており巻き上げ機も天井にあるらしい。

殺人孔の道と繋がっているのかこちらもセトとジュノが下ろしてくれた。

すると、防壁門の中に眩《まぶ》しい光が入ってきた。

橋を渡ると平原が広がっており、その奥には大森林が見えている。

「うん、堀にピッタリね」

架けられた橋がピッタリなことを確認してリオネが満足そうに頷《うなず》く。

橋の横側を眺めてみると深く堀が作られており、橋を架けない限りは簡単に入ってくることができない仕掛けになっている。

まだ防壁に沿ってズラリと堀を作ることはできないが、いずれはやっておきたいと改良案にも載っていたな。

前世の記憶で西洋の城門なんかにもこういった仕掛けがあるのは、うっすらと知っていたけど実際に目にして説明されるとすごいな。

ここには先人たちが積み重ねた知恵がとても詰まっている。

こういうのがあるとわかると、有事の際は少し余裕を持って行動することができそうだ。

「すぐにできる改良として、門をこのようにしてみましたがどうでしょう？」

「うん、すごくいいよ。これならもしものことがあってもかなり時間を稼ぐことができそうだ。この調子で反対側の門の改良も頼むよ」

改良案のイメージ図やリオネの丁寧な説明もあってとてもわかりやすかった。

「ありがとうございます！」

そう頼むとリオネが嬉《うれ》しそうに笑った。

「ノクトー！」

防壁門の確認が終わると、ベルデナがやってきた。

「ベルデナ、どうかしたのかい？」

「酒場を開けるからグラブが来てほしいんだって」

「まだ夕方よりも前だぞ？　早くないか？」

そろそろ開店するという報告は聞いていたが現在の時刻は昼過ぎだ。まだ夕方と呼ぶには少し早いと思うのだが。

「なんかローグとかギレムとかが押しかけて早く開けることになったんだって」

「ああ、なるほど」

どうやら酒場を待ち望んでいた領民たちに押される形になったらしい。

血走った目で開けろと詰め掛けるドワーフ二人の姿が容易に想像できた。

「そうだとしたら急がないといけないな」

俺がまだ来ていないということで乾杯が始められないとかなっていそうだ。

「酒場が開いたのか⁉」

俺たちの会話が聞こえたのか防壁門に上っていたジュノとセトが血相を変えて降りてくる。

「そうだけど、まだ東側の門が終わってないわよ？」

「うっ、それもそうだった」

残念そうな彼女たちを見る限り、酒場の開店を待ちわびていたのだろう。

「まあ、あっちから魔物がやってくることはほとんどないんだし、今日のところは改良祝いってことで切り上げていいんじゃないかな？」

「りょ、領主様がそう言うんだったらねえ？」

「やった！　久し振りにお酒が呑《の》める！」

俺がそう言うと、リオネたちは表情を変えて喜んだ。

大森林側の改良は済んでいることだし、ここ最近はリオネたちも精力的に作業をしてくれていたしな。ちょっとくらいの息抜きだって必要だ。

今から作業しても夕方になるまで数時間程度しかないわけだし。

「じゃあ、酒場に向かおうか」

二十三話　酒場の開店

商店から少し離れた場所に建てられた新しい宿屋。

宿泊室の増加を意識して作っているために宿屋一号店よりも階数の多い五階建て。

そんな宿屋二号店の一階では、見事な酒場が出来上がっていた。

「やっときおったか！」

入室するなり、いきなりローグの大声で出迎えられる。

酒場にはたくさんのテーブルやイスが並べられており、夕方前であるというのに多くの領民で埋め尽くされていた。

こんな時間から大量の人が酒場に集まってしまう領地にいささか不安を覚えないでもなかったが、普段は皆とても働いてくれているので何も言えないな。

皆、席に座ってはいるようであるが、まだ酒杯を手にはしていない。

やはり、予想通り領主である俺待ちだったようだ。

『いらっしゃい』

カウンターでは白のワイシャツに黒のベストを羽織っているグラブがいた。

通常ならば首元にネクタイを巻くところであるが、敢《あ》えて胸元は開けて素肌を露出させている。

単に息苦しいネクタイを嫌っただけかもしれないが、落ち着いた風貌もあってか実に似合っていた。

「ごめん、待たせちゃって」

『気にしないでくれ。多くの者たちに押しかけられて少し早く開けてしまったのだ』

「早く席につかんか！　領主様がおらんと乾杯ができんからのぉ！」

「わかった。それじゃあ、早く席につこう」

「あそこのテーブルが空いてるよ！」

ベルデナの指さした真ん中のテーブルが空いているので、そこに俺たちは腰かけることにする。

領主である俺が到着したからか、カウンターにはどんどん酒杯が並べられる。

グラブがエールを注いでいくと、給仕の者がトレーにのせて配っていく。

待ちきれないローグやギレムといった一部の領民たちが自ら取りにいっていた。

ひとまずはエールで乾杯というところだろう。

気取ったお酒を呑《の》むのもいいが、まずは乾杯が先だな。

大人しく待っていると俺たちのテーブルにも酒杯が届けられる。

「そういえば、ベルデナはお酒を飲んだことがあるのか？」

「ない！　でも、これだけ皆楽しみにしてるってことは美味《おい》しいんでしょ？」

おっと、これは少し心配な言葉が出てきた。

「ベルデナって何歳なんだ？」

「ええ？　うーん、数えたこともないしわかんないや」

ますます心配になったが見た目から想像すると十五歳くらいだろう。

とりあえず、この世界では成人年齢は低いのでセーフと考えよう。

まあ、普通の人間とは違って巨人族で身体《からだ》も丈夫みたいだし、少し呑んでダメになるようなことはないだろう。

『それでは領主であるノクトに乾杯の挨拶を頼もうか』

などとポジティブに考えていると、酒杯を手にしたグラブにそのように頼まれた。

ええ？　こういうのはマスターである彼が言うべきではないだろうか。そんな疑問が頭をよぎったが、既にバトンを渡されたので断るわけにもいかない。

早く酒を呑ませろという血走った領民の目が突き刺さる。

「ありきたりで悪いけど、酒場の開店を祝って乾杯！」

「「乾杯！」」

乾杯の言葉を述べると、皆が酒杯をぶつけ合って唱和した。

俺も同じようにリオネやベルデナ、ジュノ、セトと酒杯をぶつけ合わせ、早速とばかりにあおる。

ラガーに比べると大味だが、苦みとまろやかさがちょうどいい。

前世のものに比べると複雑な味や洗練さもないが、意外とこの世界のエールも好きだな。

「ぷはぁっ！　美味しい！」

「久しぶりに呑むと美味《うめ》えな！」

「くう！」

リオネ、ジュノ、セトが恍惚《こうこつ》とした表情で言う。

「なにこれ、美味しくないぃぃぃっ！」

一方、初めてエールを口にしたベルデナは悶絶《もんぜつ》していた。

「あはは、まあ初めてだししょうがないね。これもアイスティーと一緒で慣れだから」

「うえええ……」

ベルデナの子供のような反応に俺たちは笑う。

最初は俺も同じような感想だったな。大人はどうしてこんなものを好んで呑めるのか不思議だった。

でも、自分が大人になって何度か呑んでみると、段々その良さがわかってくるんだよな。

「無理なら俺が呑んであげようか？」

「……もうちょっとだけ呑んでみる」

そのように提案してみると、ベルデナはチビチビと酒杯に口をつけ始めた。

どうやら早くエールの美味しさを理解したいらしい。

そんなベルデナの努力を俺たちは微笑《ほほえ》ましく眺めるのであった。

◆

お酒を呑んでいると、ついお酒に合う食べ物が欲しくなるもの。

酒場に詰めかけた領民たちは各々が適当な料理を注文していた。

俺たちも同様でテーブルの上には焼きソーセージやローストポーク、マッシュポテト、ミネストローネと様々な料理が並んでいた。

「料理も美味しいね」

食べてみるとこれまたイケる。

ローストポークは味がしっかりとしており、中はしっとりとしている。

甘酸っぱいハニーマスタードソースとの相性も抜群で非常にエールとの相性もいい。

手間を惜しまず、火入れもしっかりしている証拠だろうな。

これだけの料理を平然と作り上げることができるとは、グラブが人の姿で暮らしていた時間も相当なのだろうな。

隣に座っているベルデナもグラブの料理を気に入ったのか、すごい勢いで食べている。

結局、酒で楽しむことはできなかったが、食事で楽しんでいるようで何よりだ。

「本当ですよね！　そこら辺のお店なんか目じゃないくらいの味です！」

「安っぽい店なんかに入ると、スープに野菜のヘタしか入っていないし、肉なんて切れ端程度だもんな」

「それに比べてここは野菜もたくさん入ってるし、肉も大きいから最高だよ。そこら辺の街にある食堂や居酒屋なんかよりも豪華だ」

ジュノとセトもそのような感想を言いながら、もりもりと料理を食べている。

うちの領地では移住者に拡大での食料の保証をしているからな。

どの家も食料で困るようなことはない。このように食堂や酒場でも食材は豊富にあるので、値段を気にしてケチる必要はまったくないのだ。

だから、値段の割にとてもボリューミーになるのである。

「何気なくこうやって色々な野菜を食べているけど、これもすごいことよね。トマトやナスなんて普通今の季節じゃ食べられないもの」

ミネストローネをスプーン一杯にすくいながら眺めるリオネ。

「それもそうだな」

「この領地にやってきてすっかりそのことを忘れていたよ。もう、今さら他の領地になんて行けないね」

などと上機嫌に笑うリオネたち。

お酒も入っていることもあってかいつになく楽しそうだ。

王都の魔法軍を抜けてやってきて生活に不満がないかと不安だったが、この様子を見る限り大丈夫そうだな。

「おー！　もうやってやがるぜ！」

そんな風に安心しているとグレッグをはじめとする自警団メンバーが酒場に入ってきた。

どうやら自警団の訓練を終えて、そのままなだれ込んできたらしい。

まばらに空いていたテーブルが一気に埋め尽くされた。

騒がしかった酒場内が四割増しくらいで賑《にぎ》やかになった気がする。

給仕の人が忙しく駆け回り、料理やお酒をテーブルに置いていく。

「開店初日からほぼ満員だなんていい滑り出しだね」

『ああ、想像以上の来客で驚いている。それと酒の消費が凄《すさ》まじい』

奥の厨房《ちゅうぼう》でフライパンを手にしながら食材を炒《いた》めるグラブ。

会話をしながらその手がよどむことはない。

「今まで酒を呑む場所なんてなかったからその反動かな。それにうちには酒豪が二人いるし……」

チラリと視線を向けると、テーブルの上にドンドンと空になった酒杯を重ねていくローグとギレムの姿が。

「姉ちゃん、お代わりじゃ！」

「こっちもじゃ！　それぞれ三杯ずつ頼む！」

先ほどからしきりにお代わりの要求をしている。

お陰で給仕の人たちもてんてこ舞いといったところだろうか。

「グラブさん、この酒樽《さかだる》でエールは最後です」

『むむ、そうか』

給仕からの報告を受けてグラブが思わず唸《うな》る。

「……大丈夫かい？　よかったら商店に行ってこようか？」

せっかくの開店日に酒を切らしてしまうとシラケるものだ。

『いや、その心配は無用だ』

グラブが首を横に振ると、またしても扉が開く。

「……酒を持ってきたぞ」

そこには酒樽を二つ抱えたルノールと、一個ずつ抱えた商会の従業員たちがいた。

「こうなることを予期していたんだね」

『本当はもう少し余裕を持たせるつもりだったがな。また追加で頼まないといけなさそうだ』

どうやらお酒の心配はいらなかったようだ。

最悪、俺が拡大スキルでお酒を増やして、場を繋《つな》ごうと思ったがそれすら必要もなかった。

あまりこういうところでスキルを使いたくなかったので助かる。

一つの酒を拡大し続けると、酒を仕入れるラエル商会が大損になるからな。

こういうところであまり横やりは入れたくなかったので良かった。

忙しいグラブに声をかけ続けるのも悪いので、俺は自分のテーブルに戻る。

そして、酒杯をあおり美味しい料理を食べる。

今世でこれほど気楽に酒を呑んだのは初めてだな。

この身体ではあまり呑み慣れていないせいか酔いが早いな。

少し思考がフワフワとしている気がするが、それが何とも懐かしく心地よい。

幸福感に浸っていると、隣に座っているベルデナがにっこりと笑う。

「食堂とは違った雰囲気だけど、なんか楽しいね」

「ああ、皆でこうやってお酒を呑んで、料理を食べるのは楽しいものだよ」

「ところで、メアがきてないけどそれは大丈夫なの？」

「…………ベルデナ、そういうことに気付いたら早く教えてくれ。急いで呼んでくる」

ベルデナの台詞《せりふ》ですっかり酔いがさめた俺は、慌てて酒場を飛び出した。

一人だけ仲間外れになってむくれていたメアを宥《なだ》めるのが少し大変だった。

二十四話　メトロ鉱山

「ノクト様、鉱山の採掘をされてはいかがでしょう？」

売買に出ていたラエルが戻ってきたので、これからのことを話し合っているとそんな提案がきた。

「ビッグスモール領にある鉱山では過去にたくさんの鉱物や宝石が採掘されていました。それをノクト様のスキルで拡大すれば良質な鉱物を輸出でき、良質な武器や防具も生産できるようになります」

メトロ鉱山。

それは我がビッグスモール領と隣領地ハードレット領に横たわるようにして存在する鉱山だ。

その大きな鉱山では様々な種類の宝石や鉱物が過去に産出されてきた。

うちの領地にある数少ない資源だ。

「今までは人手不足で放置していたけど、そろそろ手を出してみるべきかな」

貴重な資源があるのは認識していたが、今までは領地の立て直しを優先して後回しにしていた。

しかし、今ではたくさんの民家が立ち並び、領民たちが自力で作物を育てられるようになってきた。

支店ができ、宿屋は二つも出来上がった。まだまだ不便なところはあるが順調に生活レベルは向上して安定している。

今ならラエルの言う通りに手を出せるのではないか。

「最近は領民も増えて、色々と物入りになってきましたし、食料以外での資金源を手に入れるのは悪くないと思います」

領地の細かい情報を把握しているメアも、ラエルの提案には賛成のようだ。

俺のスキルのお陰で生産物の経費が、基本的に抑えられているとはいえ限界がある。

それに鉱物や宝石といったものは俺のスキルで一番利益が出るものだ。

手を出さない理由がないな。

酒場でローグとギレムに、そろそろ他の種類の鉱物を使いたいとも言われた。

同じ素材でばかり生産するというのも鍛冶師にとっては面白くないだろうし。

「よし、メトロ鉱山の調査に向かうことにするよ」

「それが大変よろしいと思います」

俺がそのように決断をすると、ラエルはにっこりと笑った。

まあ、鉱物や宝石を大量に輸出してくれるのはラエルの役割なので、またウハウハと儲《もう》けてくれるんだろうな。

「調査には誰を派遣しますか？」

しばらく放置していた鉱山だ。さあ、いきなり採掘だ！　とはいかない。

鉱山の中には魔物だって徘徊《はいかい》しているので採掘をするためにも駆除しなければいけないのだ。

「ベルデナ、リオネ、グレッグと自警団の団員を数人連れていこうかなと」

「……連れていくという事は、ノクト様も向かわれるのですか？」

「重要な資金源だしね。メトロ鉱山がどうなっているか俺も見ておきたいんだ」

調査が終われば当然採掘を命じることになるだろう。内部の様子や状況もわからないままに指示を出すのは難しい。

それに鉱山内の地図はうちの屋敷《やしき》に保管されている。

調査メンバーを信用しないということではないが、鉱山内の地図は最重要書類でもある。

機密保持という面でもしっかりとした立場の者が随行する方が望ましいだろう。

「……わかりましたが、鉱山内は危険なので無理だけはしないでくださいね？」

「わかっているよ。危ないと思ったらすぐに引き返すさ」

心配そうにこちらを見上げてくるメアに力強く返事する。

「鉱山資源も重要ではありますが、領主であるノクト様の身が一番大事ですからね」

「ラエルがそんな台詞《せりふ》を言うと、ちょっと胡散臭《うさんくさ》いな」

「酷《ひど》いです」

心外そうに言うラエルの言葉を聞いて、俺とメアは笑った。

◆

メトロ鉱山の調査に向かうことにした俺は、調査メンバーたちを集めて事情を説明した。

「なるほど、鉱山の安全を確保するための調査ですね」

「ああ、鉱山内には魔物がいる可能性がある。主要な抗道や採掘地点の魔物は排除しておきたい」

一気に隅々まで見るのは難しいが、ひとまず主要地点さえ押さえてしまえば安全だ。

その後はゆっくりと調査範囲を広げてさらなる安全を確保すればいい。

「それなら任せてください。日頃の訓練の成果を見せましょう」

「ああ、頼りにしているよ」

グレッグだけでなく、団員二人も頼もしく頷《うなず》いてくれた。

「鉱山の中なら任せてください！　土の多い場所でなら土魔法が存分に活《い》かせます！」

さっきまで若干不安そうにしていたリオネだが、鉱山と聞いてやる気が満々だ。

魔法使いにとっては無から有を生み出すよりも、有を利用する方が魔力消費も抑えられ発動速度も上がるからな。

その点を考えると、土や岩に覆われた鉱山内ではリオネの魔法にはとても期待できる。

後衛からの魔法や防御魔法。リュゼとは違った動きができるだろう。

「それを期待してリオネに声をかけさせてもらった。鉱山内では臨機応変に頼むよ」

「任せてください！」

そのように言うとリオネが実に威勢のいい声で返事する。

突然の招集ということもあって戸惑い気味であったメンバーだが、しっかりと理解することができたようだ。

皆の了承もとれたし、そのまま鉱山に向かおうと思ったところで視線を感じた。

そちらを向くとベルデナが物欲しそうな視線を向けてきている。

ここで彼女が何を求めているかわからない俺ではない。

「鉱山の中は複雑で入り組んでいる。特に魔物の察知はベルデナが頼りだ。もし、遭遇した時はドカンと頼むよ？」

「うん、わかった！」

どうやら彼女の望む台詞をかけることができたようだ。

ベルデナが嬉《うれ》しそうに笑っているのを他の皆も微笑《ほほえ》ましそうに見ている。

「それじゃあ、準備を整えてメトロ鉱山に出発だ」

◆

「着いた。ここがメトロ鉱山だ」

準備を整えて馬車に揺られること一時間。

俺たちは領地の東側にあるメトロ鉱山へとやってきた。

目の前には赤茶けた山肌をした鉱山が横たわっている。

「へー、こっちの方にはこんな山があったんだー」

「山に住んでいた時は、こっちの方にはきたことがなかったのかい？」

「うん、山から東に行くと食材も少なくなるから行かなかった」

確かに鉱山の方に向かうにつれて、森や山の食材も乏しくなっていた。

食料が豊富な山や大森林に問題なく入れるベルデナからすれば、こちらに向かうメリットもないだろう。

そういう偶然もあって今まで領民とベルデナが出会うことはなかったんだろうな。

「とりあえず、中に入りますか？」

「待ってくれ。確か以前採掘していた時に使っていた小屋があるはずだ」

懐に入っている鉱山の資料を取り出し、小屋がある方向へと歩いていく。

すると、鉱山の側面に小さな木製の小屋が建っているのが見えた。

「小屋だ！」

「よかった。ちゃんと残っていたみたいだ」

ここは採掘人が使っていた荷物置き場だ。

一応、ツルハシやロープといった最低限の荷物は持ってきているが、この小屋には採掘に必要なたくさんの道具が揃《そろ》っているに違いない。

鉱山の調査のために是非とも必要な道具を手に入れておきたいところだ。

元は領民の持ち物であったが、さすがに鉱山の道具まで持ち去られていることはないだろう。

そう思って小屋の扉に手をかける。しかし、扉はビクリとも動かない。

「さすがに鍵がかかっているか……」

大切な仕事道具の入っている小屋だ。さすがに鍵をかけるよな。

当然のことながら失念していた。

「ノクト様、鍵は持っていないのですか？」

扉を前にどうしようかと悩んでいると、グレッグが尋ねてくる。

「鍵を持っていたであろう領民はいなくなってしまったからね」

きっと逃げ出した領民の誰かが持っているのだろう。あるいは、どこかの家に放置されているか。

その家はオークの襲撃で破砕した民家のどれかかもしれない。あるいは逃げ出した際に鍵も一緒に持っていってしまったか。

どちらにせよ今からわざわざ探すのは難しそうだ。

「なら、私が扉を壊そうか？」

ベルデナから実に脳筋な台詞が出てきたが、現状だとそれが一番の対処法だろう。

「仕方がないけどそうしてもらおうか」

「ちょっと待ってもらってもいいですか？」

しかし、そこでリオネが待ったをかけてきた。

「うん？　壊さずに開けることができるのかい？」

「もしかしたらですけどね」

リオネは扉にある鍵穴を覗《のぞ》き込《こ》む。

それから土魔法で細長い棒を作り出すと、鍵穴に差し込んでカチャカチャといじり出す。

すると、ほどなくしてカチャリと音が鳴った。

リオネが取っ手に手をかけると、小屋の扉がキイィと軋《きし》んだ音を立てて開く。

「開きました！」

「うわぁ……」

笑顔で振り返るリオネだが、ベルデナの口から言葉が漏れる。

短い言葉であるが、そこに込められた感情はまさにドン引き。

「――って、そんな引いた顔で見ないでくださいよ！」

「ごめん」

「すまねえ、リオネの手際があまりにも鮮やかだったからよ」

ベルデナやグレッグがどこか気まずそうに謝る。

まるで泥棒のようだ――なんて言ったらリオネは泣いてしまうかもしれないので言わない。

彼女は俺たちのために技術を役立ててくれたのだから。

でも、少しだけ気になる点がある。

「リオネはどんな扉でもそんな風に開けることができるのかい？」

「こんな風な簡易式の扉であれば割と……」

「じゃあ、領内にある民家は？」

「……………少し頑張れば」

ちょっと言い辛《づら》そうにしていたリオネであるが、しっかりと答えてくれた。

リオネを信じてはいるが、防犯性能を高めるために民家の扉の改良を考える必要があるかもしれないな。

二十五話　光石

リオネの思わぬ特技に助けられた俺たちは、扉を破壊することなく、無事に小屋に入ることができた。

「うわっ、埃《ほこり》っぽい！」

扉を開けると真っ先に小屋の中を漂っていた埃のお出迎えだ。

一番に入ってしまったベルデナが咳《せ》き込《こ》む。

扉を開けることによって気流が流れ込んでしまったせいだろう。

一旦外に出て、こもっていた埃が外に流れるのを待ってから入った。

「よかった。道具はしっかりと残っているみたいだ」

室内には採掘に必要なツルハシやスコップ、ブラシ、ヘルメット、ロープといった細々とした採掘道具が置かれていた。

「中は意外と広いですね」

「多分、休憩所も兼ねていたんだと思うよ」

物置小屋にしては広く、休憩できるようにイスやテーブルなんかが置かれていた。

ずっと鉱山の中にいては採掘人たちも気が休まらないだろうからな。

「使えそうな道具は持っていこう」

「そうさせてもらいます」

そのように言うとグレッグをはじめとする皆が動き回って、使えそうな道具を確認していく。

ツルハシは人数分持っているが、タガネやロックハンマーはあまり数を揃《そろ》えていないしな。

この辺りの採掘道具は借りていくことにしよう。

「ノクト！　光ってる石がある！」

採掘道具を物色しているとベルデナが裾を引っ張ってくる。

ベルデナが指さす方を見ると、箱の中で発光している石が積まれていた。

「これは光石だね」

「光石？」

「その名の通り光を放つ石さ。それがあれば暗いところでも明るくなるんだ。屋敷《やしき》にもいくつか置いてあるんだけど気付かなかったかな？」

「……普通に蠟燭《ろうそく》の光だと思ってた」

まあ、さすがに光石を剝《む》き出《だ》しで設置していたら見た目が悪いので、ランプのようなもので囲っていたりする。

「でも、この光る石があれば、夜になってもずっと明るくできるね！」

「そうしたいのは山々だけど結構貴重だからね。ここにたくさん置いてあるけど、暗い鉱山の中を照らすために使うものだから」

一般家庭に普及できるだけの量はないので、それなりに貴重だ。

「じゃあ、ノクトがスキルで大きくすればどう？」

「……それは試したことがないね。気になるから少しやってみようか」

他の皆も気になるのか、俺が光石を持って外に出ると付いてきた。

「拡大」

光石を地面に置くと、俺はスキルをかける。

すると、手の平くらいの大きさだった光石が小屋ぐらいの大きさになった。

形が大きくなろうとも光石は変わらぬ光を放っている。

「わあ、明るいね」

「暗い夜でもこれ一つ置いてくれるだけで心強いですね」

「防壁門にも設置しておいてもらえると警備がしやすそうです」

確かに街灯などがないビッグスモール領は夜になってしまうと真っ暗だ。

田舎ということもあって、時折動物や鳥の声も聞こえてきて何とも不気味な雰囲気になる。

領民が多く住んでいる中心地や、防衛の要である防壁門の辺りに設置するのはいいかもしれないな。

このスキルがあれば、光石を大量に設置する必要もないし。

しかし、大きさの割には光の強さが弱いな。

「光源を拡大」

今度は大きさではなく、光の強さを拡大する。

すると、ほのかな光を宿していた光石が強い光を放ち出す。

「うわあっ！　眩《まぶ》しい！」

ベルデナだけでなく全員が思わず目を背けるような強さになってしまったので、俺は光源を少し縮小。

すると、前世の蛍光灯くらいのちょうどいい灯《あか》りになった。

「目がチカチカするー」

一番近くで見ていたベルデナはもろに強い光を間近で見てしまったようだ。

堪《たま》らず瞼《まぶた》をくりくりと触っている。

「ごめん、ちょっと明るくし過ぎた」

「……ビックリしました。領主様のスキルって大きさ以外のものも変えられるんですね」

「まあね。こういった応用もできるのさ」

リオネはまだ俺のスキルを目にする機会が少ないからか、単純に驚いているようだった。

「しかし、明るいですね。これ一つ置いておけば夜でも昼のようになる気がします」

「そこまでする気はないけど、さっき言ってくれた防壁門には設置するつもりではいるよ」

「ありがとうございます。大変助かります」

そのように言うと、グレッグが深く頭を下げた。

◆

「縮小」

小屋から拝借した光石や採掘道具に縮小スキルをかけた。

小さくなったそれらを各々のカバンやリュックに収納していく。

こうすれば大した荷物にもならず動き回ることができる。

特に採掘道具なんかは結構重いからな。縮小して持ち歩くととても楽だ。

「さて、必要な道具の確認も済んだし鉱山に向かおうか」

「うん！」

道具を豊富にしたところで俺たちは、小屋を出て鉱山の中に入る。

資料を確認すると、この入り口から入るのが一番採掘ポイントに近いはずだ。

鉱山の中はとても暗い。が、進んでいくと等間隔で壁に設置されている光石のお陰でほのかに明るくなっているのがわかった。

「狭くて薄暗いね」

ベルデナの声が反響して坑道内に響き渡る。

「ああ、設置されている光石の数にも限りがあるからね。魔物の警戒は頼むよ、ベルデナ」

「任せて！」

これだけ視界が悪いとどこに魔物が潜んでいるかわからないので、気配に敏感なベルデナに先頭を歩いてもらい、その後ろにグレッグ、俺、リオネという順番で歩く。

「わっ、ここだけ急に暗くなってる」

「設置されていた光石がなくなってしまったのか、それとも元々設置していなかったのか。不便だから一つ光石を置くことにするよ」

リュックから光石を取り出すと、目の前にある壁がちょうど良く凹《へこ》んだ。

光石を壁に置きやすいようにリオネがやってくれたのだろう。

「ありがとう」

「いえいえ」

礼を言ってから凹み部分に光石を設置。

光石一個の光源だけでは頼りないので、少しサイズと光源を拡大する。

すると、真っ暗だった坑道が大分明るくなった。

「これがあるだけで大分進むのが楽になりますね」

「数に限りがあるけれど、危ないと思ったところには設置していくよ」

暗さというのはそれだけで脅威だ。

しっかりと視認できれば神経をすり減らす必要もない。

そうやって俺たちは坑道の中を進んでいく。

コツコツと俺たちの足音が静かな坑道内に響く。

通路は狭く、大人二人が両手を広げられるかといったところだ。

魔物と遭遇したら派手に動き回ることはできないだろう。

魔物との遭遇は避けられないとは思うが乱戦のようにはなりたくないものだ。

「道が三つに分かれてるよ？」

そんな風に考えていると前を歩いているベルデナが足を止めた。

「……ここは右の道だね」

「わかった」

しっかりと地図で現在位置を把握して指示を出す。

地図がないとこういう時にどこに進んでいいのか全くわからないので、本当にこういう資料があって助かった。なければ、ベルデナの勘を頼りに闇雲に進むところであった。

きちんと地図を残すように指示してくれた父さんか兄さんに感謝である。

「前から魔物っぽい気配がする！」

そのまましばらく進んでいると、ベルデナが魔物の気配をとらえた。

俺だけでなくグレッグやリオネ、二人の団員がそれぞれ武器を構える。

「数はわかるか？」

「多分、三つ！」

「よし、ここで迎え撃とう」

三体の魔物であれば十分に対処できるだろう。

ちょうど今いる場所が開けているので、俺たちは前進することなく迎え撃つことにした。

しばらく待っていると、ベルデナの言う通り前方から三つの影が見える。

遠いので微《かす》かな輪郭しか見えないがサイズは小さいように思える。

目を凝らしてジッと見ていると、壁に設置されている光石の光で姿が露《あら》わになった。

「アイアントか！」

こちらに近寄っているのは灰色をした大きな蟻《あり》型の魔物だ。

鉱山によく生息する魔物で鉄を常食し、硬質化した体を持っているのが特徴だ。

生半可な攻撃では通用しない体を持っており、機動性も高いので厄介だ。

「リオネ、魔法を頼む」

「はい、撃ちます！」

頼む前に既に魔法を準備していたらしい。

地面の土が盛り上がって槍《やり》の形となる。

「ストーンジャベリン！」

リオネが杖《つえ》を振るうと完成した三つの槍が一直線にアイアントへと突き進む。

「拡大」

空中を突き進む途中で拡大をかけてやると、槍は更に大きくなる。

これには俊敏なアイアントも堪らず直撃。

しかし、当たったのは二体で一体には躱《かわ》されてしまった。

本当なら躱せないくらいの大きさに拡大したかったが、あまりやり過ぎると崩落の可能性もあるからな。

逃れた一体が機敏な動きで近づいてくる。

「ベルデナ、頼む」

「任せて！」

ベルデナに素直に任せると、彼女はガントレットを打ち付けて走り出した。

「とりゃあああああっ！」

そして、接近してくるアイアントを真上から拳で撃ち抜いた。

巨人族の一撃にアイアントの背中がひしゃげ、あっという間に潰れた。

そして、その衝撃はアイアントだけにとどまらず、地面にまで広がっていく。

「わわっ！　なんか地面が割れそう⁉」

「縮小、縮小、縮小！」

これには俺も慌てて亀裂に縮小をかけていく。

すると、蜘蛛《くも》の巣《す》状に広がっていた亀裂はあっという間に小さくなった。

「危ねえ。今、別の意味で肝が冷えましたぜ」

グレッグも大量の汗をかいていた。

危うく地面が崩れるところだった。咄嗟《とっさ》にスキルをかけた俺の判断を褒めてほしい。

ホッと息を吐いていると、グレッグと団員たちがストーンジャベリンに直撃されたアイアントたちを調べにいく。

「そっちのアイアントはどうだい？」

「こっちも見事に一撃ですね」

「それならよかった」

どうやら見事に魔物を倒すことができたようだ。

「ベルデナ、鉱山は外と違って崩れやすいから気を付けてくれ。ここで壁や天井なんかが崩れたら生き埋めになっちゃうからね」

「うー、難しいけど皆に迷惑をかけたくないし頑張る」

そのように注意するとベルデナはしょんぼりと顔を俯《うつむ》かせる。

とはいえ、ベルデナにも悪気はなかったし、一撃でアイアントを倒してくれたんだ。あまり責めるばかりというのも可哀想《かわいそう》だな。

「でも、いい一撃だったよ」

「えへへ」

軽く頭を撫《な》でてあげると、ベルデナは俯かせていた顔を上げて笑った。

ちょっと甘すぎるかもしれないが、彼女は今まで一人で生きてきたのだ。

ゆっくりと色々なことを教えていってあげたい。

「しかし、俺たちの出番がなかったですね」

「手を出す暇もありませんでした」

「まあ、接近されることなく戦闘が終わるっていうのは良《い》いことだから。でも、もしもの時は君たちも頼りにしてるよ」

「「は、はい！」」

俺が聞いているとは思わなかったのだろう。団員の二人に声をかけると、彼らは姿勢を正して頷《うなず》いた。

二十六話　坑道での戦闘

アイアントと遭遇した後は、進むにつれてちょくちょくと魔物と遭遇することになった。

現在は十字路の地点でゲイブバットという蝙蝠《こうもり》型の魔物と交戦中だ。

「ちっ、ふわりふわりと飛び回りやがって面倒だな！」

グレッグや団員が連携をとって相手しているが、相手は翼を活《い》かしてその攻撃範囲から逃れているようだ。

「あたしが天井の土を少し落とすから、その隙に斬りこんで」

「わかった！」

これにはリオネが加勢することに決めたようだ。

彼女が杖《つえ》を振るうとゲイブバットの真上にある少量の土が落ちる。

これにはゲイブバットも驚いて、落下してくる土から逃れるように低空を飛行。

そこを逃さずグレッグや団員が突撃し、ゲイブバットを切り裂いた。

「あっ、外した！」

「なにやってんだ！」

「すみません！」

これで仕留めきれたかのように思ったが、一人の団員が攻撃を外してしまったようだ。

まあ、まだ彼らは経験も少ないみたいだし大目に見てあげるべきだろう。

「気にするな。失敗しても皆でカバーする」

「はい！」

勿論《もちろん》、失敗は咎《とが》めるべきであるが、それは本人がよくわかっているだろう。

失敗した彼が萎縮しないように励まし、言葉をかける。

「ノクト！　右と左から蜘蛛《くも》みたいな奴《やつ》が二体ずつきてる！」

すると、またしてもベルデナから魔物がきているとの情報が。

やはり奥に進むにつれて魔物が増えているようだ。

今まであれば主要な抗道に魔物はやってこないはずだが、採掘人がいなくなって活動範囲を広げたのだろうな。

蜘蛛のような魔物というと、恐らくマッドスパイダーであろう。

「右の二体はベルデナに任せる。左は俺がやるよ」

「わかった！」

グレッグやリオネたちは前方にいるゲイブバットの群れに忙しい。

ここは俺とベルデナで対処して速やかに殲滅《せんめつ》するべきだろう。

左の通路に向かうと、その先には紫色の体色をした大きなマッドスパイダーがいた。

僅かな光石に照らされる中、赤い単眼が不気味に輝いている。

マッドスパイダーたちは八本の脚を巧みに使って、シャカシャカと近づいてくる。

蜘蛛はあまり得意ではないので寒気がするような光景ではあるが、ビビッてはいられない。

鞘《さや》から引き抜いた剣を構えて手前側にいるマッドスパイダーに剣先を合わせる。

「拡大」

剣に拡大をほどこすと、刀身が射出されるような勢いで伸びてマッドスパイダーを貫いた。

串刺しにされたマッドスパイダーは緑色の血液をまき散らして、ぐったりとした。

そのまま伸びた刀身をもう一体のマッドスパイダーに寄せるように持っていく。

「まあ、さすがに当たらないか……」

すると、相手は跳躍することで伸びた刃を回避。それと同時にこちらに飛び掛かってきた。

俺は瞬時に剣に縮小をかけて刀身を元のサイズに戻す。その勢いで刃に突き刺さっていたマッドスパイダーが抜け落ちて、俺は空中を飛んでいるマッドスパイダーをそのまま縦に切り裂いた。

真っ二つの体がドサリと地面に落ちる。

「お見事」

ゲイブバットの群れは片付いたのか、後ろではグレッグが労《ねぎら》いの言葉をかけてくれた。

「ありがとう」

「すみません、領主様。俺のせいでお手を煩わせて」

礼を言うと、頭にこぶを作った団員が泣きべそをかきながら謝ってくる。

ゲイブバットへの攻撃を外した団員だ。

「次は攻撃を外さないように頑張ってくれ」

「うう、領主様は優しい」

彼にはきちんと叱ってくれる人が傍《そば》にいるからな。

俺まで責め立てる意味はそこまでないだろう。次は失敗しないように頑張ってほしい。

「ノクトー！　こっちも片付いたよ！」

「ああ、ご苦労様」

ベルデナの方を見ると、地面で潰れているマッドスパイダーが二体いた。まるで、ケースに収められる昆虫標本のようだな。

「ちゃんと加減もできて偉いな」

「うん！　今度は地面を割らなかった！」

普通は拳で地面を割るなんて無理だと思うんだけど、そこには突っ込まないでおこう。

◆

十字路で戦った魔物の素材をいくつか回収した俺たちは、そのまま地図の通りに坑道を進む。

「ねえ、ノクト。まだ目的の場所につかないの？」

長い坑道の調査に少しの飽きと焦《じ》れったさが出たのか、前を歩くベルデナはそのように尋ねてくる。

「いや、もうすぐだよ。ほら、この道の先に開けた場所があるだろ？」

「本当だ！」

そんな風に話している間に、ちょうど先が見えた。

その先は開けた採掘地点になっており、俺たちの目標地点の一つだ。

採掘地点では光石がしっかりと設置されているからか、ここからでも明るい光が見えている。目的地が見えると自然と皆の足が早くなるもので、駆け足気味になって向かう。

坑道を抜けると、そこは広々とした空間が広がっていた。どこか鍾乳洞《しょうにゅうどう》を思わせるような雰囲気。

採掘をしていたからか様々な場所に光石が設置されており、補強するような足場があった。

広間の中は坑道よりも数段明るくて視界はハッキリしている。

「ここが以前採掘をしていた場所の一つだね。ひとまず、周囲に魔物がいないか確かめよう」

見たところ視界には魔物はいないが、近くに潜んでいるかもしれない。

それぞれが散らばって周囲の状況を確認してみる。

「こっちの方は魔物はいないよ」

「こっちも同じです。それらしい痕跡はありませんでした」

「そうか。なら、ひとまずは安全だね」

狭い坑道の中を警戒しながら進むのは神経が磨《す》り減《へ》るからな。広々とした明るい場所で落ち着けるのは嬉《うれ》しい。

「ねえ、ノクト。お腹《なか》が空いた～」

ホッとしているとベルデナがお腹を鳴らしながら言ってきた。

坑道の中にいるので時間の経過具合がわからないが、結構な時間が経過しているはずだ。

ベルデナにそう言われると、急に俺の胃袋も空腹を訴えてきた。

「そうだね。調査の前に休憩も兼ねて昼食にしようか。それでいいかな？」

「賛成です。実は俺も腹ペコでした」

「あたしも」

どうやらお腹が空いていたのは俺たちだけじゃなかったらしい。

満場一致で承認が得られたので、俺たちは昼食を食べることにした。

地面に座るための布を敷き、そこに全員で座るとそれぞれが食料を取り出す。

「ノクト、早く早く！」

「そんなに慌てなくてもお弁当は逃げないよ」

勿論、俺とベルデナの弁当は同じでメアから渡されている。

俺はリュックの中からバスケットを二つ取り出した。

「…………これが私たちのお弁当？　小さくない？」

バスケットの蓋を開けたベルデナが呆然《ぼうぜん》とする。

中にはぎっしりとサンドイッチが入っている。様々な具材が入っており、とても彩りが綺麗《きれい》だ。

しかし、バスケットのサイズは子供用でとても大人が食べるには足りない。

特に普通の人よりも多く食べるベルデナでは間違いなく足りないだろう。

「そんなに絶望しないでくれよ。荷物にならないために小さくしているだけだから」

あまりにベルデナが悲しそうな顔をするので、俺はバスケットとサンドイッチに拡大をかける。

すると、バスケットがちょっとしたテーブルほどの大きさになった。当然そこに詰まっているサンドイッチもかなり大きくなっている。

「どうぞ」

「うわーい！」

ベルデナはサンドイッチを両手で掴《つか》んで頬張る。

「美味しいー！」

すかさず満面の笑みを浮かべるベルデナ。

その美味《おい》しそうな香りに釣られて、俺も自分のサンドイッチを手に取る。

サンドイッチとは思えぬずっしりとした重み。

パンの間には太いベーコンやレタス、チーズ、マスタードソースが入っている。

それを思いっきり頬張ると口の中でそれらの具材が混然となって広がった。

パンの風味と香ばしいベーコンの肉汁、濃厚なチーズ。そして、それらを優しく包み込んでくれる水気の多いシャキシャキレタス。

なんて贅沢《ぜいたく》で食べ応えのあるサンドイッチなのだろうか。

サンドイッチというのは片手で食べながら気楽に作業を並行できる料理でもあるが、これは両手で支えないと食べることができないくらいのサイズだ。

サンドイッチとしての意義がなくなっている気がするが、美味しいので気にしないことにしよう。

ベルデナと巨大サンドイッチを頬張っていると、ふと視線を感じた。

「「…………」」

チラリと視線を向けると、こちらを羨ましそうな顔で見る仲間が四人。

彼女らの手元を見ると、黒パンやビーフジャーキー、ドライフルーツと如何《いか》にも携帯食料といったものが並べられている。

そうだよな。普通は荷物にならず保存が利くように、そういった食材になるよな。

こんな豪勢な食事が食べられるのは気軽にサイズを変えられる俺のスキルがあってこそだ。

「……よかったら、皆も食べるか？　サンドイッチはたくさんあるし」

「「ありがとうございます！」」

俺が勧めてあげると、グレッグやリオネたちが嬉しそうにサンドイッチに手を伸ばすのであった。

二十七話　坑道での遭遇

休憩も兼ねて昼食を食べ終わった俺は、本来の目的である採掘地点の調査を行うことにした。

「ベルデナ、畑を耕す時と一緒だからな？　ちゃんと加減するんだぞ？」

「わかってるよ！」

ベルデナが調査のためにツルハシを手にするが、俺としてはちょっと不安だ。

何せここは鉱山。ベルデナのパワーで思いっきりツルハシを振り下ろせば、一発で壁が崩壊するかもしれない。

いざという時は即座に縮小スキルで穴を塞げるように待機しておく。

ベルデナがツルハシを持ち上げて壁に打ち付ける。

すると、ツルハシと岩がぶつかる硬質な音が響き渡った。

普通に削れているようで一気に穴が空いたりはしていない。

「ほら、大丈夫でしょ？」

ベルデナが振り返ってどや顔をした瞬間、削った壁がガラッと崩れ落ちた。

畑の時のようにクレーターができたり、さっきのように地面が割れるようなことはなかったが少々ヒヤリとした。

「……もうちょっと加減したら大丈夫だよ、きっと」

「本当に頼むよ？」

さすがに鉱山の中で生き埋めにはなりたくない。

しばらくベルデナを見守っていると、次第に普通に掘れるようになったのでひとまず安心する。

これなら大丈夫だろう。

ベルデナの方が大丈夫っぽいので、俺も自らツルハシを手にして移動。

少し離れたところにある採掘地点を掘ってみる。

すると、壁の中から灰色の石や漆黒の石が出てきた。

これらの鉱物は以前も領地で輸出するのを見たことがある。

鉄鉱石や黒鉱石だ。それらの鉱物は主に武具から、家庭用のフライパンや鍋なんかにも利用される。硬度もあって熱にもある程度強いので非常に使い勝手がいい。

「うん、資料に書かれている通りの鉱物が採れるみたいだな」

他にも細々とした鉱物が採掘されるが、概《おおむ》ね資料通りのものだ。

「ベルデナ、そっちはどうだい？」

「灰色の石や黒い石がいっぱい出てくるよ」

ベルデナの方に戻って声をかけると、こちらでも同じように採掘されていた。

「こっちの方では銀も少し出てきましたよ」

「こっちは赤鉄鉱が出てきました」

鉱物を資料と照らし合わせているとリオネやグレッグ、団員たちが採掘した鉱物を持ち寄ってくる。

「どうやらまだまだ鉱脈はあるみたいだね」

「そうですね。掘れば掘るだけ出てくるような感じです」

鉱物資源の枯渇なんかも心配していたが、短時間でこれだけの採掘量を見る限り、その心配はいらなさそうだな。

「よし、この調子で他の場所も調査していこう」

◆

「ノクトー！　こっちの方ですごい綺麗《きれい》な石が出てきたよ！」

採掘地点から採れる鉱物を確認し続けていると、ベルデナがやけにテンション高く言ってきた。

綺麗な色をした石？　宝石のことだろうか？

メトロ鉱山では宝石や水晶も発掘される。しかし、この資料ではこの辺りにそのようなものが採れるとの記述はない。もしかして、新しい鉱脈にでも当たったのだろうか。

そうだとしたら大変嬉《うれ》しいことである。

「わかった。見に行くよ」

作業をひとまず中断して俺はベルデナに付いていく。

しかし、歩けど歩けど中々ベルデナの言う綺麗な石とやらにお目にかかることができない。

「……ベルデナ、綺麗な石はどこにあるんだ？」

「えーっと、もうちょっと奥だよ」

この反応を見る限り、かなり奥のような気がする。

というか、この先には地図にも採掘地点があるとは記されていない。

彼女は好奇心を発揮して随分と奥まで掘り進んでいったようだ。

「これ以上はグレッグたちと距離が離れ過ぎることになる。一旦、皆と合流してから行こう」

「わかった」

ひとまず、やってきた道を引き返してグレッグやリオネ、団員たちを招集。

ベルデナが奥で地図や資料にもない採掘ポイントを発見したっぽいことを説明し、確認しに皆で移動することに。

今度は全員でベルデナに付いていく。

いくつもの道を曲がって奥へ奥へ。ベルデナの案内する先はかなり入り組んだ道をしており、道幅も少し狭いな。

「……結構、複雑な道をしているけどよく覚えられたわね」

「そう？　一度通った道なんだから忘れないよ？」

野生の感覚とでも言うのだろうか。ベルデナにとってはこの程度の道は複雑でもないようだ。

それもそうか。元は広大な山の中で暮らしていた彼女だ。

四方を木々に囲まれていた山で暮らしていた彼女にとって、この程度の道は複雑でもないんだろうな。

俺だったら絶対に迷う自信があるや。

「にしても、大丈夫かな？」

「大丈夫だってノクト！　帰り道はちゃんと覚えているから！」

俺の呟《つぶや》きで誤解したのかベルデナが唇を尖《とが》らせながら言う。

「いや、違うんだ。この鉱山はうちの領地とハードレット領に横たわるようにしてあるんだ。あまり奥に進み過ぎると……」

「隣領に入ってしまう可能性があるわけですかい？」

「そういうこと」

俺が懸念していたことをグレッグが言ってくれたので頷《うなず》く。

「大丈夫だよ、ノクト！　もう、着いたから！」

ベルデナのそんな明るい声を聞くと、ちょっとした広めの通路に出てきた。

「うわあ、綺麗……」

通路の光景を見た瞬間に、リオネの口から感嘆の声が漏れる。

俺たちの辿り着いた通路の壁には、淡い青色の光が灯《とも》っている。

思わず近づいて確認してみると、空色のグラデーションがかった鉱石のように見えた。

「……見たところ光石ではないね」

光石とはまた違った幻想的な光だ。

正直、俺の知識では鉱石なのか宝石なのかよくわからない。

しかし、とても綺麗な色と光を宿している。

それが壁のいくつもの場所に埋まっているので、天然のイルミネーションのようになっていた。

「……これ、もしかするとマナタイトかもしれません」

幻想的な光景に見惚《みほ》れていると、リオネがそんなことを呟く。

「それって魔力の親和性や伝導率がとても高い鉱石のことか？」

マナタイトという言葉は聞いたことがある。

「はい、魔力との相性がとてもいい鉱石で、マナタイトを使った武具なんかはとても魔力の馴染《なじ》みがいいんですよ。杖《つえ》の材料にすれば魔法の威力が向上し、剣にすればとても丈夫で切れ味が増し、時には魔法を放つこともできます」

「確かにこれはマナタイトかもしれませんね。俺も知り合いの冒険者が使っていたので見覚えがあります。それを材料にした武器は綺麗な空色をしていましたから」

「まさか、そんなすごいものが採掘できるなんて知らなかったよ」

リオネやグレッグの言葉を聞いた俺は驚愕《きょうがく》する。

マナタイトは産出量も少ない貴重な資源だ。それが採掘できるとなると莫大《ばくだい》な利益が見込める。

それだけでなくマナタイトによる武具が生産できて、領地の戦力も向上するだろう。

たとえ、それが少量であっても俺の拡大スキルを使えば、とんでもない量になるに違いない。

なにせ良質な欠片《かけら》さえあれば、拡大することができるのだから。

「ノクト、前から人の気配がする！」

そんなことを考えていたがベルデナの声で現実に引き戻された。

そして、その情報に戸惑う。

「魔物じゃないのか？」

「うん、魔物じゃない。人だよ！」

念のために確認するとベルデナから力強い断言が返ってきた。

ビッグスモール領からやってきた人間は俺たちしかいない。他に誰かがついてきているというのもあり得ないし、洞窟の奥の方からやってくるというのも不自然だ。

「こんなところを盗賊が根城にしているなんて聞いたことがありませんね」

グレッグの言う通り、メトロ鉱山に盗賊なんて聞いたことがない。

というか、このように魔物が徘徊《はいかい》していてはおちおちと休むこともできないだろう。

「とにかく警戒だけはしておいて様子見をしよう」

万が一、盗賊なんかでなければ大変なことになる。

とはいえ、向こうも攻撃しようと近づいている可能性はあるので警戒は最大限だ。

こちらから動くことなく待ち構えていると、前方からコツコツと足音が響く。

それに微《かす》かに話し声らしきものも聞こえてきた。

「この辺りってビッグスモール領との境界線だろう？　採掘しにきていいのか？」

「別にいいだろう。境界線ってだけで採掘しちゃいけないってわけじゃねえしな」

などと呑気《のんき》な会話をしていることから、相手がこちらに気付いている様子はない。

その会話の内容からして、もしかするとハードレット領の採掘人なのかもしれないな。

「そちらにいる者たち。害意がないのであれば所属を明かせ」

牽制《けんせい》の意味も込めて声を上げると、前方から途端に慌てた気配がした。

こちらが先にここにいたのだ。下手に出てやる必要はない。

「お、俺たちはハードレット領の採掘人だ！　害意はねえ！　そっちはどうなんだ？」

「俺はノクト＝ビッグスモール。ビッグスモール領の領主だ。メトロ鉱山の調査のために仲間を伴ってやってきている」

「隣領の領主様だって⁉」

こちらも名乗りを上げるとリーダーらしき壮年の男性が驚いた声を上げた。

このような鉱山の奥に領主がいるとは思わないだろうしな。

二十八話　採掘権

「……ノクト様」

「アルトン、マルゴ、バッツ……」

壮年の男性の後ろには見覚えのある若い男性たちがいた。

その三人の採掘人は俺の顔を見るなり気まずそうにしている。

「ノクトの知り合い？」

俺が名前を呼んだからか、隣にいるベルデナが尋ねてくる。

「ああ、前に住んでくれていた領民たちさ」

正確にはメトロ鉱山の採掘をしてくれた採掘人たちだ。

そりゃ、そうだ。ビッグスモール領から領民たちが逃げ出して一番繁栄しているのは隣領だ。

そちらに移住をした元領民がいたとしてもおかしくないだろう。

「ノクトとメアを置いて逃げた人たちだね！　許せない！」

俺がそのように説明すると、ベルデナが怒りを露《あら》わにする。

ベルデナの怒気を当てられた彼らは、気まずさもあってかかなり萎縮していた。

ベルデナは領民としては初期組だ。どうして領地に領民が少ないのか、俺たちが苦労しているのか知ってくれている。だからこそ、怒りも大きいのだろう。

「あの時は領地としての破綻が目に見えていた。彼らの行動を咎《とが》めることはできないよ。領主として俺が不甲斐《ふがい》なかっただけさ」

「それでも頑張ろうとしていたノクトやメアだけを置いて――」

「ベルデナ、もういいんだ」

なおも非難の言葉を吐こうとするベルデナを俺は止めた。

それ以上の言葉をぶつけても誰も幸せにならない。

元領民であった彼らも罪悪感を抱いているのか俯《うつむ》いている。

これ以上言葉をかけても彼らが戻ってくるわけでもないし、そう簡単に戻れるような状況でもない。

「三人ともそっちの領地では生活はできているか？」

「はい、なんとか……」

「そうか。それならよかったよ」

知り合いだとは思えないようなよそよそしい会話だ。

でも、それでもいい。彼らが新しい場所でちゃんと暮らせているのであればそれだけで満足だ。

最初に彼らを見た時は、少しの怒りや悲しみといった感情が湧いていた。

だけど、俺よりも強い感情をぶつけてくれたベルデナのお陰で大分冷静になれた。

「……おいおい、こりゃマナタイトじゃねえか！」

どこか気まずい空気が漂う中、採掘人のリーダーが壁にあるマナタイトに気付いた。

そりゃ、そうだ。これだけ通路を明るく照らしているんだしな。

「まさかこんな所に大量にあるなんてよぉ！」

しかも、どうやらマナタイトについては相手側も知っているようだ。

その口ぶりからすると、ハードレット領側の鉱山ではマナタイトが僅かに採れるのかもしれない。

そんな彼がここまでの驚きの声を上げるということは、ここはマナタイトの豊富な採掘場らしい。

「厄介なことになりやしたね」

「まったくだ」

ここは領地の中間地点。そこで貴重なマナタイトが産出された。

マナタイトほどの貴重な資源をハードレット家がみすみす逃すわけがない。

ここで先に見つけたからビッグスモール領に権利があるなどと主張しても、相手は黙っているはずはないだろう。

「ひとまず、ここのマナタイトについては互いに情報を持ち帰るだけにしないか？　ここがどの領地の採掘場なのかハッキリさせてからでないと問題になる」

「いや、でもここは――」

「領主でもない君にそれが断定できるのか？　これは領主と領主の問題だ。君が出しゃばってもいい結果にはならない。証拠品として少量を渡すからそれで満足しておけ」

大量のマナタイトを前にしてリーダーが渋るので、少し強めの言葉で脅す。

あまり身分で脅すような言い方はしたくないが、この問題は現場だけで判断していいものではない。

資源の取り合いで険悪になったり、戦争になるというのは今世でもよくあることだ。

面倒ないざこざを起こす前に、さっさと話し合う方が互いに傷もない。

「……わかりました」

さすがに領主同士の問題になると、手に負えないと思ったのか目の前の男性も引き下がってくれた。

「これがここで採れたマナタイトだ」

「助かります」

とりあえず、採掘人のリーダーである彼にマナタイトを三つほど渡しておく。

マナタイトの採掘場がありましたと報告しても、現物がなければ信憑《しんぴょう》性もないだろうしな。

現物資料がないと苦労するのは前世で痛いほど味わったし。

「今日はこの辺りで戻ることにしよう」

「そうですね。俺たちもそうさせてもらいます」

互いに現場に残っても揉《も》め合いにしかならない。

採掘道具を片付けて引き返すと、相手も同じように来た道を引き返した。

チラリと後ろを確認すると元領民たちも同じようにこちらを見ていた。

ただでさえ、隣領地は有力貴族の治める土地だ。それでありながら元領民たちも住んでいるとなるとやりづらいことこの上ないな。

これから間違いなく起きるであろう問題を考えると、頭が痛くなる思いであった。

◆

メトロ鉱山から帰還した四日後。

「ノクト様、先ほどハードレット家の使者の方からお手紙が……」

「もう返事が来たのか」

メトロ鉱山から帰還して屋敷《やしき》に戻った俺は、すぐにハードレット家に手紙を書いた。

内容はメトロ鉱山のマナタイトの件だ。

互いの領地の中間地点にあるマナタイトの採掘権について話し合うために。

「今回はいつになく反応が早かったですね」

「マナタイトによる利益はハードレット家にも見過ごせない問題なんだろうね」

手紙を渡してくれたメアの顔は実に不満げだ。無理もない。

正直、ビッグスモール領に住んでいた者でハードレット家にいい印象を抱いている人は少ないと思う。

大森林は強力な魔物が跋扈《ばっこ》する場所であり、そこに面しているビッグスモール領はいつもその被害に悩まされていた。

父さんや兄さんはハードレット家に何度か救援要請を出したことがある。

過酷な未開拓地に面している場合は、領主同士助け合うのが暗黙のルールだ。

しかし、ハードレット家は具体的な戦力を出したことは一度もなく、最低限の物資だけを送り付けるだけであった。しかも、その物資すらも送ってくれないことも多かった。

そのようなことをすれば、あっという間に社交界などで噂《うわさ》が広まり、他の貴族たちから良く思われなくなるもの。

しかし、生憎《あいにく》とビッグスモール家の人間は社交界などに出る暇もなく、ハードレット家の立ち回りも上手《うま》かったためにそのようなことになることもなかった。

ハードレット領からすれば、ビッグスモール領は大森林からの魔物を防ぐ、実に都合のいい防波堤だろう。

これでいい感情を抱けというほうが無理だ。

正直、俺もハードレット家のことは好ましく思っておらず、できるだけ関わりたくない。

しかし、マナタイトの産出における利潤は領地の運命を左右するほどのものであり、関わりたくないなどと言っている場合ではなかった。

ビッグスモール領の発展のためにもしっかりと話し合う必要がある。

普段はこちらから手紙を出しても知らぬ存ぜぬをしているハードレットだが、マナタイトの件については異例の動きの早さを見せている。

それだけあちらにとってもマナタイトの採掘権は重要ということなのだろう。

メアから手紙を受け取った俺はペーパーナイフを使って丁寧に封を開けて、中に入っている手紙に目を通した。

「いかがでした？」

「……明日の昼にハードレット家の屋敷で話し合いをしようだとさ」

長々と形式ばった文章が書かれているが、簡単にまとめるとそのような内容だった。

「明日ですか⁉　いくら隣領で身分に差があるとはいえ、ノクト様にあまりに失礼です！」

「確かに軽く見られているね」

ハードレット家の位は辺境伯。大してビッグスモール家は男爵の位だ。

ハードレット家がこちらを呼びつけることに文句はないが、こちらも同じ貴族であり領主だ。

身分差があれど、こちらの日程も尋ねずに明日に来いというのはあまりに失礼な話である。

メアが憤るのも無理はない。

とはいえ、ハードレット家が失礼なのは今に始まったことではない。

このような対応を予期していたので、ここのところはスケジュールも緩めていた。

前からそういうことをしてくる領主だと知っているので、特に取り乱すことはない。

「とにかく、交渉の段取りが決まって良かった。明日に向けて準備をすることにするよ」

馬車の用意、護衛の選定、揃《そろ》えておくべき資料とやることはたくさんあるからね。

二十九話　ハードレット家との交渉

手紙を貰《もら》った翌朝。ハードレット家との交渉のために準備を整えた俺は、馬車でハードレット家に向かうことにした。

馬車に乗っているメンバーは俺、メア、ベルデナ、グレッグ、リュゼだ。

今回は交渉とあって領内のことを細かく把握してくれているメアにも同行してもらっている。

ベルデナとリュゼは護衛。グレッグは御者兼護衛という感じだ。

あまりよその屋敷《やしき》にぞろぞろと大人数を連れていくのも失礼なので、できるだけ最小限の人数にしておいた。

ビッグスモール領とハードレット領の間では、ほとんど魔物も出没しないのでこの戦力でも問題ない。

というかベルデナがいれば、大抵の魔物は何とかなるんだけどね。

しかし、あまりに連れている者が少なければ領主としても恥をかく。

貴族というのは独特な文化が多く、実に難しいものだ。

馬車に乗って数時間進んだところでハードレット領にある大きな街、ドワルフに到着した。

ビッグスモール領と変わらない平原地帯の領地であるというのに、ドワルフはかなり繁栄している。

ぐるりと街を囲む防壁は大きく、立ち並ぶ民家も綺麗《きれい》で大きい。

通りを行き交う人の数も多く、多種多様な職種の者が集まっている様子だった。

「うわっ、人がいっぱいいる」

馬車の窓から景色を眺めるベルデナが驚きの声を上げる。

ベルデナにとって世界とは山と大森林、それとビッグスモール領という狭い範囲しか知らない。

そんな彼女にとって、繁栄した大きな街というのは新鮮に見えるだろう。

「あっ、リュゼと同じエルフがいるよ」

「……そうね」

「もしかしたら知り合いかもしれないね」

「……多分、違うと思う。私の里から旅に出たエルフがいるというのは聞いたことがないから」

「へー、そうなんだ」

エルフは基本的に森の奥深くといった自然の豊かな場所で生活をする。

リュゼや視界に映っている街で暮らすエルフの方が、存在としては稀《まれ》らしい。

多くのエルフは自然での安定した生活を好むらしいとリュゼに聞いた。

リュゼの言葉からすると、彼女の故郷から旅に出たエルフは全くいないようだ。

そんな中で彼女はどうして旅をすることに決めたのか気になるところではある。

しかし、リュゼが何も語らない以上は深く尋ねるべきではないだろう。

「ノクト！　ノクト！　道にたくさんの料理屋さんが並んでる！　あれなに⁉」

「ああ、あれは屋台だね」

「屋台？」

「ああやって立ち売りで料理や物なんかを売る小さな店のことだよ」

顔を輝かせるベルデナの視線の先では、たくさんの屋台が立ち並び美味《おい》しそうな料理を作っていた。

大きな肉の串焼きや、鉄板の上で作られる焼き料理、練り物、スープ料理と種類は様々なものがある。さすがは豊かな領地だけあって、作られる料理も豊富だ。

香りまで馬車の中に入ってくることはないが、見ているだけで大変美味しそうである。

「ふわぁ、美味しそう……」

気持ちは大変わかるが、これから赴くのはハードレット家の屋敷だ。

万が一にも遅刻するわけにもいかないので屋台に立ち寄るわけにはいかない。

「また時間のある時に行こう」

「う、うん。わかった」

そのように素直に返事をするもののベルデナの視線は屋台に吸い寄せられたままだ。

美味しそうな料理を見たら欲が止まらなくなって視線も外せないのだろうな。

それにしても、何度見ても大きな街だな。

とても隣の領地とは思えないほどの発展ぶりだ。

立ち並ぶ店の種類や、品の数も、人の数もすべてにおいて上回られている。

うちの領地とどれだけ比べても勝てる要素などないだろう。

この発展もうちの領地が苦労した末にできたものだと思うと、モヤモヤとした気持ちが湧かないでもないな。

外を見ていると段々暗い気持ちになってきたので視線を外す。

すると、俺の手の上にメアの小さな手が重ねられた。

「私たちも負けないように頑張りましょう」

「そうだね。もっともっと頑張らないと」

俺たちの領地はまだまだこれからだ。ハードレット領に負けないようにビッグスモール領も発展させていかないとな。

そして、それを支えてくれる頼もしい仲間が俺にはいる。

メアの言葉のお陰でどんよりとした気持ちはいつの間にか晴れていたのだった。

◆

馬車で進んでいくことしばらく。

俺たちはドワルフの奥まったところにあるハードレット家の屋敷にたどり着いた。

辺境伯家だけあって、当然屋敷もデカい。

屋敷の前には広い庭園や噴水が設置されており、庭師たちが丁寧に手入れをしていた。

ハードレット家の執事に案内されて、俺たちは屋敷の中に進んでいく。

屋敷の中には赤い絨毯《じゅうたん》が敷かれており、あちこちに壺《つぼ》や銅像、絵画といった調度品が置かれていて華やかだ。

それに屋敷で働いているメイドもとても多い。

辺境伯としての威厳を見せつけられるようであった。

長い廊下を突き進むと、やがて一つの部屋の前にたどり着く。

「ノルヴィス様、ビッグスモール男爵様がご到着なされました」

「入ってもらってくれ」

執事が扉をノックすると、中から少し素っ気ない男性の声が聞こえた。

すると、執事が扉を開けて中に入るように促される。

「失礼します」

中に入ると落ち着いた雰囲気の応接室だった。

室内の中心には四人掛けの大きなソファーと長テーブルが設置されており、そのソファーにハードレット領の領主は座っていた。

後ろにはその従者と護衛らしきものが一人ずつ控えている。

「遠いところを呼びつけてしまって申し訳ない。私はノルヴィス＝ハードレット。このハードレット領の領主だ」

砂色の髪に翡翠《ひすい》色の瞳をした男性。年齢は三十代半ばくらいだろうか。

眼光が鋭いために少しだけ怖い印象を抱いてしまうが、かけられた言葉は穏やかなものだった。

しっかりと鍛えられた身体《からだ》をしており、意外とガタイがいい。恐らく、それなりに剣術も嗜《たしな》んでいるのだろう。

これがハードレット領の領主か。老獪《ろうかい》な貴族だと思っていたので、もっと太ったおじさんのようなイメージを抱いていたが違った。

ダメだ。ハードレット家に対していいイメージを抱いていないせいで、無意識にそのように考えてしまっている。

今回は平和に話し合うためにきたんだ。相手へのマイナス感情は抜いておかないと。

気持ちを切り替えるためにも俺は深呼吸をして、手を伸ばす。

「はじめまして、ノクト＝ビッグスモールです。本日はよろしくお願いします」

「ああ、よろしく」

すると、ノルヴィスは薄《う》っすらとした笑みを浮かべて俺の手を握った。

「いつまでも立ったまま話すのもなんだ。どうぞ腰かけてくれ」

「では、失礼します」

ノルヴィスに促されたので俺は素直にソファーに座らせてもらう。

後ろに立っていたベルデナも一瞬動くような動作をしたが、すぐに気付いたのか止めた。

領主同士の会談の場で同じ席に平民が座ることはできない。

ベルデナに最低限のマナーを教えておいてよかった。

ただ、急に叩《たた》き込《こ》んでしまっただけにまだ身体が反応してしまうところがあるようだ。

しかし、傍《そば》にはメアやグレッグ、リュゼがいるのでもしもの時は彼女たちが止めてくれるだろう。

「しかし、先代領主の件については残念であった。まさか、領主と次期領主のどちらもが魔物との戦いで討ち死にされてしまうとは……」

席に座るなりノルヴィスが口を開いた。

実に嘆かわしいとばかりの表情をしているが、どこか胡散臭《うさんくさ》いと感じてしまうのは俺だけだろうか。

仮定の話であるがハードレット家がまともな援助をしてくれていれば、父さんや兄さんが亡くなることはなかったかもしれない。

領地の経営だってもっと楽にできていたかもしれない。二人がいなくなっても領民だって希望を捨てなかったかもしれない。

そんな複雑な思いが頭の中をグルグルと回る。

しかし、そんな言葉をぶつけるわけにもいかず、呑《の》み込《こ》む他にない。

「尊敬していた父と兄だけにとても残念です」

「その時に領地に壊滅的なダメージを負ったと聞いたのだが、最近は徐々に復興してきたと聞いたが？」

ふむ、その台詞《せりふ》は領民に逃げられた癖に、最近はお前のところの領地はいいみたいじゃん？　みたいな感じだろうか。

まあ、いくらノルヴィスでも領民に逃げられたなどとは正面から言えないので回りくどくなってしまうのも仕方がない。

「ええ、領民たちと力を合わせて何とか立て直しております。とはいっても、ハードレット様の治める街に比べれば恥ずかしいものですが……」

「そんなことはない。あれだけの被害に遭いながら立て直すことができただけでも、ビッグスモール殿は優秀だ。誇るといい」

「お褒めいただきありがとうございます」

「しかし、ラザフォード殿やウィスハルト殿を討ち取るだけの魔物がひしめいているとは、大森林の魔物とは恐ろしいものであるな」

そう思うのであれば、もっと援助をしてくれよというのが素直な想《おも》いだ。

ビッグスモール領が崩壊すれば、大森林の魔物がハードレット領になだれ込むというのに。

「安心してください。父と兄の敵である魔物は私たちが既に討ち取りましたから」

「なんと。ビッグスモール殿は内政だけでなく戦も優秀であったか！　これは随分と心強い。今頃天国にいるラザフォード殿やウィスハルト殿も安心していることだろう」

俺との会話の糸口にその事件についての探りを入れるのは当然ではあるが、なんだろうな。この茶番は……。

とはいえ、初対面である俺たちがいきなり本題に入るのも貴族のマナーからすれば失礼に当たる。まったく、貴族の文化というのは面倒なものだ。

そう思いながらもにこやかに俺とノルヴィスとの世間話は続いた。

三十話　決裂

「さて、世間話はこのくらいにしてそろそろ本題に入るとしよう」

しばらく世間話という名の腹の探り合い、領地状況の探り合いが終わると、ノルヴィスが本題を切り出してきた。

「そうですね。では、マナタイトの採掘権に関して話し合いましょう」

「私としては、あそこにあるマナタイトの採掘権は全て我が領のものであると思っている」

いきなりの強気な主張にこちらとしては少し面食らう。

「それはどうしてかお聞きしても？」

「我が家に伝わる資料としてあの辺りは、ハードレット家の領内だと記されている」

ノルヴィスが視線を送ると、従者の者がメトロ鉱山の資料をテーブルにのせる。

そこにはマナタイトが採れる場所を切り取り、ハードレット側に含めるようにハードレット領とビッグスモール領の線引きがされていた。

しかし、我が家にはそのような資料など共有されていない。

確かめるようにメアに視線をやると、彼女もそうだとばかりに頷《うなず》いていた。

「……そのようなことが記載されている資料はこちらにはないのですが？」

「ふむ、それはおかしいな？」

そのような領地同士の線引きされている地図などは、互いの領地でしっかりと合意の上で決めて、きちんと共有する決まりだ。

「もしや、魔物の襲撃事件で資料が紛失したのではないか？　あるいは先代の引き継ぎの際に漏れがあったとか」

「そんなはずはありません。屋敷《やしき》は無事ですし、重要な案件についてはきちんと共有していましたから漏れもありえません」

調査後に、書庫にある資料は全て確認した。

その中にもそのような線引きが記載されている資料はなかった。

それにメトロ鉱山はビッグスモール領にある数少ない資源だ。そんなものの大事な情報を父さんが誰にも共有していないなどありえない。

「あくまで認めないつもりだな？」

ノルヴィスが鋭い視線を向けて威圧してくるが、そんなもので怯《ひる》むような俺ではない。

「そのような言いがかりを認めることはできません」

これからの領地の繁栄がかかっているのだ。たとえ、身分による差があっても簡単に引き下がってやるつもりはなかった。

「互いの意見がこれでは平行線だな」

「ええ、ですから――」

「では、貴族の慣例に従い疑似戦争で白黒をつけようではないか」

「……はい？」

突然のノルヴィスの宣告に俺は思わず目を白黒とさせる。

「まさかビッグスモール殿も知らないとは言わないな？」

「え、ええ。貴族同士が互いに対立した際に決着をつけるために行われるものです。規定の場所に陣地を作り、互いの戦力で落とし合う陣取り合戦」

自らの持つ戦力で相手を叩《たた》きのめし、陣地にいる王を倒した方が勝ちだ。

「そうだ。マナタイトの採掘権をかけて疑似戦争で決着をつけようではないか」

互いの意見が纏《まと》まらないのであれば、そこから何とか互いに妥協できるラインを探っていく。それが交渉というものだ。

しかし、ノルヴィスは最初から交渉などという選択肢は捨てて、武力での解決を提案してきた。

このあからさまな態度を見る限り、最初からこの展開に持っていくつもりだったのだろう。

採掘権について話し合いたいなどと手紙で言っておきながら、このような提案をしてくるノルヴィスに腹が立つ。

俺も最初から全てのマナタイトの採掘権を得られるとは思っていない。

精々半分でも得られれば十分だと思っていた。

互いに採掘する量を決めておき、決まった分のマナタイトだけを採掘すればいい。

最悪、半分よりも少なくなってもこちらには拡大があるので、少量でも十分に利益が出せる。

あるいは決められた鉱脈だけを採掘するなど、何かしらのやりようはあるはずだ。

だが、ノルヴィスにそのような分け合いの精神はなかった。

彼にとってマナタイトの採掘は0か100。それ以外の選択肢はないようだ。

「どうした、受けぬのか？　まさか王の定めた慣例さえも言いがかりだとは言うまいな？」

疑似戦争では殺傷力の高い武器は禁止されている。

剣ではなく木剣を使ったり、矢尻を潰したりといった処置が行われる。

とはいっても、あくまで木剣でも当たりどころが悪ければ死亡するし、どれだけ対策をしようと大怪我《けが》をすることだってあり得る。

たかが資源のために領民の命を懸けることにバカらしく感じる自分がいるが、そのたかが資源で領民の命を救うことだってある。

領民が傷つくのが嫌だからといって退けるものでもない。そうすれば、ノルヴィスはマナタイトだけでなく、他の資源だって奪いにかかってくる可能性がある。

それにこういった貴族の慣例から逃げることは恥とされる。

疑似戦争を吹っ掛ければビッグスモール領は簡単に退く。

そのような噂《うわさ》を流されると非常に面倒だ。

ヤクザと一緒で貴族というのも舐《な》められたら終わりなのである。

「ハードレット領とビッグスモール領ではあまりにも領地の力が違います。そちらに有利な疑似戦争を吹っ掛けてくるのは卑怯《ひきょう》なのではないでしょうか？」

疑似戦争というのは領地の力が物を言う勝負だ。

豊富な人材と資金を有しているハードレット領が有利なのは明らかだ。

「ふうむ、それも一理あるな。では、こちらの戦力は疑似戦争をする上で最低人数の百名としよう。ビッグスモール領の方では二百名でも三百名でも構わない。好きなだけ戦力を用意するといい」

そこを突いてやるとノルヴィスは飄々《ひょうひょう》とした様子でそのようなことを述べる。

こちらの領地の状況を知っていての提案だろう。

私兵を百名以上用意してもいいと言っているが、こちらの領地で用意できる戦力はロクにない。

まともな戦力といえるものは自警団約三十名と、ベルデナやリュゼ、俺、リオネたちといった数名程度。

とても五十にも満たない。そのようなハンデはあってないようなものだ。

「悪いがさすがにこれ以上は譲歩できんな。領地の力を高めるのも領主の務めだ。それを怠っていた相手にそれ以上配慮してやる謂《いわ》れもないだろう」

悔しいことにノルヴィスの言い分にも一理あるのは事実だ。

百名も私兵を集められないようでは貴族としておかしいのだ。

「ノクト、その勝負受けよう」

ノルヴィスの言葉に歯噛《はが》みしていると、突如ベルデナがそのようなことを言う。

「人数の差があったって私たちなら大丈夫だよ！」

「そうですよ、ノクト様。たとえ、相手の戦力が二倍以上だったとしても問題ありません。一人につき二人の敵を倒す。ただ、それだけですから」

「私たちは大森林の魔物の群れだって倒せたんですから」

「……私たちのことは気にしなくていい」

ベルデナの言葉を他の皆は止めるでもなく、後押しの言葉をそれぞれかけてくれた。

「随分と威勢のいい従者だな」

「うちの従者が口を挟んで大変申し訳ございません。しかし、お陰様で俺も覚悟ができました」

疑似戦争では領地の資源や人材と、地力の差が強く出る戦いだ。しかし、俺たちには少ない人数でもそれを十分に補うことのできる絆《きずな》や強さがある。

さらに俺のスキルを駆使すれば、圧倒的に不利とされる状況をひっくり返すことだって可能だ。

表面上では圧倒的不利に見える疑似戦争ではあるが、勝算がまるでないわけでもなかった。

「ほう？　それでは疑似戦争の返事は如何《いかが》いたすか？」

「ノクト＝ビッグスモールの名において受けて立ちましょう」

俺が堂々と告げると、ノルヴィスは薄《う》っすらと笑みを浮かべた。

「決まりだな。では、疑似戦争を始める場所の選定と具体的な日程を決めるとしようか」

三十一話　戦う覚悟

「ごめん！　俺が不甲斐《ふがい》ないせいで皆に迷惑をかけて！」

ノルヴィスと疑似戦争の具体的な段取りを決めて、帰路についていた馬車の中。

俺は同行してくれた皆に深く頭を下げた。

「頭を上げてください、ノクト様」

目の前に座っているメアに言われて、俺はおそるおそる顔を上げる。

「相手に交渉をするつもりがまるでなかったのです。あのような結果になっても仕方がありませんよ」

「あのおじさんってば卑怯《ひきょう》だよ！　自分の領地が大きいのに有利になるような勝負を仕掛けてさぁ！　それに私たちのことも見下している感じがしてムカつく！」

メアの言い分はともかく、ベルデナの方には相当個人的な感情がこもっているような気がするな。

俺とノルヴィスとの会話の応酬で相当腹を立てていたんだろうな。

「……あの場では私たちも戦うことに賛成した。だから、ノクトだけが重荷に感じなくていい」

「リュゼさんの言う通りです。前にも言ったじゃないですか。ノクト様だけで背負い込まないでくださいと。私たちはノクト様の仲間なんですから」

「大体、領主様ともあろうものがそんな簡単に頭を下げちゃいけねえよ。ノクト様は堂々と戦えと命じてくれればいいんです。あのいけすかねえ領主をぶっ飛ばしてやりましょう」

馬車にいるリュゼ、ベルデナ、メアだけでなく、前で御者をやってくれているグレッグからもそのような言葉をかけられる。

皆の頼もしい言葉に思わず涙が出そうになった。

いけないいな。ここで涙を流しでもしたら、また皆に心配をかけてしまう。

「みんな……ありがとう」

俺は瞳から零《こぼ》れそうになるものをグッと堪《こら》えて礼を言った。

「ノクト、ちょっと泣きそうになってる？」

「……そこは男として我慢してるんだから言わなくていいことだよ」

ベルデナの茶化しの言葉に切り返すと、他の皆も笑って和やかになる。

「……疑似戦争。話を聞いた限り、ノクトのスキルがあれば人数差があっても勝てる気がする」

そんな中、リュゼが腕を組みながら冷静に疑似戦争について語る。

「ノクト様のスキルを使えば、強力な陣地を築くことができると思います！」

「俺も疑似戦争こそ勝算があると思ったから、引き受けることにしたんだよ」

貴族同士の勝負ごとには他にも種類がある。

自ら、あるいは従者を戦わせる決闘や、カードゲームや賭け事といった遊戯での決着をつける方法。

たくさんの種類がある中で、他の勝負ごとに変更することができたかもしれない。

しかし、俺は敢《あ》えてノルヴィスの提案してきた疑似戦争に乗った。

何故《なぜ》ならばそれが一番俺のスキルを活《い》かして戦うことができるからだ。

疑似戦争は限られた時間内で自らの陣地を築き上げるルールだ。

領地にある物資を速やかに運搬、あるいは周辺にある資材を調達することから始めなければいけない。

それは戦力を揃《そろ》えている方がより堅牢《けんろう》な陣地を築き上げることができる。

戦力の少ないこちらは圧倒的に不利であるが、そこは【拡大&縮小】スキルの出番だ。

ローグやギレムの組んでくれた小さな陣地を拡大してもいいし、リオネやジュノ、セトたちの土魔法で作り上げた小さな陣地を拡大してもいい。

たったそれだけでより堅牢な陣地を作り上げることができるだろう。

たとえ、人数差があろうとも堅牢な陣地を作ってしまえば、容易に覆すことができる。

そのような目論見《もくろみ》があって俺は疑似戦争での勝負を受けた。

「自分こそが有利だと勘違いしていますが、実は相手の土俵だったたっていうのは中々に滑稽なものですね」

俺たちの会話を聞いて、グレッグが陽気に笑う。

「だけど、相手は王国でも有数の領地を持つ辺境伯家だ。油断はできないよ」

「人数が百人とはいえ、相手は凄腕《すごうで》の傭兵《ようへい》や冒険者だけで揃えることもできますからね」

メアの言う通りだ。相手はこちらとは人脈も資金も桁違い。

自らの私兵だけでなく、そのような助っ人《すけと》を頼むことができる。

特に冒険者なんかは強いスキルを備えていることが多いので注意が必要だ。

「大丈夫だよ！　仮に強い奴《やつ》がきても私が大きくなれば、陣地なんて一発で壊せるから！」

「そうかもしれないけどできるだけその手段は使いたくないな」

拳を握って明るくそのようなことを言うベルデナであるが、俺はその戦法には反対だった。

「なんで？　ノクトは私を信用していないの？」

「そんなことはないよ。ベルデナが元の姿に戻れば、人数差があろうとも勝てると思う」

俺のようなスキルを持っていない限り、相手が作り上げることのできる陣地には限界がある。

常人の何倍もの身長とパワーを兼ね備えたベルデナの一撃なら、陣地など一撃で瓦解するだろう。

「それならなおのこと私が元の姿で戦うべきだよ！」

「でも、それをしたらベルデナは、間違いなく人間から恐れられることになる」

「ええ？」

俺の台詞《せりふ》が予想外だったのか不満げだったベルデナの瞳に困惑の色が混じる。

「巨人族は珍しい存在だ。こんなことでベルデナだけでなく他の巨人族が人間から疎まれるようなことにはなってほしくない」

領地を守るために魔物と戦うのであれば、俺はベルデナに全力で戦ってもらうことを選択するだろう。あるいは領地の生き残りを懸けた戦争などであれば。

しかし、これは領地同士の小競り合いで疑似戦争だ。

このような勝負事で人間に対して巨人族の恐怖心を植え付けるようなことはしたくなかった。

そうしてしまえば、いつかビッグスモール領の外に出たとき、ベルデナは確実に生きづらくなるだろう。

俺はベルデナにそのようになってほしくない。

「えっと、つまりノクトは私のことを大事に思って言ってくれてるってこと？」

俺がそのように言うとベルデナが少し恥ずかしそうに尋ねてくる。

要約するとそうだけど、それを言葉にして言えとなると恥ずかしい。

思わず視線を逸《そ》らすとメアが妙に綺麗《きれい》な笑みを浮かべており、リュゼは見世物でも見るような表情をしている。

リュゼはともかく、なんだかメアの笑顔が綺麗過ぎて怖いな。メアが今抱いている感情はなんなのだろうと問いたいけどそれも怖い気がする。

「まあ、そういうことになるね」

「えへへ、それならひとまずノクトの言う通りにする」

しっかりと言葉にして言ってあげるとベルデナは頬を染めて嬉《うれ》しそうに笑った。

俺はかなり恥ずかしかったが、それで彼女が納得してくれるのであれば安いものだ。

「でも、負けそうになったら遠慮なく元の姿に戻してね」

「そうならないように全力を尽くすことにするよ」

これは俺の個人的な想《おも》いでの頼みだ。

ベルデナにそうさせないようにも、俺が責任を持って戦わないといけないな。

三十二話　頼もしい協力者

ハードレット家の領地から戻ってすぐに俺は領民たちに採掘権を懸けて疑似戦争を行うことを伝えた。

日程は今日から十日後。ビッグスモール領とハードレット領の中間地点にある平原で行われる。

そこから陣地を作る時間として四日が与えられる。

その間に頑強な陣地を作り上げて、互いの戦力で攻防を繰り広げることになる。

勝利条件は陣地の王であるそれぞれの領主を倒すことだ。

領主同士の小競り合いに領民を巻き込むことになって申し訳ない気持ちでいっぱいであったが、自警団をはじめとする領民たちは俺を非難することなく、協力することを申し出てくれた。

ただ、戦いの経験もないのに戦力に加わりたいと言ってくる者が多くて少々困った。

疑似戦争での俺たちの確定した戦力は自警団三十三名。

それに加えて俺、ベルデナ、メア、リュゼ。

魔法使いのリオネ、ジュノ、セトを加えて四十名だ。

相手の戦力が百名であることを考えると、少しでも多い方がいいと思うのはわかる。

単純に戦力差は二倍以上もあるのだからな。

しかし、疑似戦争とはいえ時には死者さえ出ることのある戦いだ。そこにまともな戦闘訓練を受けていない者を戦力として加えるのは憚《はばか》られた。

無理に疑似戦争に参加させて大怪我《けが》をさせてしまったら領民に申し訳がなさすぎる。

全員を断ることは非現実的であるが、きちんと戦闘適性と覚悟のある者を見極めないと。

「ノクト様、ローグさんとギレムさんが会いたいと言っています」

屋敷《やしき》の執務室でどうするか悩んでいると、メアがノックをして入ってきた。

「うん？　あの二人が？　……とにかく入ってもらってくれ」

二人の意図がわからないが、屋敷にやってきているのであれば聞いた方が早い。

「わかりました」

メアが頷《うなず》いてしばらくすると、執務室にローグとギレムが入ってきた。

「忙しい時に突然すまんのぉ」

「気にしないでくれ。ちょうど考え事をしていて煮詰まっていたから」

「領主様の屋敷には初めてきたが、ちょいと年季が入り過ぎじゃないか？　ここに来るまでに色々とガタがきている個所《かしょ》を見つけたぞ」

初めて俺の屋敷にやって来た割には二人とも実に自然体だ。

普段は気さくな領民でも屋敷に入ると緊張する者は多いので、この二人の変わらぬ様子は実に新鮮だった。

職人である二人からすれば、貴族の屋敷であろうとも作品の一つとして捉えてしまうのだろうな。

正直な意見過ぎて耳が痛い限りだ。ハードレット家の綺麗《きれい》な屋敷を見たから尚更《なおさら》、うちの屋敷の質素さが目立つように思える。

「何分、うちは貧乏だからね」

「最近は宝石やら食料を売って儲《もう》かっているだろうに。もう少し自分に使ってはどうじゃ？　新しい屋敷を建てようが誰も文句は言わないぞ？」

「そうだね。例の件が片付いたら考えることにするよ」

人も増えてきた以上、領主として威厳のある屋敷に住むことは必要だ。

そのことがわかってはいるんだけど、自分に使うくらいであれば貯蓄したり、領地のことに使いたいと思ってしまうんだよな。

「……お前さん全然前向きに考えておらんじゃろ？」

そんな俺の態度が見え透いていたのかギレムが半目の視線を向けてくる。

「まあ、余裕ができたらって事で」

その問題については検討する余地はあるだろうが、今はそれどころではない。

これから疑似戦争についての準備を進めなければいけないのだ。

やっておくべきことは山のようにある。

「それで二人の用件はなんだい？」

領民の中で特に忙しい二人だ。何の用もなく俺の屋敷に遊びにくるほど暇ではない。

「領主様の言っていた例の件じゃよ。アレだアレ……」

「……疑似戦争ね」

「そうじゃそれ！　疑似戦争にはワシらも出るぞ」

言葉の出てこないローグにちょっと呆《あき》れそうになったが、その後に続いた言葉に俺は驚く。

「疑似戦争とはいえ、人間同士の戦いになるけどそれでも二人は参加するつもりなのかい？」

二人は鍛冶師であって、戦闘員ではない。だからこそ、前回のオークキングとの戦いでも後衛での支援に徹してもらっていた。

まあ、襲撃までの準備で無理に武器を作らせ過ぎて、戦列に加われないほど消耗していたってのもあるけど。

「当たり前じゃい。陣地を作るっていうんならワシらの技術の見せどころじゃ」

「土魔法使いの嬢ちゃんたちだけじゃなく、ワシらも戦列に加わった方がやりやすいだろう。魔法だけじゃなく、建築技術で作った方が便利な部分もあるしの！」

「本当にいいのかい？」

正直にいえば、ローグとギレムの提案はとても助かる。

二人が戦列に加わってくれるのであれば、より頑強な陣地が作れるからだ。

土魔法を拡大するのも確かに強いけど魔力を消耗するし、手段はいくつもある方が幅も広がる。

「ああ、任せろ。マナタイトについては勝利した暁にはワシらが使うことになるしな！」

「ワシらだけ苦労もせず、手に入れてもらった物を使えと言われてもしっくりこんからの」

少し気まずそうに述べるローグとギレム。

なるほど、どうやら彼らにも彼らなりの矜持《きょうじ》というものがあるらしい。

「わかった。二人のことも戦力として数えさせてもらうよ。後で陣地作りに関して相談したいからよろしく頼む」

二人の覚悟を受け取った俺はローグとギレムとガッチリと握手をした。

すると、またしても扉からノックがしてメアが入ってきた。

「ノクト様、今度はガルムさんとグラブさんが会いたいと……」

「どうやらワシらと同じ考えをしている奴等《やつら》がいるようじゃの」

「ひとまず、用は済んだし帰るぞ」

「ああ、ありがとう」

ローグとギレムは愉快そうに笑うと、あっさりと執務室を出ていった。

「ガルムとグラブも中に入れてくれ」

「わかりました」

メアに頼むと、しばらくしてガルムとグラブが入ってきた。

グラブはいつも通り悠然とした佇《たたず》まいであるが、ガルムは屋敷にまでくるのは初めてだったので少し緊張気味のよう。

それにグラブとは知り合って間もないせいか、どう話を切り出していいかわからないようだった。

「えっと……」

『先にあなたの用件から話すといい。もっとも、二人とも言う内容は同じだと思うが』

「あ、はい。では、オレの方から先に……」

ガルムの困惑を察してかグラブが穏やかに言う。

すると、ガルムも踏ん切りがついたのか一歩前に出てきた。

「ノクト様、疑似戦争にオレも参加させてください」

ローグとギレムの推測通りだった。

「ガルムの気持ちは嬉《うれ》しいけどいいのかい？　本来、君は戦うことを嫌っていたはずだ」

「確かにそうです。俺は戦闘向きのスキルや身体能力を持っていますが、どうにも争いごとが苦手で……」

「だったら尚更の事だよ。今回は前回のような切羽詰《せっぱ》まった戦いじゃないんだ。負けたらマナタイトについては諦めないといけないけど、領地が滅びるわけじゃない。ガルムが参加しなくても誰も咎《とが》めたりはしないよ？」

「それでも嫌なんです。オレたちのために頑張ってくれているノクト様が困っている時に力を貸さないっていうのは」

「ククルアの件を気にしていないかい？」

もしかして、ククルアの友達作り計画に乗ったことを恩に感じているのだろうか。

だとしたらやめてほしい。俺は別にガルムに恩を着せたいがためにやったのではない。

俺がやりたくてやったことだ。

「いいえ、これはオレ個人の気持ちなんです。それに領地の皆やノクト様のために戦うのであれば、案外悪くないかなって思える自分もいて……」

ガルムの気持ちはとても嬉しい。だけど、俺はガルムが本来戦好きではないことを知っている。

そんな彼を戦列に加えて本当にいいのだろうか？

『領民の一人が領主のために戦いたいと申してくれているのだ。そこまで頑《かたく》なに断ろうとしなくてもよいではないか』

ガルムの言葉を聞いて悩んでいると、ずっと俺たちの会話を聞いていたグラブが苦笑する。

『大切な領民が命を落とすかもしれないことが怖いのか？』

深紅の瞳はこちらの心の奥を見透かしているようだった。

「そうだ。俺は大切な領民を危険に晒《さら》すことが怖いんだ。自分の責任で他人《ひと》が命を落としてしまうことが怖くて堪《たま》らない」

「ノクト様がそんなことを気にする必要はありません。オレはオレの意志で参加するのですから」

俺が心の弱さを吐露すると、ガルムがきっぱりと告げた。

普段は穏やかな彼が、そのような強気な台詞《せりふ》を言ったことにビックリする。

そうだ。もっと怖いのは戦いに出てくれる領民だ。ローグやギレム、ガルムはそれすらも克服してこうして戦いたいと言ってくれている。

そのように覚悟を決めてくれた者たちに、このように何度も問いかけて渋るなんて失礼なのかもしれない。

「ガルムは俺なんかよりも覚悟を決めていたんだね。覚悟が決まっていなかったのは俺の方だったよ」

決めた。どのような理由があろうと力を貸してくれると言った領民の手をとることにしよう。

勿論《もちろん》、闇雲に全員とは言わない。きちんと戦う意思と能力を持ったものだけだ。

この戦いで領民が怪我をする確率は高いかもしれない。

だとしたら、少しでもそれを抑えるように立ち回りを考えるのが領主である俺の務めだ。

父さんや兄さんであれば間違いなくそう考えて、頼もしい言葉をかけたに違いない。

やっぱり、俺はまだまだだな。

「改めて俺の方から頼むよ。ガルム、力を貸してくれるかい？」

「はい、喜んで！」

俺がそのように頼むとガルムは尻尾をブンブンと振った。

「えっと……」

俺たちの話が纏《まと》まるとガルムはそろりとグラブの方に視線をやる。

自分の番は終わったから次はグラブへといってほしいという意図なのだろう。

しかし、グラブも同様の話題だとしたら話を聞かれるのは少しマズい。

何せ、彼がレッドドラゴンだというのはこの領地のトップシークレットだからだ。

「悪いけど少しグラブと話したいことがあるんだ」

「わかりました。それでは失礼します」

ガルムとの会話では同席させたのに、出て行ってもらうことに罪悪感を抱くが仕方がない。

俺の意図を汲《く》んでくれたガルムはメアに案内されて執務室を出ていった。

「それでグラブも疑似戦争に参加してくれるのかい？」

『ああ、せっかくの居心地のいい人里だ。争いごとで領内の空気が悪くなってほしくないのでな』

「…………」

『なんだ？　私の申し出に驚いている様子だな？』

「正直、グラブがそこまでうちの領地を気に入ってくれているとは思わなかったよ」

魔物であるグラブはこのような人間の争いごとに関しては無関心だと思っていた。

まさか彼の方からこのような提案をしてくるとは。

『ここの領地はまだ発展途中ながらもとても光に満ちている。人々が明るく過ごしている場所は私としても失いたくない。そこに差し込む闇があるのであれば、私はそれを払う』

「ありがとう、グラブが参加してくれるのはすごく助かる。だけど、君がレッドドラゴンだと知れ渡るようになることは困るんだ」

参加してくれることを喜びながらも、このような難癖をつけるのは非常に申し訳ない。

だが、疑似戦争でレッドドラゴンを連れ出してくるなんて前代未聞過ぎる。

下手したら大騒ぎになって間違いなくグラブは領内にいられなくなるだろう。

『それは承知の上だ。私はドラゴンとしての姿は見せず、一切その能力も使わない。人化した状態のままで戦うつもりだ』

「それはとても助かるんだけど、そのままの状態でも戦えるのかい？」

失礼を承知で言わせてもらうが、俺はグラブが人間のままで戦う様子を一切見たことがない。

『少なくとも巨人族の娘と同程度には戦えることを保証しよう』

「……それはなんとも頼もしいことだよ」

最低でベルデナと同じ実力はあるって、本来のグラブの実力はどれほどのものなのか。

俺は頬を少し引《ひ》き攣《つ》らせながらも、レッドドラゴンであるグラブの加入を受け入れた。

三十三話　見届け人

疑似戦争でのビッグスモール家の戦力は五十名となった。

他にも参加を希望する領民はいたのであるが、その者たちはあまりに戦闘経験がなかったので辞退してもらった。

無理矢理領民に声をかけて頼み込めば、こちらも相手と同数の百名を揃《そろ》えることは不可能ではない。

しかし、疑似戦争は連携が重要視される戦いだ。そこに戦闘の素人を交ぜたところで上手《うま》く機能するとは思えないので少数精鋭でいくことにした。

相手との戦力差は二倍あるが、こちらには俺の【拡大&縮小】スキルがある。

疑似戦争では皆と協力することでスキルが無類の強さを発揮するだろう。

それは何十倍もの戦力差を誇っていたオークキングとの戦いで勝利を収めることで証明されている。

それに比べれば今回の戦いは易しい方だ。俺たちは自信を持って挑めばいい。

ただ、注意するべきは、今回は相手が魔物ではなく人間だということだ。

知能が高い分、魔物と違ってすぐに臨機応変に動いてくるだろう。それにこちらがどれだけ対処できるか。

それと圧倒的な人数差がある故に、こちらからいきなり攻め込むことは難しいだろう。

相手より堅牢《けんろう》な陣地を作り上げて攻めさせ、疲弊したところを攻め込むべきだ。

その道筋をたどるために重要になるのが堅牢な陣地だ。

ここ最近では屋敷《やしき》で毎日のように陣地の会議を行っている。

魔法軍に所属していたリオネやジュノ、セトから攻城戦における定石を教えてもらったり、鍛冶師であるローグやギレムに改良するべきところ、より堅牢にできる仕掛けのアイディアを貰《もら》ったり。

「だったら、ここを土魔法で沈めて堀を作るのはどうじゃ？」

ローグが陣地の設計図を指さして提案する。

「そんなに広範囲の魔法を使ったら魔力切れになっちゃうわよ」

「領主様のスキルでパワーアップすれば何とかなるんじゃないのか？」

「それについてはやったことがないから何とも言えないわね……」

確かにローグの想像している広範囲のものとなるとわからない。それほど大規模に拡大スキルを使ったことがないからな。

「領主様のスキルにも限りがあるし、本当に必要なところ以外は使わない方がいいんじゃないかな？」

「そうだね。いざという時のために余裕は残しておきたいから本当に必要なところだけで使いたいね」

魔法使いが大量にいれば、すべてを魔法で賄うことも可能であるが現実的にはそうはいかないからな。

陣地を作るので疲弊しきっていては意味がない。しっかりとスキル、技術、魔法、それぞれの使い道を考えて最大限に生かさないと。

皆で陣地の設計図を見ながら考えていると、不意に扉がノックされる。

返事をすると扉が開いてメアが入ってきた。

「ノクト様、王国から見届け人の方がご挨拶にきています」

領主同士の争いが起こった際に、王家の役人の誰かが見届けることになっている。

第三者がいないと戦いに負けたとしても認めなかったり、報復をしたりと泥沼化することになるからな。

それを防ぐためにも見届ける第三者を派遣してもらうのだ。

「応接室でお待ちいただいていますがどうされますか？」

メアがおずおずと提案しながら室内を見回す。

さすがに今の執務室は色々と資料が散乱している上に、ローグやギレム、リオネたちもいる。皆に退室してもらうよりも俺が違う部屋に移動した方がいいだろう。

「俺が足を運ぶよ。皆はそのまま続けてくれ」

皆に一時席を外すことを伝えると、俺は執務室を後にしてメアと一緒に応接室に向かうことにした。

どうせ軽い挨拶程度なのだ。さっさと顔合わせを済ませてしまって会議に戻ろう。

「ノクト様、見届け人のことなのですがレベッカさんです」

「なんだって？　どうして徴税官である彼女が？」

「わかりません」

徴税官レベッカ＝アンセルム。

王国徴税官であり、数ヵ月前に俺の領地に視察にきた女性だ。

徴税官であるレベッカがどうして見届け人としてやってきたのか訳がわからない。

確かに役人である以上、見届け人としての資格は有しているのだが、普通はこんな役目を徴税官が請け負ったりしないぞ。

精々、失礼にならない程度の文官を寄越して終わりだ。

「また面倒なことを言ってこなければいいけど……」

レベッカのことは少し苦手なので顔合わせをするのが憂鬱になってきた。

それでも見届け人である以上、会わないわけにもいかない。

ため息をつきたくなる気持ちを必死にこらえ、俺はレベッカの待つ応接室へやってきた。

「失礼します。ノクト＝ビッグスモールです」

「どうぞ」

ノックをすると中から凛《りん》としたレベッカの声が聞こえたのでメアと共に入室。

すると、レベッカが徴税官の制服を着て立っており、こちらに軽く一礼をした。

「ご足労をいただいたようで申し訳ありません」

「いえ、こちらの都合によるものですからお気になさらないでください。どうぞ、座ってください」

「では、失礼いたします」

レベッカにソファーに座ってもらってから俺も対面に腰かけた。

メアは応接室に置いてあるワゴンで紅茶の用意をし、アイスティーを出してくれた。

「今回はハードレット家とビッグスモール家が鉱山の採掘権を懸けて疑似戦争を行うということで私が見届け人としてきました」

「お忙しい中ありがとうございます。それにしても、なぜ徴税官であるレベッカさんがやってきたかお聞きしても？」

通常の見届け人にはそのようなことを尋ねないが、今回は徴税官であるレベッカが来ているので失礼に当たらないだろう。

他意などなく徴税官がやってくる理由が純粋に気になる。

「あなたの領地だからです」

「はい？」

「疑似戦争ともなれば、あなたが領地を急速に発展させた力を見ることができる。そう思ったので私が志願しました」

レベッカの口から淀《よど》みなく出てきた言葉を聞いて納得する。

彼女は俺が群を抜いているスキルを所持していると睨《にら》んでいる。

それを知りたいがためにわざわざ見届け人の役目を志願したらしい。

なんというか、そこまでするのかとちょっと呆《あき》れた気分だ。

「……そこまで気になりますか？」

「ええ、気になります。ビッグスモール領の異様な発展がもし、あなたのスキルによるものであれば王国が抱え込むいくつもの問題を解決することができますから」

やはり、そうだったか。

実際に俺のスキルがあれば、大抵のことは解決することができる。

貴重な素材の拡大、財貨の拡大、物資の拡大などなど。俺のスキルを駆使すれば打破できる問題がたくさんある。

「ちなみに私が志願しなければハードレット家に縁のある者が見届け人となる予定でした」

「公正を期すためにも見届け人は、両家とも縁のない者がなるのがルールでは？」

勝負後のいざこざを無くすために第三者を用意するのだ。そこにどちらかに肩入れをするような者がやってきては意味がない。

「縁とはいっても援助を受けている、個人的な付き合いがあるなどなど抜け道はありますからね」

レベッカの顔色から察するに親類などではなく、賄賂的な関係のようだ。

生真面目な彼女からすれば、そのような関係はあまり好ましくないのだろう。

「つまり、私はレベッカ殿に助けられたわけですか」

「そうかもしれませんね。ただ、勘違いしないで頂きたいのですが、私はノクト殿に肩入れするようなことは絶対にいたしません」

「それは十分に理解しています」

レベッカは見届け人だ。俺たちの戦いには関係ない。

俺たちは自分の力でハードレッット家に勝利する。第三者の介入なんて必要ない。

しかし、ハードレッット家はそうは思わなかったようで今回のような搦め手を使ってきたようだ。

「私はあなたのスキルが王国の繁栄の力になるか。それを見定めたいのです」

レベッカ自身の思惑はあるにせよ、彼女には借りを作ったような形になってしまうな。

本来であれば、この一件でこちらを脅すなり情報を絞り取るような交渉もできるはずであるが、真面目な彼女はそのようなことはしない。

まだ会ったのは二回目だが、少なくともレベッカは悪い奴《やつ》ではない。

今の段階では俺のスキルが【拡大&縮小】だと理解していないようだが、疑似戦争を行えば必ずスキルのことはバレるだろう。

今回の戦いで俺がスキルを使わないなどあり得ないので、スキルを隠し通すことは不可能だな。

疑似戦争が終わった後に、王都に呼ばれるくらいの覚悟はしておかないといけないな。

「わかりました。出し惜しみはしません。気になるというのであれば、存分に疑似戦争で確かめてください」

「ええ、そうさせて頂きます」

本当は出し惜しみする余裕なんて全くないが、見栄《みえ》を張るために敢《あ》えてそのように言うと、レベッカは真面目に頷《うなず》いた。

三十四話　拡大魔力の危険性

疑似戦争のための陣地の設計図が完成すると、ローグとギレムは速やかに動き出した。

俺たちにとってはこの準備期間こそが重要なのだ。無駄にできる時間は一分もない。

陣地に必要な防衛設備に、新しく戦力に加わってくれた領民の防具、戦いで使う投擲《とうてき》武器など。

鍛冶師である二人が作るべきものはたくさんある。

「ストーンジャベリン……ストーンジャベリン……ストーンジャベリン……」

一部の仕掛けや投擲武器などはリオネ、ジュノ、セトの三人が土魔法で代用しているが、こちらもまた忙しい。

屋敷《やしき》の中庭では疑似戦争に必要な小さな投擲槍《やり》がたくさん積み上がっている。

俺も土魔法で同じように作りつつ、三人が作り上げたものを拡大するのが主な仕事だ。

疑似戦争では俺たちは堅牢《けんろう》な陣地を作り上げて敵を撃退するのが主なスタイルだ。陣地から攻撃できるための手数は多いに越したことはないからな。

リオネたちが作り上げた投擲槍を俺はスキルで拡大していく。

本当は陣地を作ってその場で拡大した方が荷物にならなくて済むが、その日に使えるスキルにも限りがあるからな。

こうして一部のものは拡大して運び込むことにした。陣地を早急に作れる以上、俺たちの準備期間は非常にゆとりのあるものになる。

　こういった大きいものを運んでも大きな消耗にはならないだろう。

「ストーンジャベリン……ストーンジャベリン……うう、魔力が足りない」

「俺もだ。身体《からだ》が怠《だる》いし気持ち悪くて仕方がねえ。もう小指サイズほどのジャベリンも作れねえよ」

「……うっぷ、僕は吐きそう」

「はい、魔力ポーション」

　魔法で投擲槍を作っていたリオネたちが呻《うめ》き声を上げたので、俺は魔力ポーションを差し出す。

　これはラエルが疑似戦争のために仕入れてきてくれた魔力回復アイテムだ。

　これを飲めば魔力がすぐに回復とはいかないが、魔力の自然回復力を高めてくれる。

　マナタイトの採掘権がかかってるとあってか、今回はラエル商会のバックアップも万全だ。

　疑似戦争に必要な道具を格安で売ってくれているので非常に助かる。

　感動して礼を告げたら「マナタイトを手に入れるための投資です」と言われてしまい感謝の気持ちを返せとなったが。

「……領主様、これ飲みたくないです」

「今、飲んだら絶対に吐く」

　しかし、魔力ポーションを前にしてもリオネとジュノは手にとらない。

　セトに至っては顔を真っ青にしており、吐くか吐かないかの瀬戸際でそれどころではないようだ。

「だよね」

二人の気持ちは非常にわかる。この魔力ポーション、効果は絶大であるがいかんせん味がよろしくない。

前世の味でたとえるとスポーツドリンクに青汁を混ぜたような感じだろうか？　しかも、青汁っぽく味も非常に苦みが強いので飲みづらい。

「今はちょっと無理です。このまま放っておいてください」

「俺も……」

ぐったりと芝の上で寝転がる二人。

飲めば魔力が回復して楽になるだろうが、強い酩酊《めいてい》感や吐き気を起こしている今飲めと言われれば嫌だろうな。もうこれを飲ませるのは三回目だし。

「わかった。少し休んでいていいよ」

「「……はい」」

そのように提案すると二人から力ない返事が出た。

時間がないとはいえ、少し休憩させるべきだろう。ここで酷使させて疑似戦争で使い物にならなくなっては困るからね。

三人が死屍《しし》累々という様相の中、俺は黙々と土魔法で投擲槍を作り上げていく。

何十もの投擲槍を作り上げていると、次第に魔力が少なくなり酩酊感が強くなってきた。

魔力の減りを感じたので魔力ポーションをぐいっとあおる。

すると、口の中で酸味と苦味を煮詰めたような濃厚な味が広がる。

「……マズい」

魔力切れの前にポーションの不味《まず》さで失神してしまいそうだ。

これを三回も繰り返していたら、リオネたちもしんどくもなるよね。

にしても、この魔力ポーションがもっと美味《おい》しくなればいいんだけどなぁ。

しかし、俺には錬金術スキルもそれに関する知識もロクにない。ポーションの味を良くするために改良するなんてとてもできない。

せめて、味が悪くても魔力がすぐに回復してしまえばもっと楽になるかもしれないな。

そう考えた俺は閃《ひらめ》く。

「別にポーションを飲まなくても魔力そのものを拡大すればいいんじゃないか？　あるいはポーションの魔力回復効果を拡大してみるとか」

畑を耕す時に筋力を上げて、力の底上げをしたように体内にある魔力を拡大してしまえばいいのではないか？

あるいはゲームでたとえるなら魔力が三十しか回復しないポーションの効果を高めて、魔力が百回復するようにすれば……。

「もしかして、この方法なら無限近く魔力が使える？」

どれだけ魔力が少なくなっても体内に魔力さえあれば、拡大して増やすことができる。

これは画期的なスキルの使い方だ！

興奮した俺は早速とばかりに体内に渦巻く魔力に集中。

「魔力を……拡大」

そこにある魔力をしっかりと感じながらスキルを発動。

すると、体内で心臓がドクンと脈動。少ない魔力が拡大されて全身へと行き渡る。

「すごい！　魔力が湧いてきた！」

思わずそのような台詞《せりふ》を吐いてしまうくらい、俺の中で魔力が増大されていた。

「ああ……でも、やっぱり急激に魔力が増えると気持ち悪いな」

喜んでいたのも束《つか》の間《ま》、以前オークキングと戦った時と同じような酷《ひど》い吐き気に襲われた。

「……うん？　領主様の魔力が増えて……？」

魔力の増加に気付いたのか、寝転がっていたリオネが怪訝《けげん》な顔を向けてくる。

「体内にある魔力をスキルで拡大してみたんだ！　お陰で少なくなっていた魔力が増えたよ」

「「領主様はバカですか!?」」

「えええええ!?　急にどうしたの!?」

リオネだけでなく傍《そば》でぐったりとしていたジュノにまで罵倒された。

しかし、理由がわからない。

「そんなことをしたら魔力飽和が起こって倒れますよ！」

「えええ？　……そうなの？」

「人間にとって魔力とは内包できる量に限りがあるんです！　もし、スキルで増大させた魔力が領主様の内包できる量を超えてしまった時は……」

「超えた時は？」

「魔力が宿主の身体を体内から突き破って……」

「ああ、やっぱり言わなくていいよ。想像ついたから」

リオネが真剣な表情で最後まで言おうとしたが、何が起こるかわかったので止めておく。

どうやら俺はかなり危険なことをしていたらしいというのはわかった。

「とにかく、そのスキルの運用は絶対にやめてください。失敗すると命に関わります」

「でも、今回大丈夫だったように限界を超えない範囲での運用はどうかな？」

俺がそのように諦めずに提案すると、リオネが渋い顔をする。

「……ダメではないですけど、急激に魔力を増やすと魔力酔いしますし、身体に強い負担がかかりますのでできるだけ避けてください」

「じゃあ、ポーションの魔力回復効果をスキルで高めて完全回復っていうのも避けた方がいい？」

「避けるべきです。急激な回復による身体の負荷を避けるためにポーションは調整されていますので」

危なかった。道理で魔力ポーションというものが少しずつしか回復しないはずだ。

これも魔力飽和のリスクを避けるために少量の回復になっていたんだな。

だから今の俺は強い吐き気に襲われているんだ。

さすがは魔法学園に通っていただけあってリオネやジュノにはしっかりとした知識があるな。

俺のような独学ではやはりこういった細かい知識に疎くていけない。

「領主様って大人しい顔をしている割に中々無茶しますよね」

ジュノが怖いもの知らずの者を見るような目で言う。

「あははは、そうかな？　とにかく二人の言ってくれた注意事項はしっかり心に刻んでおくよ」

今後、魔力とスキルを掛け合わせた運用は、リオネたちに相談してからすることにしよう。

三十五話　グレッグの後輩

開戦日まで残り二日。

今日もリオネたちの武器や設備作りを手伝った俺は、休憩時間に自警団の訓練を見に演習場にやってきた。

そこにはいつもの自警団だけでなく、疑似戦争に参加するメンバーが追加で交ざっている。

メアやリオネ、ローグとギレムといった準備に忙しい一部の者は参加していないが、それ以外の面子《メンツ》は全員参加している。

ベルデナも訓練に交ざって一対一の戦闘を行っているようだ。

「どりゃあ！」

「おわあっ！　木剣が折れたぁ！」

しかし、ただの団員では圧倒的な膂力《りょりょく》とスピードを誇るベルデナ相手に一撃でやられているようだ。

木剣と拳がぶつかったのに、拳が圧倒的っていうのもすごいものだな。

その近くではグラブが一般的な木の盾と木剣を装備して打ち合っている。

こちらはベルデナと違って圧倒的な動きはしていない。

ただ無駄のない立ち回りをして綺麗《きれい》に相手をあしらっている。

まるで人間での戦闘スタイルを楽しんでいるかのような軽やかさだ。

「……少しの挙動を見ただけで俺よりも強いってわかるな」

「まったくですよ。実力を信用してないわけじゃないんですが、グラブが加わるだなんて本当に大丈夫なんですか？」

グラブの動きを観察していると、グレッグがこちらに寄って尋ねてくる。

彼はグラブの正体がレッドドラゴンだと知っているからな。こうして訓練に交ざっている様子を見て、ヒヤヒヤしているのだろう。

「大丈夫だよ。人間としての範疇《はんちゅう》でしか戦わないって約束してくれているから」

「それを聞いて安心しましたよ。てっきり、俺はいざとなったら本当の姿で暴れるのかと」

「それをしたら圧勝な気がするけど、その前に疑似戦争が中止になってドラゴン退治になっちゃいそうだね」

「本当にあり得るので笑えないですよ」

やや引《ひ》き攣《つ》った顔で苦笑いするグレッグ。

確かにシャレにならない冗談だったな。これ以上はグレッグの胃に大きな負担がかかりそうなので言わないことにする。

「おっ、いたいた！　グレッグさーん！」

二人して皆の訓練風景を眺めていると、突如後ろの方からグレッグを呼ぶ声が。

振り返ってみると、そこには見慣れない三人組の男女がこちらにやってきていた。

声を発したのは金髪に青い瞳をした爽やかな男性だ。

上質な金属鎧《よろい》を纏《まと》っており、腰には剣を佩《は》いている。

その後ろには重厚な全身鎧を身に纏った大きな男性と、魔法使いのローブを纏った小柄な女性がいる。

随分と親しげにグレッグに声をかけているが、まったく見覚えのない若者たちだった。

「ライアン、ロックス、レジーナ！」

グレッグは振り返るなり、驚いた様子で声を漏らす。

どうやら彼らとは知り合いのようだ。

「お久しぶりです、グレッグさん」

「お元気でしたかぁ～？」

「おお、久しぶりだな！　お前らこそ元気だったか？」

彼らと言葉を交わすなり嬉《うれ》しそうな顔をするグレッグ。

「グレッグ、彼らは知り合いかい？」

「はい、昔ちょこっとだけ面倒を見ていた後輩です。とはいっても、今やこいつらはAランクの冒険者。俺よりもランクは上なんですけどね」

「そんなことありませんよ！　俺たちがここまでこられたのはグレッグさんの指導があったからです！」

「そうですよぉ～。そんな風に自分を卑下なさらないでくださいい～」

どこか気まずそうに言うグレッグであるが、剣士と魔法使いの女性がそんなことはないとばかりに言う。

どうやらグレッグは冒険者時代でも面倒見のいい性格だったようだ。

たとえ、後輩にランクを抜かされていても、こうまで慕われるなんてよっぽど良好な関係だったのだろうな。

「それよりも紹介でしたね。剣士のライアン、重戦士のロックス、魔法使いのレジーナです」

微笑《ほほえ》ましくグレッグを眺めていると、ハッと我に返ったのか慌てて紹介を続けてくれる。

「どうもはじめまして」

「俺はここの領主をやっているノクト＝ビッグスモールです。よろしく」

「……ノクト＝ビッグスモール？」

ライアンが手を差し伸べてきたので、こちらも名乗って手を差し出す。

しかし、俺の名前を聞いた瞬間、爽やかな笑顔を浮かべていたライアンの様子が変わった。

後ろにいるロックスとレジーナの表情も硬くなっている。

「どうかしたのかい？」

「つまり、あなたが今回の疑似戦争の王ってことですね？」

「……おい、ライアン。それはどういうことだ？」

ライアンの雲行きの怪しい台詞《せりふ》にグレッグが眉をひそめながら尋ねる。

「今回、俺たちはハードレット家に雇われて疑似戦争に参加することになったんです」

「なんだって？」

ライアンの口から出てきたまさかの台詞にグレッグだけでなく、俺も驚く。

「グレッグさんがいると知っていたら請けなかったのですが……」

「気付いた時には、もう契約を交わしてしまっていましてぇ～」

申し訳なさそうな顔でロックスとレジーナが言う。

「……すみません」

ライアンが頭を下げると、ロックスとレジーナも揃《そろ》って頭を下げる。

グレッグの後輩ということで、もしかしたら疑似戦争で味方になってくれるかもしれない。

彼らの紹介を受けた時に、そのような淡い期待を抱いていた。

実際グレッグもそういう期待はあっただろう。

しかし、現実はそれとは正反対でまさかの敵陣営だった。

ライアンたちはハードレット家にお金で雇われた戦力。

頼もしい援軍と思いきや、強大な敵だったのだ。

果たして後輩からの衝撃の事実を前にしてグレッグはどのような反応をするのか。

ライアンたちの謝罪を受けてグレッグは腕を組んで神妙な顔つきだ。

「……そうか。それならしょうがねえな。ひとまず疑似戦争では敵同士ってことでよろしく頼むぜ」

「グレッグさん……っ！」

グレッグの強調した『ひとまず』って台詞で意図に気付いたのかライアンたちが顔を上げて嬉し

そうにする。

この慕いようだ。契約した当初は本当に気付いていなかったんだろうな。

お世話になった先輩に剣を向けるような事態になって、ライアンたちも心苦しいに違いない。

だからこそ、そのことを知って開戦前に挨拶を入れにきたのだろう。

仕事だと割り切って謝らない選択肢もあったにもかかわらず、彼らのその誠意には俺も好感を抱いてしまうほどだ。

「まあ、お前らがいようとも負ける気はさらさらねえしな！　戦いが終わったらうちの領地の酒場で愚痴を聞いてやるぜ」

「言ってくれるじゃないですか。俺たちも雇われている以上、手加減なんてできませんからね？」

「おお！　そんなのいらねえよ！　本気でかかってこい！」

グレッグが強気な台詞を投げかけると、彼らは力強く返事して去った。

ハードレット家とビッグスモール家は現状対立状態なので。

敵陣営のものが長居するのはよくないからな。

ライアンたちを見送ると、グレッグは余裕のある笑みを崩して深いため息を吐《つ》いた。

「はぁーっ、まさかライアンたちを雇うなんてよぉー」

「おいおい、さっきの頼もしい台詞はどこにいったんだい？」

後輩たちの前で強気に言った部分もあるとは思っていたが、あまりの変わりように思わず突っ込んでしまった。

「あいつら才能もある上にいいスキルも持っていて厄介なんですよね。三人でワイバーンだって倒したことがあるし」

「大丈夫。うちにはそれより上のレッドドラゴンがいるから」

「……そういえばそうですね。それなら全然怖くないです」

ただの励ましの言葉であったのだが、それが意外と効いたようでグレッグはすぐに立ち直った。

それからニヤリと人の悪い笑みを浮かべる。

「ノクト様、あいつらにグラブをぶつけましょうよ」

「大事な後輩なのに酷《ひど》い提案をするね」

「お世話になった先輩を敵に回すような奴等《やつら》です、多少はお灸《きゅう》を据えてやらないといけません」

さっきは何でもない風に流していたが、やっぱりちょっと怒っているんだな。

悪い表情で彼らの性格やスキル情報を教えてくるグレッグを見て俺は察した。

こうやって領内で準備を進めた二日後。

ハードレット家とビッグスモール家による疑似戦争が開始されることになった。

三十六話　レベッカ＝アンセルムは見定めたい

私はレベッカ＝アンセルム。

ハードレット家とビッグスモール家が鉱山での採掘権を懸けて疑似戦争を行うため、見届け人としてやってきた。

本来であれば、このような業務を徴税官が請け負うことはないのであるが、私の個人的な思惑があって志願した。

そして、本日それぞれの領地の中間地点にある平原で疑似戦争が開始されることになる。

とはいっても、疑似戦争はすぐに始まるものではない。

開戦して四日間は所定の位置に互いの陣地を作る決まりだ。

そのために陣地が完成して、本番がはじまる五日目までは割と暇なのであるが、今回は見逃せない。

ノクト＝ビッグスモール。

先代の領主と次期領主を亡くし領民に逃げられたにもかかわらず、巨大な防壁を作り上げ、立派な街並みを作り上げた新しい領主。

彼と前回会ったのは二ヵ月前であるが、その短期間中にもかかわらず領地は目覚ましい発展を遂げている。

事実だけを述べれば若くして並々ならぬ手腕を持った領主。という評価であるが、あまりに発展し過ぎている。

ビッグスモール領の発展具合は明らかに小領地の勢いではない。このような少人数で王都に匹敵するような防壁を作り出したり、領民全ての食料を賄い、輸出するなど不可能だ。

そんな数々の不可能を可能にしてしまうのは間違いなくスキル。

恐らく領主であるノクト＝ビッグスモールが強大なスキルを所持しているのだろう。

しかし、生憎《あいにく》と領地を見ても彼のスキルがどのようなものかはわからない。

一体、どのようなスキルを使えばあのような防壁を作れるというのだろうか？　もしかして、防壁を作ることに特化したスキル？　いや、それでは領内の豊かな食料事情についての疑問が解消されない。

考えれば考えるほどにわからなくなる思いだが、もう関係ない。

この疑似戦争を見れば必ず何かしらのことがわかるだろう。

私から見て右側にビッグスモール軍、左側にハードドレット軍が位置する。

ハードドレット家はハンデとして戦力を百に制限している。が、領内の私兵だけでなく、傭兵《ようへい》や冒険者といったものを雇って戦力のアップを図っているようだ。

中には王都でも見たことのあるAランクの冒険者パーティーもいる。

ハンデをつけているとはいえ、小領地を相手に大人気ないものだ。

しかし、諍《いさか》いの元になっているマナタイトの採掘権がかかっているとなれば納得か。

マナタイトが産出できれば、それほどの利潤が手に入る。ハードレット家が本気になるのも無理はない。

一方、ビッグスモール軍の戦力は半分の五十程度だ。こちらは人数制限を受けていないはずだが、どうしてもっと人数を揃《そろ》えなかったのか?

ハードレット家の軍勢は相手の戦力の少なさを見て嘲笑しているようだ。

それもそうだ。自分たちの戦力の半分しかないのだ。この時点で勝利を確信してしまうのも無理はない。

両軍ともに準備が整うとそれぞれの領の代表者が中央に位置する私のところにやってくる。

「ノクト殿、あれで戦力は揃っているのかね? 見たところ我々の戦力の半分しかいないようだが?」

「問題ありませんよ、あれがうちの全ての戦力です」

「戦力差が二倍とあっては一方的な勝負になるではないか。今からでも遅くはない。領民を徴兵したらどうだ?」

領地の戦力差がもっとも大きく表れる勝負を提案しておきながら、何を言っているのだろうか?

正直、ハードレット家の領主の言動には不愉快の念を抱かざるを得ないが、今の私は第三者である見届け人なので沈黙に徹する。

戦いにおいて素人を交ぜることは却《かえ》って戦力の低下になることも知っている。だが、今回は疑似戦争だ。

人数の差が物を言いやすいこの戦いでは領民を徴兵してでも集めるべきだと私も思う。

「戦うことのできない領民を徴兵だなんてできませんよ。こちらの戦力は現状の五十名で結構です」

「見届け人の目の前で随分と強がりを。言い訳はもうきかぬぞ？」

「ええ、構いません」

こんなにも戦力差があるのに勝てるのだろうか？

明らかな戦力差に不安になる私であるが、本人であるノクトはまったく動じていなかった。相手が自分たちの倍近い戦力を揃え、莫大《ばくだい》な資金で質を上げているというのにこの落ち着きよう。何かしらの秘策があるのだろうか？

しかし、いくら考えようとも何かがわかることではない。この先始まる疑似戦争を見ればわかるだろう。

「これよりハードレット家とビッグスモール家によるメトロ鉱山のマナタイト採掘権を懸けた、疑似戦争を行う。見届け人は王国徴税官であるレベッカ＝アンセルムが務める。勝負中の一切の不正は認めない。また勝負後の不平不満、訴訟も一切認めないものとするがよろしいか？」

「構わない」

「構いません」

他にも細々としたルールはあるが、どちらもそれを把握しているだろう。

「それではこれより疑似戦争を始める。陣地を築く期間は四日とし、五日後に勝負を開始とする」

両者の承諾で私は疑似戦争の準備期間の開幕を宣言。

すると、両軍の代表者は一礼をしてくるりと背中を向けて去っていった。

◆

両軍の代表者が陣営に戻ると、それぞれの戦力が動き出した。

私は両軍のぶつかり合わない安全地帯まで移動すると座椅子を設置してそこに座る。

そして、用意していた遠眼鏡で両軍の様子を窺《うかが》うことにした。

最初に大きく動き出したのはハードレット軍だ。大人数の男たちがいくつもの材木を組み合わせて柵を作っている。

中央の方では魔法で切り出した石をドンドンと積み上げている様子だ。

百名もの戦力がいる上に、魔法使いまで取《と》り揃《そろ》えているので取り掛かりが早い。

疑似戦争に慣れている者がおり、入念に作戦を練って準備してきたのか動き出しは非常にスムーズだ。

疑似戦争では強力な戦力を揃えることも勿論《もちろん》であるが、強固な陣地を築きあげることの方が重要だ。

どれだけ戦力の質を上げようとも、強固な陣地を作り上げればそれを跳ね返すことだってできる。

なので、疑似戦争の決着はこの準備期間で決まると言われている。やはり、戦力が多いだけあって、陣を築きあげるのもハードレット軍が有利か……。

などとハードレット軍を冷静に分析していると、突如ビッグスモール軍の方で大きな地響きが鳴った。

何事かと思ってそちらに遠眼鏡をやると、ビッグスモール軍の陣地に巨大な堀が出来上がっていた。

「はあっ⁉」

たった数分間目を離していた隙に何が起こったというのだろうか。

堀の辺りを見ると魔法使いらしき男女が三人いた。土魔法を使用して地面を沈めたのだろうと推測できるが、出来上がった堀の範囲と深さが絶大的過ぎる。

とてもではないが三人の魔法使いで引き起こせるような事象ではない。

もし起こせるような魔法使いがいれば、その者は大魔法使いとして知られているはずだし、このような辺境にいるはずがなかった。

これには反対側にいるハードレット軍も唖然《あぜん》としている様子だった。

突然の出来事に驚く私であったが、ビッグスモール軍の動きはそれだけでは止まらない。

ドワーフたちが陣の中央に石造りの塔のようなものを設置した。

「なんだあれ？　いきなり竈《かまど》でも設置するのか？」

領主であるノクトが近寄ってくると、ドワーフや控えていた領民が過剰に離れ出した。

まるで危険物か何かのような反応だ。もしかして、あの道具が疑似戦争の行く末を握るような道具であるというのか？

しかし、疑似戦争はあくまで殺傷的な兵器の使用を禁じている。そのような危険物であれば見届け人として見過ごすわけにはいかない。

遠眼鏡を使って凝視していると、ノクトは竈から離れて手をかざした。

すると、設置された竈がみるみるうちに巨大な竈に……いや、巨大な塔となった。

「えええええっ⁉」

これには私も思わず叫び声を上げてしまう。

覗《のぞ》いている遠眼鏡が壊れてしまったのかと思って目を離すと、肉眼でもバッチリ目視できるような大きな塔がそびえ立っていた。

全長三十メートルはあるだろうか。最初に設置した竈のような細長い置き物が見事に堅牢《けんろう》な塔へと化けた。

最初から様子を窺っていた私でも意味がわからない。

塔が出来上がると領民が急いでその中に入っていく。

恐らく、あれがビッグスモール軍の陣地となるのだろう。

口を開けて唖然としていると今度は塔を囲むかのような勢いで防壁が立ち並んでいく。

まるで地面から巨大な壁が隆起していくかのような光景だ。目の前で起きている光景が現実だと思えない。

「……ノクト殿はここに要塞拠点でも作るつもりなのか？」

思わず独り言と乾いた笑みが漏れる。

ただ、これをやったのは誰の力かというのはわかる。

領主であるノクトだ。

彼が近づくと巨大な建造物が出来上がった。

きっとノクトが何かしらのスキルを使用しているに違いない。

「しかし、何のスキルなのだ？」

そう当たりはつけたものの肝心のスキルがまったくわからない。

深い堀を作り上げ、巨大な塔と防壁を築き上げる。

こうやって起きた事実を整理してもまるで共通点が浮かばなかった。

もしかして、ノクトは複数のスキルを所持している？　しかし、それでもあの現象をスキルで説明することはできない。共通点がなさすぎる。

「レベッカ殿！　あれは何なのだ⁉　突如として深い堀ができ、巨大な塔や防壁が出来上がるなんておかしいだろう⁉　不正ではないのか⁉」

私が首を捻《ひね》っているとハードレット家の当主であるノルヴィスが慌てた様子で駆け寄ってきた。

それもそうだ。あのような堅牢な陣を建てられては百名の戦力でも頼りないといえるだろう。ノルヴィスは焦っているのだ。

「……見たところノクト殿のスキルによるものだと思います」

「それはどのような？」

「それは私が知りたいくらいですし、仮に知っていたとしても教えられるわけがありませんよ」

第三者である見届け人に何を期待しているのか。

公正な勝負を行わせるために存在しているのに、どちらかに情報を流すなどの肩入れをするはずがない。

私が思わず呆《あき》れの表情を見せると、ノルヴィスは悔しそうに顔をゆがめた。

「くそ、あのような弱小領地に負けてたまるものか！　こちらももっと堅牢な陣地を作り上げてやる！」

ノルヴィスはそのように捨《す》て台詞《ぜりふ》を吐くと、大股で歩いて自らの陣地に戻っていった。

……あの要塞ともいえるような陣地に張り合うのは、いくらハードレット軍でも厳しいような気がするが……。

「おう、お前さんが王国からやってきた役人じゃな？」

ノルヴィスの背中を見送って同情していると、ひょっこりと二人のドワーフが近づいてきた。

「ええ、そうですが」

「領主様に頼まれてな。お前さんのために簡単な屋根を作ってやる」

「……別に私はそのようなことは頼んでいないのですが……」

ドワーフが急に言ってくるが私は勿論、そのようなことを頼んだ覚えはない。

「これから最低五日は見張っとらなきゃならんのじゃろ？　ずっと野ざらしでは日差しや風も防げん。黙って受け入れとけ」

「特に指定がないならこの辺に作るぞ？」

きっぱりと告げたがドワーフたちはお構いなし、木材を組んで釘《くぎ》を打ち立てて小さな屋根を作っていく。

その手際はさすが物作りのドワーフと言われるだけの腕前だった。

「このような時に私に構うような暇があるのですか？」

これほどの技術者だ。陣地にいればやることは山のようにあるだろう。疑似戦争に関係のない私のことまで気にかける必要はない。

「うちの領主様はそういう奴《やつ》なんじゃよ」

「自分が一番きつい時に他人の心配ばかりするからのぉ。困ったもんじゃ」

私がそのように言うと、ドワーフたちは文句を言いながらもとてもいい笑顔を浮かべる。

ビッグスモール領では領主と領民の関係が非常にいいようだ。

このように領主と領民が近しい関係というのは珍しい。多くの領主は内政を部下に任せて、領民との交流などは一切持たないからな。

それゆえに、領民の実際の生活すら知らず、めちゃくちゃな政策を上から下に投げることも多いのだが、ノクトはそのような領主とは違うようだ。

とはいえ、まだ準備期間は始まったばかり。まだまだ見極めて判断するには早い。

これからゆっくりとビッグスモール軍の動向を見守らせてもらおう。

「おい、できたぞ」

「こんなもんでいいかの？」

「あ、はい。ありがとうございます」

「んじゃ、ワシたちは戻るからの」

屋根の出来上がりの早さと完成度に驚きつつ返事をすると、ドワーフの二人は去っていった。

三十七話　準備完了

「おーい、領主様。頼まれた通りにお役人さんの屋根を作ってきてやったぞ」

陣地の作成をしていると、ローグとギレムが戻ってきた。

見届け人であるレベッカが過ごしやすいように指示をしたのだが、もう終わらせてきたようだ。

簡易的な屋根作りとはいえ相変わらず作業が早い。

小さな模型を持っていって拡大スキルでも使ったんじゃないかと思うような早さだ。

「ありがとう。ローグとギレムは吊り橋《つりばし》の設置に戻ってくれ」

「わかった」

そのように頼むと、ローグとギレムは吊り橋作業に戻る。

疑似戦争の陣地の作成では、まずリオネとジュノとセトに土魔法で地面を沈めてもらった。

後はオークキングとの戦いのように、そこに俺のスキルをかけただけ。

深さを一気に拡大してやり、俺たちの陣を囲むように堀を作成したのだ。

さすがに魔力やスキルの消費具合で一気にというわけにはいかない。

今日作り上げたのは前面部分だけだ。後ろ部分は変わらずに平坦《へいたん》。

しかし、準備期間には四日もの時間がある。

リオネたちの魔力が回復した明日に、後ろ部分を沈めてやればいいだろう。

今回の戦いでは向こうは戦力が二倍もあるのだ。その上に豊富な資金で有名な傭兵《ようへい》や冒険者を雇っている。

まともに戦っては勝ち目がない。なので、陣地の周囲に深い堀を築き、吊り橋を二つかけることで敵の侵入経路を制限するのだ。

いくら人数差があろうとも一度に侵入できる数に制限があれば、数の利も生かせない。

前面部分の堀の作成が終わると、今度は陣地の中央部分に石造りの模型を設置してもらう。

ただの小さな土管のように思えるが、これは疑似戦争が始まる前に用意していた俺たちの陣地だ。

こうして事前にコンパクトなサイズで作り上げることによって、当日設置して拡大するだけで速やかに作り上げることができるのだ。

拡大して作り上げたのは縦に長い塔のような要塞。

これは前世にもあった要塞の高射砲塔を参考にしている。

材質はほとんどが石造りなので遠くから魔法を当てられた程度ではビクともしない。

後に内側から硬度を補強するつもりだし、俺も拡大スキルで硬度を引き上げる予定だ。

俺たちの陣地は見た目以上の硬度を誇っているので敵も驚くだろうな。

「事前に聞かされてはいましたが、こうして一瞬で堅牢《けんろう》な陣地が出来上がると驚きますね。さっき頂上から敵陣を眺めてきやしたが、向こうは大慌てでしたよ」

拡大した要塞を見上げているとグレッグがやってきて愉快そうに笑った。

「それはいい眺めだね。俺も休憩時間に登ってみようかな」

開戦前からずっとニヤニヤとしながら眺めてきたり、あからさまな挑発の言葉を飛ばしてきた奴《やつ》らもいた。

そうした奴等が俺たちの要塞を見て、慌てて奮起する様子は爽快そうだ。

「正直、この要塞を攻めることになるライアンたちが可哀想《かわいそう》でならないですよ。何せ防壁を突破しても……」

「……それ以上は大きな声で言わない方がいい。さっき上から見ていたら、敵の人間がこっちの陣地ギリギリまで斥候を出していたから」

グレッグが話そうとしたところを止めたのはリュゼだ。

どうやら彼女は不審な輩《やから》が寄ってこないか警戒していてくれたらしい。

「マジか。すみません、つい楽しくなって浮かれちまいやした。他の奴等にも大声で騒がないように注意しておきます」

リュゼの忠告を聞くと、グレッグは緩ませていた表情をすぐに引き締めて要塞の中に入っていった。

こういうところの切り替えがスムーズなのが実にグレッグらしい。

「敵陣の様子はどうだった?」

グレッグに尋ねようと思ったのだが、作業に戻ってしまったために改めてリュゼに尋ねる。

「……魔法使いが必死になって石を積み上げている。最初よりも明らかにペースを上げて、陣地作りに力を入れている」

「もう少し油断させて陣地の設置を緩めた方がよかったかな？」

「……私たちの戦略は守りに徹するもの。堅実に守りを固めればそれでいい」

「それもそうだね」

敵を意識して俺たちの準備時間が減ってこちらも苦しくなっては意味がない。

速やかに組み上げることによって、守りを固めることができるのだ。こちらの利点を潰してまでやることではない。

「……それに向こうは明らかに無理をしている。このままのペースで行くと開戦に支障が出るレベル」

「あー、あちらの領主はプライドが高そうだからね」

明らかにこちらのことを下に見ているノルヴィスは、ビッグスモール家よりも貧弱な陣地になってしまうことに耐えられないのだろうな。

「相手の陣が強固になるのは厄介だけど、それだけ相手が消耗するなら問題ないね」

俺たちの戦術は基本的に攻めるのではなく、守りだからな。

堅実に強固な守りを作り上げていこう。

「……こういう建物を見ると故郷を思い出す」

「リュゼの故郷ではこういう民家が一般的だったのかい？」

「……大きな樹木をくり抜いてそこで生活していた。材質は違うけどこんな感じ」

そのような生活をしていたのか。木の中に住むってなんかファンタジックでいいな。

「よかったら。木を拡大して故郷のような家を作ってみようか？」

ビッグスモール領の中にはリュゼの思うような大木はないかもしれないが、俺がスキルで拡大してやれば、同じような家を再現できるはずだ。

「……街の中に作る必要はないけど、森にそんなところを作ってくれると嬉《うれ》しい。気分転換に休憩できる」

そのように提案すると、リュゼは控えめながらも嬉しそうに笑った。

表情の乏しい彼女の中で一番の笑顔だった気がする。

顔立ちが整っているリュゼが微笑《ほほえ》むと威力は倍増だな。

それだけ親しみのあった住処《すみか》を作ってもらえるのは嬉しかったのだろうか。そうだとしたら俺も嬉しい。

「わかった。疑似戦争が終わってひと段落ついたら作るよ」

「……だったら、早く終わらせる」

新しい休憩所が早く欲しいのか、リュゼは表情を引き締めて要塞の中に戻った。

「さて、俺もやれることをやっておこうか」

防壁の拡大、要塞の強化、吊り橋の設置、堀作りなどなど。まだまだやることはたくさんある。

俺は準備期間の間、陣地のあちこちを動き回って準備に邁進《まいしん》した。


そして、準備期間を終えた五日目。俺たちの疑似戦争が始まる。

三十八話　疑似戦争の始まり

準備期間が終わり、疑似戦争の開始日となる五日目の正午。

「ふう、さすがにこれだけの陣地を作り上げたんだ。そう簡単に落ちることはないかな」

「簡単といいますか、これだけ強固だと騎士団に攻められても守り抜ける自信がありますよ」

要塞の遥《はる》か頂上で呟《つぶや》くと、隣にいるグレッグが呆《あき》れた声を漏らした。

「そうかな？」

「もうこれは簡易的な陣地というより防衛拠点になってますよ。防壁で囲まれていますし、中央ではどデカい要塞が建っています。兵糧攻めをしようにもノクト様のスキルで飢える心配もない。最強ですよ」

「おお、そっか。最悪、ずっと引きこもって兵糧勝負をすれば勝てるね」

グレッグの言葉を聞いて、俺は今さらながらにその事実に気付いた。

要塞では万が一に備えてたくさんの食料を用意している。それらを片っ端から拡大していける以上、こちらの食料はとても豊かだ。間違いなく相手が飢える方が先だろう。

それにこちらでは怪我人《けがにん》の治療を速やかに行うためにメアもいる。

彼女がいれば、食べた野菜なんか植えて、すぐに育てて収穫することも可能だ。

グレッグの言う通り、本当に防衛拠点と化している。

「……できればそれは最終手段にしたいですね」

興奮してそのように言うとグレッグが苦笑いする。

「ここまで皆で一丸となってるしね。最後の手段ということで」

「それがあるだけでも心強いです」

自分たちの使える作戦は少しでも多い方がいい。

そうすれば、無理をすることなく立ち回ることができる。できる戦略が多ければ多いほど柔軟に動けるからね。

「にしても、百名しかいないのによく頑張ってあれだけの陣地を作り上げたね」

前方にはハードレット家の陣地がある。

たくさんの石材が積み上がってできたそれはまるで石の砦《とりで》だ。

さすがに防壁までは石材で積み上げることはできず、木材なのであるが四日にしては十分といえるほど立派な陣地が出来上がっている。

「まあ、うちの陣地に比べればちんけですし、戦力も随分と疲弊しているみたいですけどね」

「随分と魔法使いたちを酷使していたようだしね。何人か減ってるよ」

陣の中だけでなく外にも戦力が展開されているのだが、明らかに初日よりも人数が減っている。

それに動き回る一人一人もどこか気だるそうだ。

無理に魔力や体力を消費させて陣地を作らされたからだろう。

こちらが悠々と休憩時間を挟んでいる間も、あちらはずっと作業をしていたからな。

当初の目論見通《もくろみどお》り、ノルヴィスは無理をして戦力を疲弊させてくれたようだ。

ひとまずはそのプライドに感謝だ。お陰でこちらの勝利の確率が上がった。

「さて、そろそろ開戦の時間ですかね」

「ああ、そろそろレベッカが開始の合図を出すはずだ。グレッグは皆の指揮を頼む」

「わかりやした。それじゃあ、ベルデナの嬢ちゃんを呼んできます」

俺がそのように頼むとグレッグは頂上から梯子《はしご》を伝って降りていく。

既に主な戦力は配置についている。皆準備は万端だ。

開戦前であるが俺は頂上に残る。最初にここでやるべきことがあるし、敵の動きをしっかりと把握したいからだ。

味方との距離が離れてはいるが、声を拡大すればここからでも俺の声が聞こえるのは確認済みだからな。

こうやって試してみると【拡大&縮小】スキルがいかに万能かわかるな。

グレッグが降りて程なくするとベルデナが梯子を登ってやってきた。

「もう始まるんだね？」

「ああ、もうすぐだよ。開幕の一撃は任せるよ？」

「うん、任せて！」

オークキングの戦いと同じく、今回も開幕の一撃はベルデナに任せるつもりだ。

ベルデナが元気よく頷《うなず》くとちょうど太陽が中天へと差し掛かる。

視力を拡大して視線を巡らせると、ちょうど安全圏の小屋からレベッカが立ち上がっていた。

それから指を天に掲げ、小さな火球を空に打ち上げて爆発させた。

これが疑似戦争の開始の合図だ。

「「おおおおおおおおおおっ!!」」

それと同時に陣地の外に展開していた相手の戦力が突撃してくる。

グレッグはこちらの陣地が強固過ぎて、敵が攻めてこないかもしれないと言っていたが、そうはならなかったな。

見掛け倒しの陣地だと思われているのだろうか。そうだとしたら心外だ。

こっちはこの日のために強固な要塞を築いたというのに。

「わー、いっぱいやってきたね」

距離にして一キロ程度は離れており、人数は百人にも満たない数。それでも敵が雄叫《おたけ》びを上げて突撃してくる図というのは中々に迫力があるな。

そんな敵を前にしてまったく動じないベルデナを頼もしく思いながら、俺は頂上に用意していたストーンジャベリンをベルデナに手渡す。

「とりあえず、あれは無視して俺たちはここから攻撃しようか」

「うん！　ノクト、槍《やり》の拡大をお願い！」

「わかった」

ベルデナの手にした槍を俺はスキルで拡大。

すると、ストーンジャベリンが三回りほど大きくなる。長さもついて重さもそれなりに加わって投げやすくなったことだろう。

「うーん、この姿だとちょっと届かなそうだし念のために筋力の拡大もお願いできる？」

「わかった」

いくらベルデナでも人間サイズのままでは一キロ先の陣地にまでストーンジャベリンを投げるのは無理があるのだろう。

小さな身体《からだ》では大きなストーンジャベリンを振るのは難しいし、ここでは助走をつけられる距離も短いからな。

ベルデナの注文通りに、俺は彼女の腕力を少しだけ拡大。

あんまりやり過ぎると身体に響くので少しだけだ。

「おお！　これなら余裕でいけるよ！」

「それじゃあお願い」

「いっくよー！　えいっ！」

俺が頼むと、ベルデナはストーンジャベリンを槍投《やりな》げの要領で投擲《とうてき》した。

「拡大」

猛スピードで発射されたストーンジャベリンに拡大スキルをかける。

空中で質量がさらに増大したストーンジャベリンは真っすぐに相手の陣に突き進む。

「よし、この軌道と勢いなら防壁にダメージがいくんじゃないかな？」

あくまでこの攻撃はワンチャンだ。自陣から防壁にダメージを与えられれば御の字。

そう思って眺めていると、投げられたストーンジャベリンは木材で組み上げた防壁を破壊。

しかし、それだけで勢いは止まらず、石造りの陣地の左側までも粉砕した。

「あっ、相手の陣地まで壊れた」

「うえっ」

想像以上の結果にベルデナと俺は間抜けな声を漏らしてしまう。

まさか防壁だけでなく陣地にまで届いてしまうとは。

「なにかが飛んできて防壁が壊れた！」

「それだけじゃねえ、陣地が半分吹き飛んだぞ⁉」

「おいおい、領主様は生きてんのか⁉」

聴覚を拡大して敵の情報を探ってみると、そのような悲鳴が聞こえてくる。

「うおおおおおおおおっ！　ノクト様がやってくれたぞー！」

「防壁にダメージを与えるだけとか言っておきながら、相手の陣地まで半壊させるなんておったまげたぜ！」

一方、我がビッグスモール軍の士気は最高潮だった。

下の方からはグレッグをはじめとする領民たちの歓喜の雄叫びが聞こえてくる。

相手の組み上げた陣を開幕の一撃で半壊へと追い込んだのだ。この盛り上がりも当然だろう。

「まさかあそこまでの破壊力が出るなんて」

ベルデナの筋力まで拡大したのはやり過ぎだっただろうか？

「今の一撃であのおじさん死んじゃったかな？」

ベルデナの気まずそうな一言で俺の背筋がヒヤリとする。

マズい。たしかに今の一撃でノルヴィスが死んでしまったんじゃないだろうか。

疑似戦争で死亡事故は起こり得るものであるが、開幕からの一撃で殺害してしまっては殺意を抱いた攻撃と捉えられかねない。

「ちょっと確かめてみるよ」

俺は慌てて視力を拡大で強化して、敵陣にいるだろうノルヴィスの姿を探す。

視線を巡らせると入り口から大慌てで出てきて、半壊した陣地を見上げてあんぐりとするノルヴィスの姿が見えた。

「よかった。生きてるみたいだ」

衝撃で何かしらの被害にあったのか服が若干ボロボロだし、かすり傷もあるがピンピンしているようだ。

三十九話　防衛戦

「ノクト！　もう一本投げとく？」

生存したノルヴィスを見てホッとしていると、ベルデナが次のストーンジャベリンを手にして言ってくる。

その口調はもう一本酒瓶を開けるかのような気安さだった。

実際にベルデナにとって今の投擲《とうてき》はそれくらいの軽さなんだろうな。

「いや、それをやるとノルヴィスが死ぬ気がするからやめておこう」

これが戦争であれば無慈悲にストーンジャベリンを投擲し続けるだけでいいのであるが、これは疑似戦争だ。

意図的に人の命を奪う行為は推奨されない。仮にもう一本でも投げようものならレベッカが止めにくるだろうな。

「……なんだか戦ってる相手を心配するなんて変な感じ」

「俺たちは命の奪い合いをしているわけじゃないからね」

ベルデナの言うことも一理あるが、これは戦争ではないから。

「それならこっちの球はどう？　人は狙わないで建物だけ狙うようにするから」

ベルデナが拾い上げたのはリオネたちが土魔法で作ってくれたストーンボールだ。

砲弾のような球体をしており、ベルデナが投げるために置いておいたものだ。

「うん、人を狙わないならアリかな」

建物を狙うのであれば問題ないだろう。

相手は格上だ。こちらが配慮ばかりしていては足をすくわれてしまうしな。

「よーし、それじゃあドンドン投げるよ！」

俺が許可をするとベルデナが砲丸投げの要領でストーンボールを投擲した。

今回も空中で拡大を施すと大きく弧を描いて飛んでいき、相手陣地の展開していた防壁に直撃。

そして、破砕した。

今度は防壁を狙ったのだろう。凄《すさ》まじい破壊力は大砲を想起させる。

「それっ！　それっ！」

ベルデナがストーンボールを投げる度に俺は拡大をほどこす。

すると、そのほとんどが防壁へと直撃して木っ端微塵《こばみじん》にしていく。

最初の一撃もあってか、敵陣の防壁は既に心もとないものになっているな。

このままベルデナの攻撃だけで敵陣を丸裸にできるのではないか。

そんな淡い期待を抱いていると、ベルデナの投げつけたストーンボールの勢いが風に吸収されて
ポトリと落ちた。

「あれ？　なんで落ちたの？」

「今のはグレッグの後輩のレジーナだね」

敵陣の方を見ると、レジーナらしき女性が杖《つえ》を掲げて風魔法を展開しているのが見えた。

グレッグから彼女たちの情報については事前に教えてもらっているのですぐにわかった。

あれほどの威力のある物体を風魔法で上手《うま》く受け止めるなんて、相当扱いが巧みでないとできない芸当だな。

「今度は土壁が生えてきた」

レジーナの技量に感心していると、ボロボロになった柵の代わりとばかりに敵の陣地ではアースシールドが展開されていく。

こちらはレジーナがやっているわけではないが、敵陣に控えている魔法使いたちがやっているらしい。

「どうやら敵の魔法使いが動き始めたみたいだね」

「むー、ムカつく。ノクト、もっと筋力を拡大して！」

「いや、そこまで無理はしなくてもいいよ。あれだけ大規模に魔法を展開させたんだ。敵の魔力消費を考えると相当な痛手だよ」

あれだけの広範囲に展開したのだ。いくら凄腕《すごうで》の魔法使いがいようともその消耗は相当なものだろう。

それに加えて敵側は、いつストーンジャベリンやストーンボールが降り注いでくるかわからない状態だ。

貴重な魔法使いを一定数守りにつかせなければいけないのは、敵にとっても痛いに違いない。

「あっ、敵が突っ込んできた」

そんなことを考えていると、出鼻をすっかりくじかれた敵の突撃部隊が再び迫ってくるのが見えた。

攻めなければ一方的に攻撃されるだけと理解したのだろう。

こちらは自陣から敵陣へと直接攻撃できるのだ。当然の判断だろうな。

その思惑へと誘導させるための最初の一撃だ。これで俺たちがわざわざ攻め入ってやる必要がなくて助かる。

「どうする？　私も降りて応戦する？」

「いや、ベルデナはこのままストーンボールを投げ続けてくれ」

「わかった！」

最初は防壁を利用しての防衛戦だ。

個の力が飛び抜けているベルデナが行くよりも、このまま敵の魔法使いを釘付《くぎづ》けにしてもらえる方が助かる。

俺がそのように指示をするとベルデナは再び敵陣にストーンボールを投げ始めた。

それらはアースシールドに阻まれるか、レジーナの風魔法で防がれてしまうが十分な牽制《けんせい》ができている。

「えいっ！」

「どわああああああっ⁉」

と、思ったら突撃してきた敵軍の先頭付近にもストーンボールを投げつけた。

勿論《もちろん》、人に当たってはいないが高所から投げつけられた衝撃はすさまじいもので、何人かの敵軍が吹っ飛んだ。

ちょっかいをかけたのは一度きりであるが、上からストーンボールが降ってくる恐怖は植え付けられただろうな。

気まぐれにやったのかもしれないが、これを狙ってやったとすればとんだ策士だな。

敵はベルデナの投擲するストーンボールに怯《おび》えて足並みを遅くしつつも果敢にやってくる。

架けられている吊り橋《つばし》は左右の二本。分散することはなく左側の吊り橋に戦力を集中させてやってきた。

「まあ、これだけ堅牢《けんろう》な陣地を組まれたら戦力の分散なんてできないよね」

突撃してきた敵の数はおよそ七十といったところか。

それを三十程度に分けたところで突破できる兆しは少ないだろう。

吊り橋を渡ろうとしてくる敵軍には、リュゼ率いる弓兵が迎え撃つ。

防壁の上からの一方的な斉射。

それにより突撃してきた相手の数人が倒れる。

矢の先端を丸めた棒にし、布で包んであるとはいえ直撃すれば中々に痛いだろうな。

「ウインドシールド！」

しかし、この手は敵も読んでいたのか第二射を放つ前に風の防御壁が展開。

それにより斉射された矢が空中で散らされ、あらぬ方向に飛んでいく。

どうやらレジーナだけでなく、他の風魔法を使える者が潜んでいるらしい。

風魔法で敵の矢を防ぐのは鉄板手段だし、さすがに全員を陣地の守りにつかせることはないか。

「「アースウォール！」」

しかし、こちらだって攻撃手段は一つだけではない。

防壁の上に陣取っているリオネ、ジュノ、セトが同時に土の津波を引き起こす。

地面からせり上がった土の波が吊り橋ごと呑《の》み込《こ》もうとする。

「パワースラッシュ！」

しかし、それは鋭い剣閃《けんせん》によって吹き飛ばされた。

土の波は相手を呑み込むことなく、土の雨となって虚《むな》しく堀に落下していった。

これには防壁の上で陣取っていたリオネたちも唖然《あぜん》としている。

「すっごい！　なにあれ⁉」

「ライアンのスキルだね」

観察することに専念していた俺はしっかり見ていた。

ライアンが腰に佩《は》いていた剣を抜いてスキルを発動する姿を。

彼のスキルは【剣士】だ。

剣の扱いや体術に補正がかかるだけでなく、剣閃を放ったりすることができる。

俺も昔は憧れた戦闘スキルだったのでよく知っている。

「リオネ、リュゼ、攻撃の手を緩めないで」

しかし、動揺している暇はない。俺は唖然としているリュゼやリオネに拡大した声を届けた。

相手は制限された地形で一直線にやってきている。圧倒的有利な場所にいる俺たちが攻撃しない手はない。

すると、二人はハッと我に返って、防壁の上から攻撃を続けた。

他の冒険者の魔法や傭兵《ようへい》によるスキルで防がれる攻撃も多いが、いくつかの攻撃はヒットしている。

それでもじりじりと接近されている。これ以上接近される前に吊り橋を落とすべきだろう。

「リオネ、吊り橋を落として」

そのように指示をすると、リオネが吊り橋のチェーンを魔法で切断する。

瞬時に吊り橋が落下すると思いきや、吊り橋は少し沈んだだけで落下することはなかった。

おかしい。鎖が切断されたはずなのにどうして吊り橋が落ちないんだ？

「どうしたんだ、リオネ？」

「吊り橋が敵の何らかのスキルで固定されています！」

リオネに言われて目を凝らしてみると、吊り橋の鎖を補うかのように蔦《つた》のようなものが出ていた。

誰が使ったのかはわからないがスキルによるものだろう。

ならば、吊り橋そのものを破壊しようとするが、敵も意図に気付いているからか徹底的に阻害される。

厳しくなれば吊り橋を落として態勢を立て直すつもりだったのに予想外だ。

さすがはハードレット家が金に物を言わせて集めた戦力だけあって厄介だな。

こちらの迎撃によって人数は五十名程度に減少しているものの突破力が凄まじい。

「ここは俺に任せろー！」

向かってくる敵に激しく攻撃の雨を降らせる中、全身鎧《よろい》に身を包んだロックスが突撃してくる。

「ガード！」

重戦士であるはずの彼は大盾を背負うと、黄色のオーラを身体《からだ》に纏《まと》った。

突出した彼にリュゼたちの弓矢やリオネたちの土魔法が襲いかかるがそれは弾《はじ》かれる。

ロックスのスキル【ガード】によるものだ。彼はそのスキルを使用することで自身へのダメージを大幅にカットすることができる。

それを利用して彼はあらゆる攻撃を軽減し、思いっきりダッシュ。

そのまま俺たちの防壁門に直撃。その衝撃は凄まじく要塞の頂上にいた俺のところまで振動がやってくる。

俺たちの防壁門はどうなった？

「相手の防壁を破ったぞー！」

「おおおおおおおおおおおおおっ！」」

舞い上がった土煙が晴れる中、ロックスと敵軍の雄叫《おたけ》びが響き渡った。

ここからでは防壁門の様子は見えないが、どうやらロックスのスキルで防壁門が壊れてしまったようだ。

「えええええ⁉　うちの防壁門が壊れたの⁉」

「まさか防御スキルで攻撃してくるとはね」

自慢の肉体とスキルがあってこその力技だろう。

グレッグから聞いて彼らの能力やスキルについて知ってはいたが、まさかこのような使い方をしてくるとはな。

「どうするの？　ノクト？」

「ひとまず、応戦していた皆が後退する時間を稼ぐかな」

防壁門が突破されたことには驚いたが、予想していなかったことではない。

俺はリュゼやリオネなどの防壁で応戦していた者たちに後退を告げる。

すると、きっちりと指示が届いたのかリュゼたちが防壁に沿って後退していく。

しかし、それを見逃す敵ではない。後退し始めたリュゼやリオネたちを追いかけるように敵軍が破った防壁門から追いかける。

「拡大」

防壁より内側に十人程度入ったところで、俺は事前に設置しておいたアースシールドを拡大。

「うおおっ、なんだこれ⁉」

「地面から壁が生えてきやがった！」

破れた防壁門の穴を塞ぐような巨大なアースシールドが出来上がる。

「こんなものさっさと壊せ！」

「なんだこれ？　クソ硬いぞ⁉　ハンマーが弾かれた！」

硬度を拡大、分厚さを拡大といった二段階強化を加えている。

これで魔法やスキルで攻撃をしようともすぐに突破できないだろう。

「なあ、俺らヤバくねえか？」

そして、新しく作り上げたアースシールドの内側には十名ほどの敵が孤立していた。

アースシールドをすぐに拡大せずに待っていたのは、敵の戦力を削るためだ。

リオネたちが領地の防壁門に提案してくれた二重門の構造を応用してみた。

こうして内側に入ってきた敵は後退することもできず、少ない戦力で応戦する他ない。

「そこの孤立している戦力に斉射」

指示を出すと、後退していたリュゼたちが反転して、一斉に攻撃を仕掛けた。

矢や魔法の嵐に孤立していた十名は抵抗虚しく、地面に崩れ落ちた。

四十話　立て直し

戦力を後退させた俺は、要塞の頂上から降りて内部にやってきていた。

防壁門が破られて敵がいずれ近づいてくることがわかっているからか、内部ではグレッグやギレム、ローグの指示の声が響き渡っていた。

「ノクト様、スキルをお願いします」

メアから声をかけられる。

後退した領民たちを見ると、中には敵の矢や魔法に当たったのか負傷をしているものがいた。防壁には敵からの攻撃を防げるように障壁帯を作っているが、すべての攻撃を防げるわけではない。

こちらが攻撃をするときは壁の間からする必要があり、その微《かす》かな瞬間を敵も狙ってくる。

有利な位置から攻撃しようとも絶対なる安全は保障できないのだ。

「わかった。手伝うよ」

メアのところにすぐに駆け寄ると、メアが負傷者に【細胞活性】のスキルをかける。

その瞬間、俺はメアのスキルの効果が上がるように拡大をかける。

すると、淡い翡翠《ひすい》色の光が強くなり、負傷者の傷は瞬く間に治った。

「手間をかけてすみません、領主様、メアさん」

「これは君が勇敢に戦った証《あかし》でもあるんだ。恥じることはないよ」

「そうですよ、お陰で敵の戦力を半分にまで減らすことができました」

「ありがとうございます！」

俺とメアがそのように言うと、領民は感激したように頭を下げた。

そうやって俺とメアは負傷した領民たちをスキルの合わせ技で治療していく。

「これで負傷者の治療は終わりですね」

「待ってくれメア。グレッグもそうだが他に何人か負傷しているんじゃないか？」

後退した領民たちの治療を終えたとメアは言うが、グレッグを含め領民の中には明らかに青アザを作っている者や、歩き方がおかしな者がいる。どこかしらに怪我《けが》があるのだろう。

「グレッグも治療をするよ。こっちに来てくれ」

「なんのことですかい？」

そのように声をかけるが、グレッグは何故《なぜ》かとぼけた反応をする。

「なんのことって……グレッグ、右腕に青アザができているじゃないか」

「いえ、俺の怪我は軽い打撲なんでいいんです」

「そうかもしれないが痛いだろ？」

「勿論《もちろん》、痛いですがこの程度の痛みなら我慢できますよ。俺と違って領主様のスキルはまだまだ使うところが多いんです。小さなことにまで使って消耗したらいけませんよ」

「そうっすよ！　この程度の怪我なら唾でもつけておけば治ります！」

グレッグだけでなく、他の負傷した領民もそのようなことを言ってくる。

俺のスキルにだって限りがある。それがわかっているからメアは治すべき怪我人の選別をしたのだろう。

その必要性は重々承知しているが、目の前で負傷している領民をそのままにするというのは心が痛むな。

だけど、こういう事態だって起こり得ると覚悟してきたんだ。

この疑似戦争に勝つために彼らの覚悟を受け入れよう。

「……わかった。スキルは温存させてもらうことにするよ」

「ええ、そうしてください」

その代わり戦いが終わったらすぐに治療させてもらおう。

言葉にはしなかったが俺は心の中でそのような決意を抱いた。

そのためにも早く疑似戦争を終わらせないと。

「ノクト！　この後はどうするの？」

『これからどのように動くのか私も気になるな』

そのように考えていると、ベルデナとグラブがこちらにやってきた。

グレッグや他の領民も気になるのか、それとなく視線が集まっているのを感じる。

攻め込んできている敵の数は四十名程度。それに比べて俺たちは軽傷者こそいるものの動けなくなった者はゼロ。

戦力差が倍ほどあったにもかかわらず、既に相手の戦力をこちらが上回るほどになっていた。

防壁門こそ破られて接近を許しているものの十分な戦果といえるだろう。

「正直、何もせずにこのまま陣地にこもっているだけで有利になるんだけど、守っているだけじゃ勝てないしね。敵を迎撃しつつ、頃合いを見て作戦通りに攻め込むことにするよ」

「「おおおおお！」」

俺がそのように方針を伝えると、領民たちから気合のこもった返事がくる。

「ということで、お前ら迎撃準備だ！」

グレッグの声に反応して領民たちが忙《せわ》しなく動き始める。

「グラブ、グレッグ、ちょっといいかな？」

その中で二人に声をかけると、二人はこちらにやってくる。

『頼み事だな？』

「理解が早くて助かるよ。二人には厄介な冒険者を抑えておいてほしいんだ」

「ライアンとロックスのことですか？」

「そうだね。防壁門よりも強固なうちの陣地が壊れる気はしないけど、好き勝手に動かれるのも面倒だしね」

この要塞には防壁門には施していなかった硬度の拡大や分厚さの拡大を施している。その上で中からローグとギレムによる補強を行っているので、あの二人のスキルでもそう簡単には壊れない。

要塞の内部にはとある仕掛けを施して容易に突破できないようにしているが、自由に動かれたくはない。

『私は一向に構わないぞ。そろそろ暴れてみたいと思っていたところだ』

レッドドラゴンであるグラブが言うと、シャレに聞こえないが頼もしいことこの上ない。

「グレッグはどうだい？」

「……正直、俺の力じゃ、どちらかを倒すことは難しいです」

「別に倒す必要はないんだ。頃合いを見て敵の陣地に奇襲をかけるから、それを敵が察知した時に動けないようにしてくれれば十分さ」

「要はあいつらをここに釘付《くぎづ》けにすればいいんすね？　それくらいならやってみせましょう。俺にも先輩としての意地がありますからね」

自信なさそうにしていたグレッグであったが、倒す必要がないとわかると頼もしい返事をくれた。

「グラブはライアンとロックス、どっちと戦いてえんだ？」

『強いて言うなら、ロックスという男だな』

「構わないが理由を聞いてもいいか？」

『ある程度本気を出しても簡単に死にはしなさそうだ』

グラブの発言に一瞬場の空気が凍り付いた。

「……今は敵側にいるが大事な後輩なんだ。手加減を頼むぜ？」

『その程度のことは弁《わきま》えている。信頼してくれ』

「本当に頼むぜ」

さすがに後輩が心配になったのかグレッグは念を押すように頼んでいた。

グラブと戦うことになるロックスが敵ながら哀れで仕方がない。いや、食い止めるようにお願いしたのは俺なんだけどね。

「ノクト、私にはなにか頼むことはないの？」

グラブとグレッグの会話を聞いて苦笑いしていると、今度はベルデナがやってくる。

あの二人には頼み事をしたのに自分には頼み事がないのが不満なのだろう。

「ベルデナにも頼みたいことはあるよ」

「本当？　なになに？」

「後で敵陣に攻め込むからその時に付いてきてくれ」

ライアンや他の冒険者を食い止めるにはベルデナをぶつけるのが一番だが、それ以上にこっちの方が大事な役目だからな。

それをベルデナも感じ取ったのか喜びと期待の混じった表情をする。

「おお、私とノクトで陣地攻めだね！　わかった、それまでは大人しくしてる！」

ベルデナがやる気のこもった表情で頷《うなず》いた瞬間、要塞の外で破砕音が響いた。

「……どうやら敵がアースシールドを破ってきたみたいだね。それじゃあ、皆。迎撃を頼むよ！」

「「おお！」」

四十一話　こっそり迂回

要塞の頂上に再び登った俺とベルデナは下に広がった景色を眺める。

撤退するために拡大したアースシールドは見事に破壊されて穴が空いていた。

そこからライアンやロックスをはじめとするハードレット軍が攻め込んでくる。

しかし、その数は開戦時に比べれば半分以下だ。人数は四十名ほどになっており、ここまでやってくることに加え、アースシールドを破ることで力を使ったからかかなり疲弊している様子。保険のためのアースシールドが随分と役に立ったみたいだ。

敵はアースシールドを突破すると、うちの要塞を取り囲むように散開した。

「なんだ？　ビッグスモールの奴等《やつら》は出てこねえつもりか？」

「だったら、こんな陣地潰しちまえ！」

要塞から出て迎え撃つ気配がないと察したのか、敵軍がスキルや魔法を要塞に向かって放ってくる。

しかし、うちの要塞はそのことごとくを受け切った。

火魔法が当たった場所なんかを見ても、軽くこげつくだけでビクともしていない。

「なんだこの陣地！　硬すぎだろう⁉」

魔法をぶつけようとも全く壊れる様子がない陣地に敵も唖然《あぜん》としているようだ。

「ノクトの作った要塞、すごく硬いもんね。この姿だと殴ってもヒビしか入らないもん」

要塞の硬度実験に関しては既に実験済みだ。その防御力は人間サイズのベルデナが本気で殴ってもヒビしか入らないレベル。

とはいっても、何度か殴れば壊れてしまうところが恐ろしいところだ。

近づいてきた敵戦力目がけて、要塞にこもっている領民たちが迎撃をする。

壁の隙間からリュゼたちが矢を射かけたり、槍《やり》を投げたり、リオネたちが土魔法を飛ばしたり。

圧倒的な高所からの迎撃はそれだけでかなりの牽制《けんせい》になる。

「何人かの人が要塞に入ってきた」

「まあ、入っても意味はないんだけどね」

高さ四十メートルほどある要塞であるが、下半分は空洞となっている。

「おいおい、中には誰もいないじゃないか⁉」

「ああんっ⁉　どっかに登る場所があるはずだろ！　ちゃんと探せ！」

俺たちが迎撃するために控えている内部は二十メートルほど上にある場所で、そこに向かうための階段なんてものは一切ない。

俺のスキルで拡大した長大な梯子《はしご》を手に入れるか、最初から中にいる必要がある。しかし、それらを敵が手に入れ、登ることは不可能だろう。

つまり、侵入してもまともにたどり着く方法はないのである。

「あっ、グラブとグレッグたちがロープで降りていった」

ベルデナの視界の先では、グラブとグレッグといった少数の戦力がロープで降りていった。

降下するのに使ったロープはすぐに切断し、散開している敵戦力の中でもライアンやロックスのいる場所に向かっていく。

『相手を願おうか』

グラブは先頭を走っているロックスに接近すると木剣を無造作に振るう。

「ッ⁉　ガード！」

ロックスは即座にスキルを使用し、黄金色のオーラを纏《まと》って大盾を構えた。

まるで硬質な金属がぶつかり合ったかのような甲高い音と火花が撒《ま》き散《ち》らされ、ロックスが派手に吹き飛び、防壁に衝突した。

二メートル近くの巨体を誇る男性が、力負けして紙のように吹き飛ぶ光景に俺は呆然《ぼうぜん》とする。

「ロックス！　大丈――」

「おおっと！　お前の相手は俺だぜ？」

「グレッグ先輩！」

慌ててロックスに駆け寄ろうとしたライアンにグレッグが大剣で斬りかかる。

完全に不意をついた形での奇襲となり、打ち合いはグレッグの優位へと傾く。

しかし、相手は格上の冒険者。速く、鋭い剣撃は徐々にグレッグに不利をもたらす。

「もらった！」

「本当にそうかよ？」

ライアンが身を低くしてグレッグの大振りを掻《か》い潜《くぐ》る。が、グレッグは足で土を蹴り上げた。

「ぐあっ、相変わらずせこい！」

「ハハハ、昔から勝負を急ぐ癖は変わってねえな！　冒険者は騎士じゃねえからな。周りにあるものは何でも使うんだよ」

顔にもろに土を受けてしまったライアンは堪《たま》らず後退する。

そこにグレッグが小悪党染みた笑みを浮かべながら斬りこんでいく。

他の自警団の精鋭も続いて、ライアンとロックス以外の敵に斬りかかっていった。

なんだかグレッグの戦い方が山賊のようだ。

『どうした？　もう立たないのか？　本体は無事なのだろう？』

「バレていましたか」

グラブの言葉に反応して、瓦礫《がれき》の中からロックスが出てくる。

「たった一撃で大盾がダメになってしまいました……」

彼の自慢の大盾はたった一撃で大きくひしゃげていた。

とはいえ、グラブのあの一撃を受けていて無事だなんてロックスもすごいな。

『まだ戦いは始まったばかりだ。私を楽しませてくれ』

不敵な笑みを浮かべながら、ロックスに近づいていくグラブ。

久し振りの戦闘で高揚しているのか。こんな戦闘中でも実にいい笑顔をしていた。

「……なんか山賊の親分と手下みたい」

そんな光景を見てベルデナがきっぱりと言う。

「それは否定できないね。だけど、頼んだ通りにやってくれてるみたいだし、俺たちは敵の陣地を攻めようか」

「うん！　でも、どうやって？　このまま降りて真っすぐに突撃するの？」

「さすがにそれじゃあすぐに取り囲まれてしまうから工夫はするよ」

敵側も疑似戦争の王である俺の顔はしっかりと覚えているはずだ。

いくら隙をついたとしても俺を見つけた瞬間、必ず取り囲んで追ってくるだろう。

その包囲をやり過ごし、跳ねのけながら、敵の陣地を落とすのはベルデナがいたとしても厳しい。

「とりあえず、ロープで下に降りるよ」

「わかった」

頂上から戦況の把握をしっかりと行ったところで内部に降り、敵がいない場所にロープを垂らして降りる。

使ったロープはすぐに切断し、再利用できないようにする。

「ここからは敵にバレないように、小さくなって陣地に向かうよ」

「なるほど！　ノクトのスキルがあれば小さくなれるもんね！」

ベルデナにスキルをかけたいが、俺が見つかっては一番マズいためにまずは自分に縮小をかける。

すると、俺の身体《からだ》はみるみるうちに小さくなってしまい、視界はあっという間に低くなった。

目の前のベルデナは一般的な人間の身長をしているが、巨人のように大きく見える。

「小さいノクトが可愛いー！」

ベルデナが膝を折って小さくなった俺を指で突く。

小さくなった人が物珍しいのはわかるが、今は構ってあげられる余裕と時間はなかった。

「次はベルデナにスキルをかけるよ？」

「うん、お願い！」

ベルデナが頷《うなず》いたのを確認すると、俺は彼女に縮小スキルをかける。

ベルデナに直接スキルをかけるのは初めてではないが、最初の頃のような抵抗感はまったくなく、自分の身体のようにスムーズに小さくなった。

「えへへ、これで私も小さくなったね」

これだけ違和感なくスキルがかかるのはベルデナが俺のことを信頼してくれている証《あかし》だろうな。

「それじゃあ、行こうか」

彼女の眩《まぶ》しい笑顔とその事実に照れ臭さを感じた俺は誤魔化すようにそう告げた。

◆

縮小スキルを使って身体を小さくした俺とベルデナは、自陣を抜け出して平原を走っていた。

疑似戦争では王を倒されるとその時点で負けとなる。

通常は王が陣地の外に出るなんてことはあり得ない。

王が外に出てくるとは思わず、さらに縮小スキルで小さくなっている俺たちを誰も見つけることはできなかったようだ。

陣地を囲んでいた敵軍の目を見事にすり抜けた俺たちは草原を走る。

「すごい！　小さくなるとこんなにも世界が広いんだね！　ただの雑草なのに森みたいに深いや！　うわっ、バッタも大きく見える！」

小さくなったベルデナが周囲の草花や虫を眺めてはしゃいでいた。

「楽しい気持ちはわかるけどあんまり寄り道していると日が暮れちゃうよ。今は時間がないから真っすぐ向かおう」

今の俺たちの背丈は草原の背丈の半分である十センチ程度の身体。

陣地と陣地の距離は約一キロ。元の姿からすれば、そう大した距離ではないが小さくなって歩幅が狭くなった今の身体ではたどり着くのにそれなりに時間がかかる。

その時間の間に陣地が陥落して王がいないことがバレる……なんてことにはならないと思うが、できるだけ領民たちに負担はかけたくないからな。早急に決着をつけたい。

「わかった。その代わり、疑似戦争が終わったら一緒に遊んでね」

「約束するよ」

そう約束するとベルデナは素直に頷いて走り出してくれた。

幸いなことに草原には誰も人がいないので踏まれるような心配はない。

誰にも気づかれないように俺たちは黙々と走っていく。

「敵の陣地に近づいてきたね」

走り続けることしばらく。ベルデナと俺はようやくハードレット家の陣地の傍《そば》にやってきていた。

小さくなっているので正確な距離は測りかねるが四十メートルもない距離だろう。

「思っていたよりも時間がかかったけど、無事に近づくことができたね」

草むらの陰から眺めた俺は一息つく。

何せ今の俺たちの身体はとても小さい。普段なら気にしないことが命を脅かす障害となるのである。

進んでいる途中で自分よりも大きな虫に遭遇したり、空を大きな鳥が飛んでいたりと、道中にヒヤリとする場面も多かった。

なにせ今回の目的は敵にバレないように陣地の内部まで侵入することだ。

途中で虫に絡まれたからといって元の姿になっては接近がバレてしまうのでできなかったのである。

「とはいえ、本番はここからだね。敵の戦力はほとんどが外に出ているけど、中に残っている戦力もいる。極力バレないように侵入するよ」

「もし、バレちゃった時はどうするの？」

「その時は大きくなって速やかに撃退、あるいは撤退して、小さくなって隠れよう」

敵もまさか人間が小さくなるとは思ってもいないだろう。仮に一度バレたとしても何とかなるような気がする。

まあ、一度侵入されれば警戒されるからバレないに越したことはない。

「わかった！　指示は任せるね！」

俺がそのように伝えると、ベルデナは元気よく頷いた。

方針が固まったところで俺たちはハードレット家の陣地に近づいていく。

正面にはアースシールドで作った仮の防壁門があり、厳重に戦力が配置されている。

さすがにあれだけ開けた場所だと小さくなった今の姿でもバレてしまう。

素直に正面から行く必要はないので迂回《うかい》して右側から侵入を試みる。

アースシールドの防壁の上には数人の魔法使いが立っている。

陣地に近づいてくる敵がいないかを見張っているのだろう。

しかし、うちの戦力は開幕から陣地に籠り切りで、誰一人として陣地の外に出ていない。

見張りについている魔法使いは暇そうだ。

「暇だなぁ。敵も攻めてこないし攻撃に行ってもいいんじゃないか？」

「バカいえ。また敵の陣地から巨大な槍や球が降ってくるかもしれねえぞ。いつでも守れるように警戒しておけ」

やはり開幕の一撃はかなり効いているみたいだな。魔法使いのほとんどが防衛に回されているようだ。

呑気《のんき》な見張りの会話を聞きながら、草むらの中をこっそりと進んだ。

四十二話　敵陣への侵入

「……ノクト、深い谷がある！」

「敵が作った堀だね」

小さくなった俺たちからすれば深い谷のようにみえるが、実際はただの堀だ。

「どうする？　どこか浅いところを探す？」

今の俺たちからすればあまりに大きな障害。しかし、この小さな身体《からだ》で陣地を一周して確認していては時間がかかり過ぎる。それに俺たちの陣地みたいにきっちりと周りを掘っている可能性もあった。

「……いや、ここはスキルを使って進むよ」

俺は目の前の地面に拡大スキルを発動。

すると、目の前の土が隆起して、細い土の一本道が出来上がった。

「さあ、ここを渡ろう」

「うん」

防壁から見下ろしても目立たないかもしれないがリスクのある行為だ。見つからないうちに渡ってしまうに限るな。

俺とベルデナは隆起した土の橋を一直線に走る。

下を見れば深い堀が見えている。元の姿ならともかく、今の俺たちが落ちてしまえば怪我《けが》じゃ済まないだろうな。

などと考えていると、不意に強い風が吹いた。

「うわっ！」

「大丈夫か、ベルデナ⁉」

「うん、ちょっと風の強さにビックリしただけだよ」

「また風が吹く前に急いで渡ろう」

少しの風であっても小さな身体になっている今の俺たちには十分な強風だ。

また風が吹いてしまわないうちに俺たちは速度を上げて渡った。

「あはは、焦ったけど楽しかったね」

橋を渡りきるとベルデナがからりと笑う。

危うくバランスを崩して落下しかけたというのに、どうしてそんなに楽しそうなのか。

ククルアやハンナも葉っぱから落ちたのに笑っていたよな。

うちの領地の女性は皆肝が据わっているのかもしれない。

「俺はぜんぜん楽しくなかったよ」

「えー、そう？」

ただの風でこんなに背筋がヒヤリとしたのは初めてだ。

今度、同じようなことがあったらスキルをケチらずに、橋の幅を広くするか手すりまでつけようと思う。風で転落して死亡とか笑えない。

「あっ、ノクト！　ここの壁に隙間があるよ！」

ベルデナの指さしたところを見ると、アースシールドの間に僅かな隙間があった。

勿論《もちろん》、人が通れるような隙間ではないが、今の俺たちの大きさなら余裕で通り抜けることができる。

「よし、そこから侵入させてもらおうか」

アースシールドの隙間へと入っていく。まるで、路地裏にいる猫になったような気分だな。

やがて壁の隙間を通り抜けると、ハードレット家の陣地が見えてくる。

陣地を警護している人数はそれほど多くないようだ。

ただでさえ、無茶な陣地の建造で戦力が減っている上に、戦力の大部分を突撃に回している。

防壁の上を警護している人数から考えると、陣地内には十人いるかいないか程度だろうな。

奇襲して不意を打てば十分に何とかなる数だ。

俺とベルデナは陣地内にある草に紛れながら近づく。

「どこから入る？」

「二階の窓が開いているからあそこから侵入しよう」

石造りの建物を見上げると、二階の窓が一つ開いているのがわかる。

小さな身体であれば隙間から侵入できる。

俺たちは窓の下にある建物の壁に寄りそう。

「拡大」

それから足元の地面に拡大を施す。

すると、地面がせり上がってエレベーターのように上へと押し上げられた。

窓と同じ高さまで到達すると、そこから窓へと飛び移った。

高くした土をそのままにしておくと怪しまれるので、縮小でしっかりと元に戻してやる。

「これで侵入完了だね！」

「ああ、後はノルヴィスがいる部屋を探すだけさ」

ここまでくれば後は目的の人物を探すだけだ。

俺たちが入ってきた部屋は誰かの仮眠室なのだろうか。

簡素な部屋ではあるが最低限の生活道具が運び込まれているように感じた。

「ノクト、下に降りよう」

「ああ、今その方法を考えているんだ」

「大丈夫、下はベッドだからそのまま降りればいいよ！　ほら、いくよ」

「えっ、ちょっと待ってくれ――おわあああああああああっ！」

俺が待ったをかける前にベルデナは俺の手を取って、窓辺から飛び降りた。

下には柔らかな布団がある上に、現実的にもそれほどの高さではない。

しかし、小さくなった身体ではそれなりに高く見えるために悲鳴が漏れる。

「ぶふっ」

宙に引っ張り出された俺はそのまま地面に落下して布団に埋もれた。

「あははは、これ楽しいね！」

「楽しいけど心臓に悪いや」

埋もれていた布団から顔を上げると、ベルデナが楽しそうに笑った。

こればかりは楽しさを認めなくもないけど、もう少し心のタイミングを計らせてほしかったところだった。

などと嘆いていると、突如俺たちのいる部屋の扉が開いた。

入ってきたのはグレッグの後輩冒険者で魔法使いのレジーナ。彼女は部屋に入ってくるなり、ベッドの上にいる俺たちに視線を向ける。

「えっ？」

「「ああっ」」

互いの存在をバッチリと視認したことにより、両者から呆《ほう》けた声が出る。

「えええええええ～っ？　風魔法で不審な声が聞こえたからやってきたのですが、どうしてここに相手の王がいるんですかぁ～？　それに姿もとても小さいですしぃ～」

相変わらずの間延びした声を上げながら目を丸くして近寄ってくるレジーナ。

「……ベルデナ、気付かなかったのかい？」

「ごめん、人の足音が大きく聞こえ過ぎてよくわかんなかった」

なるほど、小さくなった今のベルデナからすれば陣地の中にいる人の気配が大きく聞こえ過ぎるんだな。

　そのせいでレジーナの接近に気付かなかったのも納得である。

「とてもとても不思議な現象ですけど、とりあえず王であるあなたを捕まえてしまえばこちらの勝ちですよねぇ〜？」

　レジーナの目が若干猟奇的だ。勿論、ここで摑《つか》まっては終わりなので、そう好きにさせたりしない。

「拡大！」

　俺とベルデナの身体を拡大で大きくして元に戻す。

「ッ⁉　ウインド！」

　突如として大きな姿に戻った俺たちを見て、目を丸くしたレジーナであるが即座に杖《つえ》を構えて風魔法を放ってくる。

　突風を巻き起こして俺たちの身体を壁に叩《たた》きつけるつもりだろう。

　しかし、すぐに魔法を使ってくることは予想済みだ。

　俺はレジーナの風魔法に縮小をかける。すると、突風はそよ風となって俺たちの髪を揺らす程度に収まる。

「はえええ〜？」

　動揺しているレジーナの隙を逃す俺ではなく、そのまま体術で彼女をベッドに組み伏せる。

「誰かぁ助けてください！　相手の王に犯され〜」

「縮小」

すると、レジーナがロクでもない言葉で助けを求めようとしたので即座に声を縮小。

声すらも出なくなったことにレジーナは驚きつつ、もがこうと身体をばたつかせる。

このまま意識を自由にさせておくと何をされるかわからないので手刀を入れて意識を奪っておいた。

「ベルデナ、誰か人は近づいてきてる？」

「ううん、誰もきてないみたい」

すぐに声を縮小したせいかレジーナの声はあまり響いてなかったようだ。

確かにシチュエーション的に危うい場面でもあるし、仲間に敵の侵入を知らせるのは当然だ。

しかし、なんということを叫ぼうとするのだろうか、もうちょっとマシな助けの呼び方があっただろうに。

「ねえ、ノクト？　この人は最後なんて言おうとしてたの？　おかされるとかなんとか……」

ほら、うちの純粋無垢《むく》なベルデナが変な疑問を抱いてしまったじゃないか。

山の中で過ごしていたベルデナは純粋だ。一般的な人間が備えている下世話な話なども勿論知らない。

「…………それについては今度教えてあげるよ。レジーナが目を覚まさないうちにノルヴィスを探そう」

「うん？　わかった」

人間の中で生活する以上、最低限は知っておくべきではあるが今教えるべきではない。
こうやって俺は未来へと問題を先送りにした。

四十三話　王の一騎打ち

「ベルデナ、ノルヴィスのいる位置はわかるかい？」

レジーナを倒した俺とベルデナは部屋を出ると、縮小で小さな身体《からだ》に戻って敵陣内を走りつつ尋ねる。

ベルデナは目を瞑《つぶ》って耳を澄ませると、すぐに教えてくれた。

「あっちの奥の部屋からおじさんの声がする！」

どうやらノルヴィスの控えている部屋とは距離が近いようだ。とても運がいい。

「その部屋に敵は何人いそうだい？」

「多分、四人？　いや、外に一人気配がするから五人かな？」

「わかった」

ベルデナに先導してもらいつつ廊下を進んでいくと、彼女の予想通り扉の前には一人の男性が立っていた。

ノルヴィスの屋敷《やしき》に呼ばれた時に護衛として控えていた男性だ。

あいつがいるということは間違いなく、あの部屋の中にノルヴィスがいる。

「どうする？　一本道だとさすがにバレるかも」

俺たちが隠れている角からノルヴィスの部屋までは一本道であり、他に障害物は何もない。

いくら護衛が暇そうに欠伸《あくび》を漏らしているとはいえ、小さな人影が近づいてくれば気付く。

「よし、俺があいつの視線を逸《そ》らすからベルデナは接近してやっつけてくれ」

「わかった！　じゃあ、行ってくる！」

そう言うと、ベルデナは何も疑うことなく突撃する。

その彼女の信頼と純粋さを嬉《うれ》しく思いながら、俺は護衛の男に手をかざす。

「拡大」

彼の穿《は》いているズボンを拡大。

自分の腰よりも遥《はる》かに大きくなったズボンはストンと彼の腰から落ちた。

「おおっ⁉」

このスキルは相手の身体に干渉するには抵抗を受けるが、魔力的な効果を持っていない装備品ならば普通に干渉できる。

護衛の男の意識が逸れ、視線が真下に向いた隙にベルデナの身体を拡大。

小さくなっていた彼女は元の人間サイズに戻り、驚異的なスピードで肉薄し、護衛の男の鳩尾《みぞおち》に拳を叩《たた》き込《こ》んだ。

「――ッ⁉」

護衛の男から苦悶《くもん》の声が漏れたのでそれを縮小。

男は何一つ物音を立てることなく静かに倒れた。

「……つまらぬものを拡大してしまったな」

思わず某怪盗の仲間のような台詞《せりふ》が漏れてしまう。

目の前ではズボンを下ろしたまま倒れ込んだ男の姿があった。あまりにも哀れだ。

このスキルを得てから一番しょうもない使い方だった気がする。

不意をつくためとはいえ好んでやりたくないものだね。

「このまま中に入って、私が倒してこようか？」

ベルデナが小声で言ってくる。

俺とベルデナが不意を打てば確実にノルヴィスや中にいる護衛を倒すことができるだろう。

しかし、ここまできた以上最後までベルデナにやってもらうのはしっくりこない。

ノルヴィスには今までうちの救援要請を無視し、都合よく防波堤にしてくれた恨みもある。

「ごめん、これは個人的な感情になるけど、俺はノルヴィスを一人で倒したい」

「……わかった。ノクトがそう言うなら私は手を出さないよ。周りの人を片付けるね」

「ありがとう」

俺の酷《ひど》く個人的な感情にもかかわらずベルデナはすんなりと頷《うなず》いてくれた。

自らの手でノルヴィスへの恨みや、この疑似戦争の決着をつける。

領主としてあるまじき行動かもしれないが、俺が区切りをつけて前に進むためにもそうする必要がある。

俺は自らの身体に拡大をかけて元の身長に戻る。

そして、ノルヴィスが控える部屋の扉を開けて中に入った。

「こんにちは、ハードレット様」

「ブフッ、ノクト＝ビッグスモール！　どうしてお前がここにいる⁉」

部屋に入ると、ノルヴィスは椅子に腰かけて優雅にワインを飲んでいたようだ。

しかし、突如俺が入ってきた動揺でワインをこぼし、慌てて立ち上がる。

そこにあった貴族の優雅さは途端に霧散した。

「さあ、どうしてでしょうね？　陣地だけでなく警護態勢も緩いのかもしれません」

「ぐぬぬぬ！　領民に逃げられた情けない領主風情が調子に乗りよって！」

開幕の一撃で必死になって作った陣地を半壊させたことを煽《あお》ると、ノルヴィスは歯噛《はが》みしながらも煽り返してくる。

確かにそれを言われると耳が痛い話であるが、今の俺には新しい領民や仲間がいる。

そんな台詞でムキになる俺ではなかった。

「どこからやってきたのかは知らんが、女なんかを連れて敵陣にやってくるとは愚か者め！　ここでお前を倒して勝負は終わりだ！」

ノルヴィスは余裕の表情を浮かべながら、後ろに控えている護衛たちに合図を出した。

すると、護衛の男たちが動き出した。

人数からすればこちらの戦力は二人。それに比べて敵は護衛だけで三人もいる。

ノルヴィスが戦わなくても戦力的には圧倒的に不利。

しかし、それはこちら側の護衛がただの女の子であればだ。

「ベルデナ」

「任せて！」

敵が動くよりも前にベルデナが動いていた。

彼女は並外れた脚力で敵の懐に潜り込み鳩尾に拳を叩《たた》きこむ。

先頭の男がぐったりと倒れる前に、二人目へと速やかに移動して顔面を殴った。

三人目の男は果敢にも木剣を振り下ろしにきたが、拳でそれを砕かれ、そのまま殴られて壁にめり込んだ。

自慢の護衛が一瞬でやられてしまったことがショックだったのか、ノルヴィスが目を剝《む》いている。

「たった二人でやってきたんです。こっちだってただの女の子を連れてくるわけがないでしょう？」

ベルデナを足手まといのように勝手に見られて正直ムカついたので、これくらいの皮肉は言っても構わないだろう。

「ぐぬぬぬ、女の後ろに隠れるだけとは卑怯《ひきょう》者が！」

「弱小領地の後ろに隠れて甘い汁をすすっていた情けない領主がそれを言いますか？」

「おのれ、一騎打ちで戦え！　その増長した性根を叩きなおしてくれる！」

俺がそのように言い返すと、ノルヴィスは顔を真っ赤にして腰にある木剣を抜いた。

「いいですよ。俺もそのつもりでしたしね」

ノルヴィスの提案を受ける必要などないが、俺の個人的な感情を整理するために引き受ける。

俺が木剣を構えると、事前に言い含めていたお陰かベルデナが下がってくれた。

十メートルにも満たない距離感で俺とノルヴィスは睨《にら》み合《あ》う。

俺が負けてしまえば疑似戦争は負けてしまう。

負ければマナタイトの採掘権は奪われる。

ビッグスモール領が得られるはずだった利潤はなくなり、今後はメトロ鉱山での採掘はやりづらくなるだろう。

その上、これだけ派手にハードレット家とやりあったのだ。

他の貴族も噂《うわさ》を聞いて、ビッグスモール領とは様々な取引をしなくなるかもしれない。

性根の悪い目の前の男は敗者に容赦などするはずもなく、遠慮なく悪い噂をあることないこと振りまくだろう。

領民のこれからの生活がこの戦いにかかっている。そう思うとかなりのプレッシャーではあるが、不思議と負ける気はしなかった。

俺だって領主としての仕事をやりながら、自主稽古やベルデナとの稽古を行ってきたのだ。

多少、剣に覚えのある程度のノルヴィスなんかに負けたりはしない。

「はあああああああっ！」

先に仕掛けてきたのはノルヴィスだ。

上段から木剣を振り下ろしてきたので、俺はそれに合わせていなす。

しかし、相手もそれを察知してか完全に体重を乗せることなく、素早く引いて次の薙《な》ぎ払《はら》いや突きといった攻撃を繰り出してくる。

俺はそれを冷静に見極めて木剣で弾《はじ》き、いなす。

身体の大きさの割に動き出しは早く、剣の振りも鋭い。

だけど、あまり実戦に慣れていないのだろう。

ノルヴィスの剣はあまりにも型通りで予想がついた。

貴族としての責務を果たすことなく、後ろに隠れ続けた男の剣。

こんな剣、父さんや兄さんに比べればなんでもない。

領主としての責務を果たし、前線で戦い続けた父の剣は多彩だった。

型通りの剣など一つとしてなく、こんな風に俺がいなすことができたことは一度もなかった。

次期領主としての自覚を持っていた兄の剣は、領民を守るために誰よりも力強く、速かった。こんな風に真っ向からぶつかり合ってまともに打ち合えることがなかった。

俺にとって誰よりもカッコよく、領民のために戦っていた二人はもういない。

父さんや兄さん、俺も含めて力不足だった。

でも、ノルヴィスが領主としての責務を果たして、俺たちの領地を援助してくれれば状況は変わっていたかもしれない。

あの二人が生きていた、あるいはどちらかが生きていた。

元の領民たちに逃げられることもなく、今のように繁栄させることができたかもしれない。

そんな仮定の未来を考えてしまう自分がいる。

これは自分の力が足りなかったことの八つ当たりなのかもしれない。

だけど、この男にもう少し人としての優しさや領主としての責任感があれば、違った未来があったのかもしれない。

そう思うととても悲しくて悔しかった。

そんな自分の心の弱さを、未練を断ち切るためにも、俺はここでノルヴィスを倒す。

「はあっ！」

ノルヴィスの連撃の隙をついた渾身《こんしん》の薙ぎ払い。

それはノルヴィスの手にしていた木剣を弾き飛ばした。

動揺し目を見開いているノルヴィスの首筋に俺は木剣を突きつける。

「俺の勝ちです」

「………………参った」

俺がそのように宣言すると、ノルヴィスはその顔に様々な感情を乗せて、押し殺すように敗北の言葉を漏らした。

正面からやられてはどれほど文句を言おうと、みっともないことに気付いたのだろう。

王であるノルヴィスから敗北の言葉を聞いた俺は、勝利を宣言するべく退室しようとする。

「ノクト、後ろ！」

「フハハハハハ！　バカめ！　これで俺の勝ちだ！」

ベルデナの焦った声で振り向くと、ノルヴィスが木剣を拾って後ろから斬りかかってきた。

プライドの高い男の割に素直に負けを認めたと思いきや、そのような意図があったのか。

一騎打ちを挑んでおきながら、その勝負を自ら汚す行いに怒りを通り越してほとほと呆《あき》れた。

俺はバックステップでノルヴィスの剣から逃れようとする。

しかし、相手の剣の範囲から逃れるには至らない。

だから、俺はノルヴィスの木剣に向けてスキルを使うことにした。

「縮小」

すると、ノルヴィスの持っていた木剣が玩具のように小さなものに変わった。

刀身が五センチにも満たない剣では、俺の身体に触れることはできなかった。

「なぬっ⁉」

振り下ろしていた剣の重みが変わったせいでバランスを崩したノルヴィスは、そのまま前のめりに倒れ込む。

そして、俺は自らの木剣の大きさと硬度を拡大。

自分の身長ほどの大剣を作り出すと、倒れ込んでいたノルヴィスの顔の横に思いっきり突き刺した。硬度の増した大剣は石造りの床を大きく抉《えぐ》る。

一騎打ちでは敢《あ》えて使わなかった反則的なこのスキル。負けた後に後ろから斬りかかるような外道には渋りはしない。

「ひ、ひいいっ！　俺が悪かった！　こ、降参だぁっ！」

ノルヴィスの口から漏れた悲鳴を俺は即座に拡大して拡散。

敵陣だけでなく、離れたところにいる領民や見届け人のレベッカにも声は聞こえただろう。

「ノクト＝ビッグスモールだ。敵陣にて王であるノルヴィス＝ハードレットを打倒した。この戦いは我がビッグスモール領の勝利である！」

「「おおおおおおおおおおおおおっ！」」

自らの声を拡大し、疑似戦争の勝利を高らかに告げると、自陣の方から領民たちの勝鬨《かちどき》が上がった。

四十四話　凱旋

一騎打ちによってノルヴィスを倒した俺は、ベルデナを連れて自らの陣地に戻った。

勿論《もちろん》、帰りは隠れる必要はないので元の姿で堂々とだ。

「ノクト様！　やりましたね！」

陣に戻ってくると領民たちがずらりと並んでおり、一番にメアが駆け寄ってくれた。

「ああ、スキルのお陰で最小限の戦闘でノルヴィスを倒すことができたよ」

「まさか王である領主様が敵陣に乗り込んでいるとは敵も思わなかったでしょう。なあ、ライアン？」

「ええ、驚きました。いつの間に陣地を抜けて、俺たちの陣地に奇襲をかけていたのか」

グレッグの横には悔しそうにしているライアンの姿が。

「それにしてもグレッグはボロボロだね」

俺のことを誇るように言っているグレッグであるが、その鎧《よろい》は酷《ひど》くボロボロであちこちに傷を作っていた。

対するライアンもそれなりに傷はあるようだが、グレッグよりかは酷くはない。

「生意気な後輩が先輩に対して酷いことをするもんでね」

「グレッグさんがこそこそとした立ち回りをするからですよ」

「Aランクになったとはいえ、泥沼の対人戦に関してはまだまだ甘いな。それに昔の癖も抜けきってねえ。だから、俺なんかに粘られるんだよ」

「むむむむむむ！」

俺とベルデナが敵陣に攻めている間に、グレッグは自警団の団員と共にライアンたちを相手にして時間を稼いでいてくれたようだ。

迎撃戦で怪我《けが》があったにもかかわらず奮戦してくれて感謝だ。

「それよりもこの男性は何者なのですか……防御スキルを使っているのに攻撃が重く、まったく相手になりませんでした」

グレッグとライアンがじゃれている横では、全身鎧と大盾をひしゃげさせられて涙目になっているロックスがいた。

『何者と言われても酒場のマスターであるとしか答えようがないな』

「絶対嘘《うそ》ですよ。酒場のマスターがあんなにも強いはずがない！」

ロックスが抗議するがどこ吹く風とばかりに誤魔化すグラブ。

楽しそうに笑っている彼の顔は、戦う前よりも艶々としているように見えた。

人間の姿とはいえ、Aランク冒険者を相手に思いっきり暴れることができて満足らしい。

相手がレッドドラゴンと知らずにボコボコにされたロックスには同情しかない。

これにはグレッグもロックスの肩に優しく手を置くだけだった。

「にしても、完敗でしたよ。領地の地力の差、戦力差、資金差があったのに攻め切ることができないなんて言い訳のしようがありませんね」

「領主様のスキルが何かはわかりませんがとんでもない性能ですね。それに領民たちの連携も素晴らしかったです」

「へへ、俺たちの領地を舐《な》めんじゃねえよ」

「なんでグレッグが言ってるのさ」

ライアンとロックスの賞賛を受けて自慢げに胸を張るグレッグ。

そして、それを突っ込むベルデナの声で周囲にいる皆が笑った。

自分たちが負けても素直に賞賛し、笑い合うことができる。やっぱり、グレッグの後輩だけあって気持ちのいい人たちだな。

さて、疑似戦争が終わった以上は、ここに長居をする必要はない。

皆も疲れているだろうし自陣を縮小して撤収したいところであるが、その前にやることがある。

「メア、怪我人がいれば集めてくれないか？　今すぐ治療してあげたい」

見渡した限りだとグレッグの他にも肩や腕を押さえている領民がいる。激しい攻防で傷ついているのだろう。

「ですが、ノクト様のお身体《からだ》は大丈夫ですか？」

「あと少しなら使えるよ。大丈夫、しんどくなったらすぐに休むから」

俺がそのように言うと、不安そうにしていたメアは表情を和らげた。

「……わかりました。では、怪我の酷い人を優先的に集めますね」

「ああ、頼むよ」

俺とメアは怪我をした領民の治療を終えると、陣地を縮小で手早く片付けて領地に帰還した。

◆

「「領主様、疑似戦争の勝利、おめでとうございます！」」

疑似戦争を終えて領地に帰ってくると、領民のほぼ全員と思える人数が出迎えてくれた。

まさか領民たちがこんなことをしてくれるとは思わず、俺は思わず目を丸くしてしまう。

「これが勝利の凱旋《がいせん》ってやつかな。ちょっと涙が出そうになったよ」

生まれて初めての経験にちょっと涙ぐむ。

領民たちにこのように温かく迎えられることがとても嬉《うれ》しい。

「前回もやろうとしたみたいですが、ノクト様が倒れていてそれどころじゃありませんでしたから」

「そうだったんだ。それは悪いことをしたね」

前回のオークキングとの戦いでは俺がスキルと魔力を消耗したせいで、最後にぶっ倒れていた。

領主である俺が倒れていてはこのような凱旋はできなかっただろう。

だけど、今回は俺も倒れることなく帰ってくることができている。俺だけでなく、共に戦ってくれたものも祝われているのが嬉しかった。

「ノクト様、疑似戦争の勝利を祝って今夜は宴《うたげ》なんてどうですか？」

領民たちの温かい声にじんわりとしたものを感じていると、グレッグがそのような提案をしてくる。

「宴をすることは構わないけど、さすがにこれからっていうのは急すぎないかい？」

なにせ激しい戦いを終えたばかりだ。その日の夜にやるっていうのは疲れているんじゃないだろうか？

明日の夜とか疲労が抜けきった日にやった方がいいのではないか？

グレッグから提案を受けるも、日本人気質が抜けない俺はそのようなことを考えてしまう。

「ノクト様とメアさんのお陰で怪我人もいませんし、少なくとも戦っていた奴等《やつら》は一刻も早く祝いたがっていますよ？　なあ、お前ら！」

「勝利の余韻を最大に感じている今日にやりたいです！」

「またノクト様の作ってくれた大きな肉とたらふく酒が呑《の》みてえ！」

グレッグだけでなく疑似戦争で戦ってくれていた自警団や残りのメンバーもそのような声を上げた。

「「宴！　宴！」」

さらには戦っていたものだけでなく、それを支えてくれた他の領民からも唱和の声が。

皆の期待のこもった眼差《まなざ》しが突き刺さる。

「いいんじゃないでしょうか、ノクト様。今回は誰も怪我人もいませんし、急いでやるべきこともありません」

「そうだよ！　今日はお腹《なか》いっぱい食べて皆でお祝いしよう！」

メアやベルデナもそのように言ってくる。

こういうのは勢いが大事だ。なにより領民たち自身がそれを望んでいるのであれば、領主としてそれに応えるべきだろう。

「わかった！　それじゃあ、今夜は宴だ！」

そのように宣言すると、メアやベルデナ、グレッグだけでなく領民たちが喜びの声を上げた。そして、それぞれが準備をするべく声をかけ合って動き出した。

四十五話　レベッカの頼み

普段の行動も早い領民たちであるが、宴《うたげ》の準備になると特に早い。

中央広場では長テーブルや長イスが次々と設置されていくので、俺はそれらを拡大していく。

正直、今日はスキルを使い過ぎたのでちょっとだるくはあったが、領民たちの楽しそうな顔を見ると、そんな疲れは一瞬で吹き飛んだ。

そして、長大なテーブルにはそれぞれの家庭で作った料理が持ち寄られる。

日頃から料理を作り慣れているフェリシーやリバイ、オリビアが大活躍してたくさんの料理が並んでいった。

俺はそれらに拡大をかけたり、今回もガルムのリクエストに応えて肉を拡大して丸焼きにしたり。途中でグラブとベルデナが巨大なイノシシを狩ってきてパニックになるアクシデントはあったものの準備はつつがなく進んでいった。

あっという間に空は闇色に染まり、広場ではキャンプファイヤーの火が灯《とも》る。

テーブルの上にはメトロ鉱山で手に入れた、光石を設置し、光量を拡大する。

すると、傍《そば》にいたメアが反応する。

「これはなんですか？」

「メトロ鉱山でとれた光石だよ。小さな灯《あか》りでも俺がスキルを使えば強い光になる」

「触れても熱くありませんし、これはとても便利ですね」

「ああ、近い内に領地に設置する予定だよ」

明るい光を放つ光石にメアだけでなく、領民も興味深そうにしている。

特に目新しい灯りに子供が面白がって集まっていた。実に和やかな光景だ。

本当は広場に拡大させた大きな光石を置いてもいいんだけど、せっかくキャンプファイヤーを作ってくれていたし、炎の光というのも暖かで良《い》いものだからね。

今後の領地に設置していくためのお披露目も兼ねているが、今回はあくまで補助に使う。

「全員に飲み物は行き渡ったかぁ？　よし、問題ないな！　そういうわけでノクト様、乾杯の音頭を頼みます！」

グレッグの威勢のいい声が響き渡り、バトンを渡される。

うん、今回もそうなる流れだと思っていたので、さすがに前回ほど緊張はしない。

「今回の疑似戦争で戦ったのは少数だけど、実際には多くの領民に支えてもらった。そして、こうして勝利をつかみ取ることができたのは皆のお陰だ。本当にありがとう。俺たちの勝利、そしてこれからのビッグスモール領の繁栄を願って、乾杯！」

「「乾杯！」」

領民たちの声が重なり、近くにいる者たちと酒杯をぶつけ合う。

俺も近くにいるメアやベルデナ、グレッグだけでなく、たくさんの領民に囲まれて酒杯をぶつけ合った。

力強くぶつけ合い過ぎたせいでお酒が少し零《こぼ》れてしまったが、それもご愛嬌《あいきょう》ということで。

長い乾杯を終えると、俺はようやく酒杯に口をつけることができた。

「ふう、勝利の後の酒はおいしいや」

疑似戦争に勝利したその夜にやったからだろうか。勝利の余韻が色褪《いろあ》せていないので、酒がとても美味《おい》しく感じられた。

オークキングの時にも宴は開いたけど、やはりあまり間をおかずにやるのが一番だ。

領民たちもとてもいい笑顔をしているし、勢いに任せて今日やって正解だったな。

とてもいい笑顔で語り合う領民や、美味しそうに料理を食べる領民を見て、俺は笑顔になるのであった。

◆

「領主様！　酒を増やしてくれんかのぉ！」

「いいよ」

料理を食べていると、ローグとギレムに呼ばれたので俺はすぐに駆け付ける。

今日は疑似戦争の祝いだ。今日ばかりは酒の拡大も制限はしない。

というか、費用は全てビッグスモール家の資金なので、酒を拡大して増やさなければ破綻するのは目に見えていた。

ラエル商会の酒の売り上げは下がるが、事前に了承はもらってあるし、今日はめでたい日なので特別だ。

広場に積まれた酒樽《さかだる》を俺は拡大で大きくしてやる。

すると、一メートルサイズの酒樽が、五メートルほどの大きさになる。

ここまで大きくなると最早《もはや》家だな。

こんな量を誰が吞《の》むのだと言いたいが、ここにいる領民たちとドワーフがいれば容易に吞み切れるのが恐ろしい。

「うおおおおおおお！　酒の神が降臨しおったわ！」

「吞んでも吞んでも酒が減らんとはここは天国じゃのぉ！」

拡大された酒樽を見てローグとギレムが興奮の声を上げる。

既に酔っているんじゃないかというような叫びようであるが、ドワーフからすればそれほど嬉《うれ》しいのだろうな。

さてさて、酒吞《さけの》みばかりを喜ばせてはいけない。領民の中には酒が苦手なものや、飲めない小さな子供もいるからな。

「子供たちはナデルのジュースが飲み放題だぞー」

「「わーい！」」

ナデルのジュースが入った樽《たる》を拡大すると、今度は子供たちが喜びの声を上げる。

子持ちの大人たちがそれを微笑《ほほえ》ましそうにしながらジュースを注いでくれていた。

「ノクト様、今度はこっちの肉をお願いします！」

「わかった」

今度はガルムに呼ばれて移動し、テーブルに並んでいるステーキを拡大。

すると、食欲旺盛な領民たちが嬉しそうにそれらを食べる。

『ノクトの領地の宴とはいいものだな。人間の姿とはいえ、量を気にせず食べられるのは久方ぶりだ』

隣では今しがた拡大したばかりのステーキを食べて満足そうにしているグラブがいる。

「満足してくれているみたいで良かったよ。今日はグラブも活躍してくれたし、足りなくなったら遠慮なく声をかけてくれ」

『ああ、そうさせてもらおう』

聞けば、グラブはロックスだけでなく、他の冒険者や傭兵《ようへい》も一人で押さえていたとのことだ。

俺とベルデナが気負うことなく敵陣を奇襲できたのも、彼の存在が大きい。

そんな彼を労《いたわ》ってあげるのは当然だ。

「ノクト＝ビッグスモール殿」

しばし、領民たちの希望に応えて動き回っていると、凛《りん》とした声をかけられた。

振り返ると、そこには王国徴税官の制服を身に纏《まと》ったレベッカがいた。

「レベッカ殿、どうかされましたか？　もしや、俺たちの宴に交ざりたくなったとか？」

「いえ、そのような用で参ったわけではありません」

などと生真面目に否定したレベッカであるが、胃袋は正直なのか空腹を訴えるように鳴いた。

レベッカの顔がみるみる内に赤く染まる。

「……どうせ、今日はうちの領地で泊まりますよね？　料理もたくさんありますし、食べてもらっても大丈夫ですよ」

既にもう日は落ちている。今から王都に戻ることはもちろん、近隣の村や街に行くこともできないだろう。

「……ありがとうございます。用件が終われば、後ほどいただくことにします。宴の最中にすみませんが、少しだけ時間をいただいてもよろしいでしょうか？」

「構いませんよ」

こちらを心配そうに見るメアに視線で大丈夫だと告げて、俺は一時広場から離れる。

キャンプファイヤーの光がギリギリ届くくらいまで離れると、レベッカは立ち止まった。

「こちらはハードレット家の誓約書になります。メトロ鉱山にある領地の境界線にあるすべてのマナタイトはビッグスモール家に採掘権があることを認めたものです」

「ありがとうございます」

レベッカから差し出された誓約書を見ると、そこにはハードレット家の紋章が押されていた。

なるほど、先にノルヴィスに紋章を押させてから、こちらにやってきたのか。

レベッカがこのような夜にやってきたのも頷《うなず》ける。

できる女性だけあって仕事が早いな。

「残りの一枚の誓約書は私が持ち帰り、王城で厳重に保管します。ノクト殿も異論はありませんね？」

「ありません。今回は見届け人としてご足労いただき、ありがとうございます」

「いえ、私が自分で志願したことですから。それよりもあなたのスキルについてですが……」

「なにかわかりましたか？」

「正直、よくわかりません。突然巨大化した槍《やり》を作ったり、防壁を建てたり、巨大な陣地を即座に組み上げたり……話に聞けば自身の身体《からだ》や他人の身体を小さくしたりと、共通点がなさすぎます」

ふむ、もっとじっくり見ていれば何かしらの物体を大きくするものと推察できただろうが、あれだけ離れていた距離では細部までの観察は難しかったか。

巨大な防壁に囲まれていたし、俺もほとんど前線に出ていなかったしな。

「ですが、ノクト殿のスキルが規格外だというのはわかりました。あなたはそのスキルを駆使して領地を発展させてきたのですね？」

「ええ、そうです」

さすがにあれだけ見れば、領地にある防壁や民家がスキルによるものだとわかったのだろう。

だが、レベッカはスキル以前に根本的な勘違いをしている。それだけは正さずにはいられない。

「ですが、一つ訂正する点があるとすれば、スキルのお陰というわけではなく、この何もない領地にやってきて協力してくれた領民たちのお陰ですかね。どれだけ優れたスキルがあろうとも俺一人でやれることには限界がありますから。領民がいてくれたからこそ今の領地があるんです」

俺の持つ【拡大&縮小】スキルは確かに万能だ。しかし、たとえ一人の力が強力でも、それを支えて、活《い》かしてくれる仲間や領民がいないと何もすることはできない。

メアがいるから俺は快適な生活を送ることができるし、ベルデナがいるから俺は安全に過ごすことができる。鍛冶師のローグやギレムがいるから、民家を建てることができているのであって、俺一人の力でやれることなんてたかが知れていた。

今の領地は領民がいてくれてこその結果なのだ。

「そうですね。疑似戦争に参加していた領民や、あそこに集っている領民たちの顔を見ればわかります」

「細かいことを言ってしまいすみません」

「ノクト殿は非常に民想《おも》いな領主なのですね」

下げていた顔を上げるとレベッカが優しい表情をしながら言う。

突然の柔らかい表情と言葉に俺は驚いた。

「私はノクト殿のことを疑っていました。自分の富のことしか考えていない他の領主と同じだと。しかし、あなたは違った。民を大切にし、民のための統治を行って領地を繁栄させているのだと」

「それは領主として当たり前なのでは？」

民があっての領地だ。民を蔑《ないがし》ろにする統治などあり得ない。

「その当たり前ができていない領主が非常に多いのですよ」

そのように言うと、レベッカはどこかほの暗い瞳を浮かべながら告げた。

徴税官を務めているレベッカにも色々と苦悩があるらしい。

「ノクト殿に頼みたいことがあります」

「なんでしょう？」

「他人のスキルを詮索するのは失礼なのですが、あなたの所持しているスキルを教えていただけませんか？」

「それをレベッカ殿が知ってどうするのです？　ビッグスモール領の税を変更したいのですか？」

前回はスキルによる力を明かさずに、当面の税収の免除を行ってもらったからな。

一度領地が壊滅したとはいえ、今の領地は十分に復興しているといえる。

それがスキルによるものとはいえ、前回の誤魔化しは少しグレーだ。

レベッカに私腹を肥やすためと捉えられてもおかしくはない。

「いえ、特別なスキルがあるとはいえ、ここまで復興させるにはスキルだけでは困難であったはずです。前回申した通り、税はしばらく免除のままで結構です。その代わり……」

ふむ、別に税を変更したいわけではなかったか。

しかし、扱い的には少しグレーだ。

こういった特別なスキルがある場合は大抵なんらかの特別な処置がとられる。

俺のスキルで異様な立て直しを行っているとはいえ、今多大な税をとられるのは復興の妨げにもなってしまう。

レベッカにそこまでしてもらっている以上、明かさないというのも悪いな。見届け人の件での恩もある。

誠実な性格だとはわかっているが、ついそのようなことを考えてしまうな。

俺は少しの間迷った挙げ句、レベッカにスキルを教えることにした。

「俺の持っているスキルは【拡大&縮小】というものです。あらゆる物体や事象を大きくしたり、小さくしたりすることができます。制限はありますが、それは人体や魔力にも干渉することが可能です」

「なるほど！　ノクト殿が巨大な防壁を作りあげたのではなく、小さな防壁を大きくしたりしていたのですね!?」

スキルを知ったレベッカが驚愕《きょうがく》の表情を浮かべながら尋ねたので、俺は静かに頷いた。

「で、レベッカ殿はこのスキルで俺に何をしてほしいのですか？」

彼女の目的が税の変更でなければ、他の真意があるはずだ。

「今の王国は様々な問題を抱えています。あなたのその規格外のスキルでそれらの問題の一部でもいいので解決してほしいのです」

改めて尋ねると、レベッカは真意を明かしてくれた。

俺のスキルを利用しての問題の解決であったか。

ビッグスモール領の異様な発展ぶりを見て、誰かがそのような接触をしてくるのではないかと思っていた。

「まだ私が詳細な報告をしていないので正式決定ではありませんが、国王様はノクト殿を王城に招集するつもりです」

レベッカの口から衝撃の情報を聞いて、俺は空を仰ぎたくなる。

まさか既にこの国の王にまで話が上がっているとは思わなかった。

王が招集をかけるとあっては断るわけにもいかないな。

あとがき

本書をお手に取っていただきありがとうございます、錬金王《れんきんおう》と申します。

『転生貴族の万能開拓』２巻はいかがだったでしょうか？

今回もノクトの【拡大&縮小】スキルが非常に便利ですね。

ノクトのスキルはとても汎用性が高いので、色々なことを思いついてはちょっとずつ放出している感じです。

便利な使い方から、ちょっと変な使い方まで幅広く、たくさん描写したいのですが、そうすると本編の進みが悪くなってしまうので自重しています。

本作品では領地内政系だけあってたくさんのキャラが登場します。

話数を重ねるごとに色々なキャラが増えてしまうのは大変ですが、キャラ同士の掛け合いがたくさん描けるのが美味しいところですね。

それぞれのキャラが普段どんなことを思って、どのように生活しているのか。そのようなことを想像し、描いていくのはとても楽しいです。

さて、季節は春を迎え、いよいよ本作品のコミカライズも始まる頃となりました。

媒体は少し変わってしまったのですが、ヤンマガWｅｂやニコニコ静画「水曜日のシリウス」をはじめとする媒体などで掲載されるコミカライズがスタートとなります。

コミカライズ版は小説版とは違った進行になっており、ｗｅｂや書籍で小説版を読んでくださった方も、新しい『転生貴族』の世界観が見られると思います。

とても面白くなっておりますので、そちらの方も読んでいただけると幸いです。


さて、ページも少なくなってきましたので謝辞に入らせていただきます。

皆様のお陰でこうして2巻を発売することができました。

引き続きイラストを担当してくださった成瀬ちさとさんや担当編集をはじめとする、製本に関わってくださった皆様、本当にいつもありがとうございます。


最後に宣伝を。

6月2日に同じくKラノベブックス様から『転生大聖女の目覚め～瘴気を浄化し続けること二十年、起きたら伝説の大聖女になってました～』の書籍1巻が発売です。

こちらもコミカライズが決定しており、準備中です。

私の作風を気に入ってくださった方は、是非とも来月発売のこちらも合わせてよろしくお願いします。

それでは『転生貴族の万能開拓』3巻と『転生大聖女の目覚め』1巻で会えることを願って。

——錬金王

Kラノベブックス

転《てん》生《せい》貴《き》族《ぞく》の万《ばん》能《のう》開《かい》拓《たく》2
～【拡大《かくだい》&《アンド》縮小《しゅくしょう》】スキルを使《つか》っていたら最強領《さいきょうりょう》地《ち》になりました～

錬《れん》金《きん》王《おう》

2021年4月28日第1刷発行

発行者	森田浩章
発行所	株式会社 講談社 〒112-8001　東京都文京区音羽2-12-21
電　話	出版　(03)5395-3715 販売　(03)5395-3608 業務　(03)5395-3603
デザイン	百足屋ユウコ＋石田隆（ムシカゴグラフィクス）
本文データ制作	講談社デジタル製作
印刷所	豊国印刷株式会社
製本所	株式会社フォーネット社

ISBN978-4-06-523098-5　N.D.C.913　361p　19cm
定価はカバーに表示してあります

ファンレター、
作品のご感想を
お待ちしています。

あて先
〒112-8001　東京都文京区音羽2-12-21
(株) 講談社　ラノベ文庫編集部 気付
「錬金王先生」係
「成瀬ちさと先生」係

漫画 Kuron
原作 錬金王
キャラクター原案 成瀬ちさと
構成 るれくちぇ
イズ開始!

転生貴族の万能開拓
~【拡大&縮小】スキルを使っていたら最強領地になりました~
ヤンマガwebにて
コミカラ

Kラノベブックス

転生貴族、鑑定スキルで成り上がる1・2
～弱小領地を受け継いだので、優秀な人材を増やしていたら、最強領地になってた～

著:未来人A　イラスト:jimmy

アルス・ローベントは転生者だ。
卓越した身体能力も、圧倒的な魔法の力も持たないアルスだが、
「鑑定」という、人の能力を測るスキルを持っていた！
ゆくゆくは家を継がねばならないアルスは、鑑定スキルを使い、
有能な人物を出自に関わらず取りたてていく。
「類い稀なる才能を感じたので、私の家臣になってほしい」
アルスが取りたてた有能な人材が活躍していき――！